中國語言文字研究輯刊

九　編

許　錟　輝　主編

第 6 冊

傳抄古文構形研究（下）

林　聖　峯　著

花木蘭文化出版社

國家圖書館出版品預行編目資料

傳抄古文構形研究（下）／林聖峯 著 -- 初版 -- 新北市：花
木蘭文化出版社，2015〔民104〕
目 4+182 面；21×29.7 公分
（中國語言文字研究輯刊 九編；第6冊）
ISBN 978-986-404-387-3（精裝）
1. 古文字學
802.08   104014805

ISBN- 978-986-404-387-3

中國語言文字研究輯刊
九　編　　第六冊　　　　ISBN：978-986-404-387-3

傳抄古文構形研究（下）

作　　者　林聖峯
主　　編　許錟輝
總 編 輯　杜潔祥
副總編輯　楊嘉樂
編　　輯　許郁翎
出　　版　花木蘭文化出版社
社　　長　高小娟
聯絡地址　235 新北市中和區中安街七二號十三樓
　　　　　電話：02-2923-1455／傳眞：02-2923-1452
網　　址　http://www.huamulan.tw 信箱 hml810518@gmail.com
印　　刷　普羅文化出版廣告事業
初　　版　2015 年 9 月
全書字數　264168 字
定　　價　九編 16 冊（精裝）台幣 40,000 元

傳抄古文構形研究（下）

林聖峯　著

目

次

下　編

《傳抄古文字編》釋字校訂

001 上

「上」字下錄篆體古文二十形，據其形體可概分為四組，分別表列如下：

一	（4.6.1）、（4.7.2）
二	（4.6.3）、（4.8.2）、（4.7.1）、（4.7.4）、（4.8.4）、（5.1.4）
三	（4.6.2）、（4.7.3）、（4.8.1）、（5.1.3）
四	（4.5.1）、（4.5.2）、（4.5.3）、（4.5.4）、（4.6.4）、（4.8.3）、（5.1.2）、（5.1.1）

《說文》：「丄，上，高也。此古文上，指事也。，篆文丄」。[註1] 段玉裁改古文字頭「丄」為「二」，改小篆「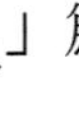」為「丄」。其說如下：

古文上作二，故帝下、旁下、示下皆云「从古文上」，可以證古文本

〔註1〕〔漢〕許慎撰，〔宋〕徐鉉等校定：《說文解字》十五卷（民國十八年上海商務印書館四部叢刊影印北宋本），第1篇上，頁1。

作二，篆作⊥。各本誤以⊥爲古文，故不得不改篆文之上爲上，而用⊥爲部首，使下文从二之字皆無所統，「示」次於「二」之旨亦晦矣。〔註2〕

《說文》「帝」、「旁」、「辛」、「示」、「辰」、「龍」、「童」、「音」、「章」等字皆从古文「上」，其所从形體皆作「二」，以「⊥」爲古文字頭，確實難以解釋這些字的構形。故其改形之舉，張富海認爲從《說文》本身系統而言，是十分合理的。〔註3〕

甲骨文「上」字作 ━ （乙2243＝《合》7440反）、 ⌒ （後1.8.7＝《合》14257），以長畫爲基準，另以短畫指示上位。西周金文作 ⊏ （史牆盤《集成》10175），春秋金文作 ⊏ （秦公鐘《集成》00262），因此字形易與數字「二」混淆，故東周以後形體多有改易，如戰國齊系作 ⊥ （陶彙3.329），晉系作 ⊥ （邯鄲上庫戈《集成》11039），燕系作 上 （廿年𤳊末《集成》11916），楚系作 上 （包山85），爲戰國文字普遍寫法。

第一類形體 ⊏ 見碧落碑，《四聲韻》引《古老子》 ⊏ 形同。此種寫法的「上」字是春秋以前的字形，前文所引商、周文字皆可與之合證，段玉裁改古文字頭爲「二」，雖上合殷周文字，且可解決若干文字構形、歸部等相關體例問題。然季師旭昇指出，戰國六國「上」字已無「二」之寫法，且古籍體例較不嚴格，在古籍出現矛盾時，不宜輕易改動古書，只能等待將來有更多證據時再解決。〔註4〕「帝」、「旁」、「辛」、「示」、「辰」、「龍」、「童」、「音」、「章」等字本皆不从「上」，許慎釋形有誤。加以《說文》小篆獨立成字與作於偏旁時，時見寫法不同之情形，如「音」字作 𩐳，上部橫筆上端作短豎，𩐳、𩐳所从與之同，然亦見橫筆上端作短橫者，如 𪓐、𩑡。「言」字作 𧮫，𧮫所从「言」旁最上部作短豎，與獨體「言」字有異。「音」、「言」上部非从「上」，然寫法亦爲「二」、「⊥」之替換，且「音」、「章」之字形與「言」相關，「音」、「言」之例應可爲一旁證。

〔註2〕 〔清〕段玉裁：《說文解字注》（臺北：洪葉文化事業有限公司，1999年11月），頁1～2。

〔註3〕 張富海：《漢人所謂古文之研究》（北京：線裝書局，2007年5月），頁24。

〔註4〕 季師旭昇：《說文新證》上冊（臺北：藝文印書館，2002年10月），頁36。

　　許書中形體訓釋錯誤，或獨體、偏旁寫法不一，體例不嚴等問題所在多有，加以今日所見者多據宋板翻刻，距成書之時已遠，傳抄錯訛之情況已難估量，面對該書中體例矛盾之問題，實不宜輕易改動之。《玉篇》、《龍龕手鏡》、《廣韻》皆錄「上」字古文作「⊥」，同於大徐本。然 ▇ 既見唐時碧落碑，加以宋人已多見商周青銅銘文，故宋人對「上」字古作「二」應已不陌生，除傳抄字書錄此類古文外，《集韻》、《類篇》亦兼收「⊥」、「二」二形爲「上」字古文。段玉裁對文字斷代較無清楚觀念，又因嫻熟《說文》體例，故爲使體例一致而擅改字形，是較武斷的做法。

　　第二類形體 ▇ 爲數頗眾，與第一類形體同構，僅上部作橫筆與圓點之別，出土文字較少見這種寫法，然橫筆與圓點互作是古文字常見現象，此種差別亦不影響其構字本意，雖無法與古文字合證，然尚屬合理的形體變化。

　　第三類形體 ⊥ 見《汗簡》，《四聲韻》錄作 ⊥、《集上》引《古孝經》作 ⊥，皆同於大徐本古文字頭「⊥」。戰國貨幣「上」字或作 ▇ （貨系 1244）、 ▇ （貨系 3305），與此古文同形。商承祚以爲「上」古作「二」，易與數字「二」相混，故將上短畫改爲豎筆作 ▇ 。〔註5〕此類形體既可與戰國文字合證，大徐本以之爲古文應當可信。

　　第四類古文 ▇ 凡四見，出自三體石經，《四聲韻》引《古孝經》作 ▇ （4.6.4）、《韻海》作 ▇ （4.8.3），形體皆近似大徐本小篆「𠄎」。戰國各系文字中皆見與此類古文近似之寫法，如齊系作 ▇ （陶彙 3.329），晉系作 ▇ （邯鄲上庫戈《集成》11039），燕系作 ▇ （廿年鉅末《集成》11916），楚系作 ▇ （包山 85）。秦系中豎或略爲詰詘，作 ▇ （新郪虎符《集成》12108）、 ▇ （官印 0015），與此類古文最爲近似，中豎彎曲之寫法僅見秦系文字，大徐本以「𠄎」爲篆文符合其歷史背景，段玉裁改以「⊥」爲小篆，季師旭昇已指出其非。〔註6〕

　　關於此類形體之理解，商承祚認爲應是因「上」字古作 ▇ 易與數字「二」

〔註5〕　商承祚：《說文中之古文考》（上海：上海古籍出版社，1983 年 3 月），頁 4。
〔註6〕　季師旭昇：《說文新證》上冊，頁 35。

混淆，故合「⊥」、「二」兩形而成。〔註7〕季師旭昇亦認爲，東周以後加豎筆作「上」形，是爲與「二」字區隔。二說皆認爲此類形體改造乃爲與「二」字區別，古文字中增筆以區別或形體揉合之例皆有，加以形體變化之內在思想難以揣摩、論證，故筆者兼採之。

《韻海》另錄 上（海4.40）中豎平直，且多一橫筆；乙（海4.40）則有連筆現象，中豎末端直接右彎爲下橫，皆係形體訛變。

002 禮

「禮」字下共收篆體古文十五形，隸定古文一形。據其形體可概分爲五組，分別表列如下：

一	𥘆（7.6.1）、𥘆（7.6.3）、𥘆（7.8.2）、𥘆（7.8.1）、𥘆（7.8.4）、礼（7.7.4）
二	𧯚（8.1.4）、𧯚（7.6.4）、𧯚（7.7.1）、𧯚（7.8.3）
三	禮（7.7.3）
四	𧯚（7.6.2）、𧯚（8.1.3）
五	禮（7.7.2）、禮（8.1.1）、禮（8.1.2）

第一類形體以《說文》古文 𥘆（7.6.1）爲代表，應即「礼」字。李天虹指出九里墩鼓座 𥘆 字，疑爲古文「禮」字，造字本意未詳。〔註8〕何琳儀認爲此字從「示」、「乙」聲，爲「禮」之異文，並引九里墩鼓座之形爲證，徐在國、李春桃同其說。〔註9〕「禮」、「礼」屬替換聲符之異體，《汗簡》、《四聲韻》均錄有《古尚書》「禮」字，分別作 𥘆（7.6.3）、𥘆（7.8.2），與《說

〔註7〕季師旭昇：《說文新證》上冊，頁35；商承祚：《說文中之古文考》，頁4。

〔註8〕李天虹：〈說文古文新證〉，《江漢考古》1995年第2期，頁75。

〔註9〕見何琳儀《戰國古文字典》（北京：中華書局，1998年9月），頁1081；徐在國：《隸定古文疏證》（合肥：安徽大學出版社，2002），頁15；李春桃：《傳抄古文綜合研究》（長春：吉林大學古籍研究所博士論文，2012年6月），頁627。

文》古文同構而筆勢略異。《說文》、《四聲韻》所摹錄之「示」旁作〓，橫筆下作三道等長曲筆，與出土古文字形體差距較大，商承祚、胡小石、舒連景、張富海等均指出其爲訛體，在後世轉寫過程中形體走樣得較爲嚴重。〔註 10〕一般而言，古文字中的「示」字其中豎多半筆道平直，且略長於左、右兩筆，與〓形確實不同，然而這種筆勢的變化並無關宏旨，筆者認爲或可由毛筆書寫的流暢性與書手習慣等角度理解，楚系文字中所見的「示」旁，有時其下三筆幾乎等長，且運筆略有弧度，如〓（包山 4）、〓（包山 266）、〓（郭店・成 31）等形，其形體即與〓頗爲類似。筆道之長短與運筆之直曲，在以毛筆信手揮毫的情況下很容易出現誤差，只要不造成對文字構形的誤解應該都無傷大雅。因此，對比楚簡所見形體，傳抄古文「示」旁作〓，不排除於摹錄者所見之底本原即如此，並非後人轉寫失眞。

　　《四聲韻》另錄有〓（7.8.1）形，見於《古孝經》，示旁橫筆與「乙」旁連寫，形體稍訛，《韻海》所錄之〓（7.8.4）亦同。

　　第二類形體以石經古文〓（8.1.4）爲代表，此爲「豐」字，與郭店楚簡所見「豐」字作〓（郭店・緇 24）同形，來源有據。《四聲韻》及《韻海》所錄〓（7.6.4）、〓（7.7.1）、〓（7.8.3）三體，下部從《說文》古文「豆」〓作，衡諸出土文字「豆」作〓（信 M2.20）、〓（郭店・老甲 2）〓（陶彙 3.302）〓（陶彙 3.548）等形，顯然以石經所摹錄者較爲近實。

　　第三類形體〓（7.7.3），右半同於二類，左半爲「示」旁，即爲從「示」、「豐」聲之「禮」字。「豐」爲「禮」字初文，二字古通，於本條下可視爲一字之異體。

　　第四類形體〓（7.6.2）見於唐代碧落碑，《韻海》所錄形同。此形亦爲「豐」字，其上半部與《說文》小篆作「〓」近似，下半部則似「血」旁，寫法與石經偏旁作〓（〓（500.1.1）「卹」字所從）、《汗簡》作〓（499.5.1）類同，形體訛變頗甚。

〔註10〕張富海：《漢人所謂古文之研究》，頁 26。

第五類形體 （7.7.2）見《四聲韻》引《古老子》，《韻海》所錄
（8.1.1）、（8.1.2），當據之而又寫訛。此類形體左半從「歹」，依形可隸
定作「殨」，「殨」字於出土文字與歷代字書中皆未見。「歹」旁與「示」旁
形體差別甚大，沒有互訛之可能，而對「歹」旁字義之認定，則影響對此字
義符替換之理解。

甲骨文「死」字作 （甲 1165＝《合》17057），從「歹」、從「人」，學
者多從羅振玉「象生人拜於朽骨之旁」之說，季師旭昇以爲不確，「歹」應象
木杖殘裂之形，引申爲一切殘裂。「死」字會人生命結束，身體如木杖漸漸殘裂
漸滅之義。〔註11〕

若採羅振玉之說，「歹」象殘骨形，則「示」、「歹」均可指示「祭祀對象」，
或可視之爲義近替換。然《說文》「示」字訓爲「天垂象見吉凶，所以示人也」，
與「歹」字訓爲「列骨之殘也」字義差別較大。〔註12〕古文之編纂者是否將「示」、
「歹」視爲義符替換便須稍作保留。若採季師旭昇之說，則「示」、「歹」形、
音、義均無涉，其替換應考慮其他可能性。筆者認爲 可能是受「禍」字構
形影響而產生的一種異體。「禍」字《說文》小篆作「」，從「示」、「咼」聲，
傳抄古文字中作 （17.5.3）、（17.6.2）等形，亦從「示」。〔註13〕另有
（17.3.1）、（17.3.4）、（17.5.2）等形，即改從「歹」，此類形體於出
土文字中未見，現存字書中首見於六朝時期的《玉篇》。〔註14〕「禍」字構形中
「歹」、「示」兩義符之替換應可歸類爲「異義別構」之現象，從「示」取神靈
可降災禍於人之意，從「歹」則取其「壞」、「惡」之意，與災禍涵義相近。「歹」、
「示」兩義符之替換情形若置於「禮」字中較無義可說，可能是後世傳抄者，
因「禍」字構形中有此替換之例，乃仿照其法而造字。

高佑仁認爲「禮」有吉禮、有凶禮，從「歹」應與凶禮有關，可能是短暫

〔註11〕季師旭昇：《說文新證》上冊，頁 327。

〔註12〕〔漢〕許慎撰，〔宋〕徐鉉等校定：《說文解字》十五卷，第 1 篇上，頁 1；第 4 篇
下，頁 2。

〔註13〕晉系中山方壺「禍」字作 ，與 （17.6.2）構形相同。

〔註14〕〔梁〕顧野王：《大廣益會玉篇》（北京：中華書局，2004 年 1 月），頁 58。

出現在某個時期的特殊寫法，故後世無徵。〔註 15〕若其爲「凶禮」之專字則其記詞功能與「禮」字不完全相同，《四聲韻》以「殍」爲「禮」可能是採錄近義字。此處筆者並存上述幾種可能性，以俟後考。

003 祭

「祭」字下錄篆體古文十形，依其形體可概分爲五組，分別表列如下：

一	＜古文字形＞（11.4.1）、＜古文字形＞（11.4.2）、＜古文字形＞（11.4.3）、＜古文字形＞（11.5.2）、＜古文字形＞（11.5.3）
二	＜古文字形＞（11.4.4）、＜古文字形＞（11.5.4）
三	＜古文字形＞（11.5.1）
四	＜古文字形＞（11.6.1）
五	＜古文字形＞（11.6.2）

　　上表第一類形體中，前四形見於《汗簡》與《四聲韻》，皆注明出自王庶子碑，概由同一碑文轉錄，＜古文字形＞（11.5.3）形則見《韻海》。此類古文結構可析爲從示、從肉，應是「祭」字省體。然黃錫全已指出在出土古文字與《說文》中「祭」字皆不見省「又」者，並引述鄭珍《汗簡箋正》「去又義不完」之評論。〔註 16〕鄭珍、黃錫全大概認爲此形並不合理且於古文字無徵，應是出於王庶子碑書者所杜撰。

　　第二類形體＜古文字形＞（11.4.4）見《四聲韻》所引《古老子》，《韻海》所錄＜古文字形＞（11.5.4）形體全同。筆者認爲此應由第一類形體＜古文字形＞訛變而成。左半「肉」旁因筆畫斷裂而訛如「片」形，右半則爲「示」旁寫訛。《古老子文字編》中另錄有「祭」字傳抄古文＜古文字形＞、＜古文字形＞等形，當爲此類古文之訛變，因訛變過甚，字形結構已難以辨識。〔註 17〕

〔註 15〕此爲高佑仁與筆者私下討論之意見。

〔註 16〕黃錫全：《汗簡注釋》（武漢：武漢大學出版社，1990 年 8 月），頁 69。

〔註 17〕徐在國、黃德寬：《古老子文字編》（合肥：安徽大學出版社，2007 年 8 月），頁 9。

　　第三類形體 ⿻ （11.5.1）出於《四聲韻》所引《古老子》，疑由第二類形體寫訛。

　　第四類形體 ⿰目示（11.6.1）見於《韻海》，字形結構看似从「目」、从「示」，與《說文》「視」字古文作 ⿰目示（858.7.1）同構。然而「視」與「祭」音義全然無涉，故筆者認爲 ⿰目示（11.6.1）左半「目」形應爲「肉」旁訛體，「肉」旁 ⿱月若下部筆畫黏合即與「目」形相似，《韻海》所錄「皷」字古文一作 ⿰支（50.3.1）、一作 ⿱（50.3.3），亦可見「目」、「肉」兩形訛混之情況。⿰目示 之「肉」訛混爲「目」後，再被改寫爲傳抄古文中常見的「目」旁 ⿱，應是刻意的人爲改造，殊不可信。

　　第五類形體 ⿻（11.6.2）見於《韻海》，此字應爲《說文》釋爲「周邑也」之「郒」字，爲古地名，从邑、祭聲。〔註18〕《韻海》置於「祭」字下當屬聲近之「通假」。

004 气

　　「气」字下收錄篆體古文七形，據其形體可概分爲四組，分別表列如下：

一	⿻ （35.4.1）、⿻ （35.4.2）、⿻ （35.5.1）、⿻ （35.5.3）
二	⿻ （35.4.3）
三	⿻ （35.5.2）
四	⿻ （35.5.4）

　　《說文》：「气，雲气也，象形」，篆文作「⿻」。〔註19〕第一類古文 ⿻（35.4.1）、⿻（35.4.2）皆見《汗簡》，即「气」字。⿻（35.4.1）見目錄，⿻（35.4.2）爲部首字，引自《說文》，二形寫法近似。《韻海》所錄 ⿻（35.5.1）、

〔註18〕〔漢〕許慎撰，〔宋〕徐鉉等校定《說文解字》十五卷，第6篇下，頁6。

〔註19〕〔漢〕許慎撰，〔宋〕徐鉉等校定：《說文解字》十五卷，第1篇上，頁6。

（35.5.3）形同。

第二類古文 （35.4.3）見《汗簡》所引碧落碑，今存碑文作
（698.7.2），黃錫全已指出郭忠恕所摹錄者已改從其部首，並非原形。〔註 20〕
此形應是「昑」字。《玉篇》以「昑」爲古「氣」字。〔註 21〕「昑」亦見《集韻》，釋爲：「日气也」，爲「暣」字古文。〔註 22〕鄭珍指出，「昑」字雖已見《玉篇》，然其書中所錄古文可能有陳彭年等據《汗簡》新加者，未必皆顧野王時原有。玄應《一切經音義》卷十一云「氣古文昑」。玄應書中古文亦多出自張揖《古今字詁》、郭訓《古文奇字》等書，其不見《說文》者，多漢後別出字。見於碧落碑的 字應是出自張揖等書，黃錫全沿其說。〔註 23〕「昑」字由「气」得聲，字書假「昑」爲「气」。

第三類古文 （35.5.2）見《韻海》，爲「汽」字。「汽」字見《說文》：「水涸也。从水、气聲。或曰泣下」，篆文作「」。〔註 24〕 之「水」旁已改作隸、楷之形。《韻海》假「汽」爲「气」。

第四類古文 （35.5.4）見《汗簡》所引郭顯卿《字指》，鄭珍、黃錫全、李春桃等皆認爲此字爲「氛」字，然對形體之相互關係看法各異。鄭珍認爲此形爲「霚」字，《說文》謂「氛」或從「雨」，釋「气」誤。依形當入「雨」部，然因「霚」字正文作「氛」，郭忠恕本欲錄從「气」之「氛」而誤錄從「雨」者。〔註 25〕據此則《汗簡》隸字與釋文兩誤。黃錫全則謂典籍「氛」多訓「气」，如《說文》：「氛，祥气也」，兩字應是義近互訓。〔註 26〕李春桃則認爲《汗簡》中的釋文「气」應是「氛」之壞字，在傳抄過程中，釋文「氛」脫落下部之

〔註 20〕黃錫全：《汗簡注釋》，頁 73。

〔註 21〕〔梁〕顧野王：《大廣益會玉篇》，頁 95。

〔註 22〕〔宋〕丁度等編：《集韻》（北京：中華書局，1989 年 5 月），頁 139。

〔註 23〕〔清〕鄭珍：《汗簡箋正》（北京：中華書局，2011 年 6 月，清光緒十五年廣雅書局刻本），卷 1，頁 7；黃錫全：《汗簡注釋》，頁 73。

〔註 24〕〔漢〕許慎撰，〔宋〕徐鉉等校定：《說文解字》十五卷，第 11 篇上，頁 8。

〔註 25〕〔清〕鄭珍：《汗簡箋正》，卷 1，頁 7。

〔註 26〕黃錫全：《汗簡注釋》，頁 74。

「分」旁，而誤作「气」。《說文》以「雰」爲「氛」字或體，且《韻海》、《六書通》等皆將相關形體釋「氛」，「气」字下亦未錄此類形體。由傳抄古文的整體性考慮，將古文釋「氛」，不採黃錫全義近互訓之說。〔註27〕

《韻海》錄「氛」字古文作 ![形] （35.6.1），與 ![形] 字確實極爲肖似。黃錫全主張的義近互訓，鄭珍、李春桃所提出的釋文錯誤，兩種情況在傳抄古文系統中皆有例證可循，無法驟然論定，故皆存以待考。

005 芳

「芳」字下錄篆體古文 ![形]（60.1.1）、![形]（60.1.2）、![形]（60.1.4）、![形]（60.1.3）共四形。

![形]（60.1.1）見《汗簡》所引王庶子碑，同一形體《四聲韻》錄作 ![形]（60.1.2）。![形]（60.1.4）則見《韻海》。此三形上作「卉」、下作「口」，結構相同。關於此類形體鄭珍認爲乃「若之變體，古有書作 ![形]，此與之同，芳寫誤，夏沿之」，黃錫全亦以爲當是「若」字寫誤，並指出 ![形]（60.1.1）當據金文 ![形]（毛公鼎《集成》02841）一類形體省變。〔註28〕季師旭昇則認爲此形即是「芳」之訛變。李綉玲列舉黃錫全與季師旭昇之說，認爲「芳、若」二字聲韻俱異，排除假借之可能，應釋爲「芳」之寫訛較妥。〔註29〕然黃錫全並非認爲此形是假「若」爲「芳」，而是認爲《汗簡》將楷體釋文「若」誤寫爲「芳」。

![形]（60.1.1）與「若」字金文作 ![形]（毛公鼎《集成》02841）者確實頗爲近似，然金文「若」字的 ![形] 形，本象人跽跪，披頭散髮，雙手上舉之形，乃完整描繪人體之動作，此構件未曾見過形體分裂之寫法；而傳抄古文中之「若」字與所論字寫法較相似者有 ![形]（600.5.3）、![形]（600.7.2）、![形]（600.8.4）

〔註27〕李春桃：《傳抄古文綜合研究》，頁 67。

〔註28〕〔清〕鄭珍：《汗簡箋正》，卷6，頁 39；黃錫全：《汗簡注釋》，頁 506。

〔註29〕李綉玲：《古文四聲韻古文探賾》（嘉義：國立中正大學中國文學研究所博士論文，2009年7月），頁 127。

等形，由此三形觀察，不難發現，其「口」形上原由 形演變而來的部件筆畫多相連，（600.8.4）形較爲正確，（600.5.3）、（600.7.2）已多所訛變，中間下引之筆畫或斷成「己」形，或訛如「阝」形，然其上部形體依然緊密相連，未見如 作斷開者。透過上揭形體之比勘，對於 是否可理解爲由金文 省變而成，筆者抱持懷疑的態度。碧落碑中「若」字作 （600.5.1），同於《說文》小篆「」，如其中間「又」旁受上部「艸」旁類化，亦可能訛如 一類形體。綜上，筆者認爲 爲「若」字訛體之可能性並不能完全排除，只是筆者較傾向其由小篆「若」字一類形體寫訛，非爲金文 之訛形。

而依季師之說，當是將 （上部「屮」形與下部「口」形）視爲「方」字之訛體。「方」字於書寫時，偶見下方兩筆黏合如 （包山 149「房」字）、（包山 243「病」字），可能由此訛作 形。然出土文字或傳抄古文之「方」字形體，皆未見訛與 形近似者，此說缺乏出土文字的佐證。暫並存「芳」、「若」兩說，以俟後考。

（60.1.3）見《四聲韻》所引崔希裕《纂古》，此形實爲「芬」字，與《說文》小篆作「」結構相同，字從「屮」、「分」聲， 之「屮」旁訛爲「山」形。「芬」、「芳」二字義近，《韻海》錄「芬」爲「芳」當屬「義近換用」。〔註30〕

006 棻

《汗簡》錄有「棻」字古文作 （58.8.1），《四聲韻》引《義雲章》古文作 （58.8.2），《韻海》錄作 （58.8.3），三形結構相同。

此類形體下部之「采」，「爪」旁與「木」旁左右並列，與出土古文字所見，「爪」旁位於「木」旁上部或右上部之情形不同，目前出土古文字中並未見類

〔註30〕李春桃：《傳抄古文綜合研究》，頁 750。

似寫法。《說文》小篆作「茶」，鄭珍指出此乃「移篆」，可從。〔註31〕上部所

從 人人 形，鄭珍以爲「艸改從竹，謬」，黃錫全則認爲「艸、竹義近，流傳古

文蓋有從竹之茶」。〔註32〕筆者則認爲上部 人人 形亦可能爲「艸」旁訛形，未

必是義符替換。（詳參第四章第二節）

007 芿

「芿」字條下共錄篆體古文 芿（70.6.1）、芿（70.6.2）、芿（70.6.3）

等三形。

「芿」字《說文》未見，歷代字書中首見於《玉篇》，釋爲「艸茇陳者

又新生者」。〔註33〕宋代《集韻》以「芿」爲「芿」字異體，謂「《說文》：『艸

也』，一曰陳艸相因。芿，或作芿」。〔註34〕王丹謂金文「芿」字作 芿（伯

芿簋《集成》03792）、芿（散氏盤《集成》10176），《說文》「芿」字篆文

省作「芿」。〔註35〕《韻海》所錄 芿（70.6.3）形同《說文》篆文。

芿（70.6.1）形見《四聲韻》所引《籀韻》，此形王丹認爲亦當是從艸、

乃聲的「芿」字，其所從「艸」旁分離且上下移位，變爲上部之「屮」和下

部之「又」（屮之訛寫）。〔註36〕《韻海》所錄之 芿（70.6.2）形當據 芿 寫

訛。

〔註31〕〔清〕鄭珍：《汗簡箋正》，卷3，頁1。

〔註32〕〔清〕鄭珍：《汗簡箋正》，卷3，頁1；黃錫全：《汗簡注釋》，頁224。

〔註33〕〔梁〕顧野王：《大廣益會玉篇》，頁69。

〔註34〕〔宋〕丁度等編：《集韻》，頁73。

〔註35〕王丹：〈《汗簡》、《古文四聲韻》傳抄古文試析〉，復旦大學「出土文獻與古文字研
究中心網站」，http://www.gwz.fudan.edu.cn/SrcShow.asp?Src_ID=773，2009 年 4 月
28 日。

〔註36〕王丹：〈《汗簡》、《古文四聲韻》傳抄古文試析〉，復旦大學「出土文獻與古文字研
究中心網站」，http://www.gwz.fudan.edu.cn/SrcShow.asp?Src_ID=773，2009 年 4 月
28 日。

008 芥

　　《汗簡》錄《義雲章》「芥」字古文作 （65.2.1），《四聲韻》則錄作 （65.2.2），黃錫全已指出此形結構與信陽楚簡「笧」字作 （信 M1.4）結構相同，並認爲「笧」同「芥」，（65.2.1）、（65.2.2）二體之「竹」形同石經之寫法，（65.2.1）之「介」旁寫脫一筆，當以《四聲韻》之形爲是。〔註 37〕筆者認爲上部 形亦可能爲「艸」旁訛形，此類形體即是「芥」字。

　　《韻海》所見 （65.2.3）形，下部作如「分」形，應本於 （65.2.2）形而又經轉寫訛變。（65.2.4）則由「介」聲改換爲「齐」聲。

009 莫

　　《汗簡》引裴光遠《集綴》所錄「莫」字古文作 （87.3.1），《四聲韻》引作 （87.3.3）。《四聲韻》引《古孝經》作 （87.3.2），三體陰符經作 （87.3.4）、（87.4.1），《韻海》作 （87.4.2），此六字皆作上「艸」、下「示」之形，僅若干筆勢稍異。《韻海》另錄 （87.4.3）形，與上述諸字差異較大，當出於轉寫訛誤。

　　鄭珍《汗簡箋正》認爲「此蓋蒜之省，以爲莫無義」，此說後世無採信者，黃錫全對此字存疑待考。〔註 38〕徐在國引《六書通》所錄裴光遠《集綴》「莫」字作 ，與所論字來源相同而形體略異，並謂 字下部從「末」，「末」是明紐月部字，「莫」是明紐鐸部字，「茉」蓋是「莫」的或體。〔註 39〕針對此說，李春桃已由材料來源及通假條件兩方面做出精闢的批評。〔註 40〕

〔註 37〕黃錫全：《汗簡注釋》，頁 501。

〔註 38〕〔清〕鄭珍：《汗簡箋正》，卷 1，頁 10；黃錫全：《汗簡注釋》，頁 81。

〔註 39〕徐在國：《隸定古文疏證》，頁 27、28。

〔註 40〕李春桃指出裴光遠《集綴》中的這個「莫」字在較早的《汗簡》、《四聲韻》中皆作 ，且其他相關傳抄古文資料如郭忠恕所書之陰符經、《韻海》、《六書通》所錄《古孝經》所見皆作 形，可見 形是正體，《六書通》之 形晚出，應是後世

　　李春桃由傳世文獻及傳抄古文兩方面的證據提出傳抄古文中「示」可訛變為「示」之說法，其最主要之證據為《古尚書》「斯」字古文在《汗簡》中作 祇 （1422.8.1），在《四聲韻》中作 祇 （1423.1.2）。〔註41〕以此為基礎，進一步認為 其 字下部所从之「示」旁應為「示」旁訛形， 其 當為「其」字，而古文體系中「莫」、「其」兩字關係非常密切，如《四聲韻》所引《古史記》「謨」字古文作 𦱃 （222.7.3）、 𦱃 （222.7.4），字即从「其」作，其偏旁變化情況與 其 字以「其」為「莫」字古文一致。李春桃特別指出「其」、「莫」二字不具通假條件，傳抄古文系統中「莫」、「其」之換用應是形體相近所引起的訛混現象。〔註42〕

　　李春桃所舉「謨」字古文作 𦱃 （222.7.3）、 𦱃 （222.7.4）之例，雖可證明傳抄古中之「莫」旁有訛作「其」旁者，然此種訛變之關鍵在於「莫」與「其」之形體輪廓相似，雖古文字中「示」、「其」兩旁多可互通，但「示」旁與「莫」旁卻顯然不具有形近訛混之條件。依李春桃之說， 其 字下部之「示」旁必須再通為「其」旁，才能透過「莫」、「其」兩偏旁之形近換用解釋字書以「其」為「莫」之原因，其論證過程似乎稍顯迂迴；再者，「其」、「莫」二字若非直接通假，而是由「莫」、「其」兩旁換用之角度理解，則字書亦應是以「其」為「莫」，而非以「其」為「莫」。據此，筆者認為李春桃之說有待商榷。

　　作者認為 其 字下部亦可能為「𣲐」字訛形，「𣲐」字《說文》以為「从反永」，小篆作「𣲐」。〔註43〕「𣲐」形上部若整體向左轉正，筆畫再略作平直，即可訛如 示 形。漢印「永」字篆文可見若干字形轉正之例，如 𣲰 、 𣲰 、 𣲰 、 𣲰 等形。〔註44〕「永」、「𣲐」二字僅方向正反之別，此種字形轉正的變

　　之訛體。且「莫」、「茱」二字讀音不近，文獻中亦無相通之例。見李春桃：《傳抄古文綜合研究》，頁 155。

〔註41〕李春桃：《傳抄古文綜合研究》，頁 153～154。

〔註42〕李春桃：《傳抄古文綜合研究》，頁 155。

〔註43〕〔漢〕許慎撰，〔宋〕徐鉉等校定：《說文解字》十五卷，第 11 篇上，頁 6。

〔註44〕佐野榮輝等編：《漢印文字匯編》（臺北：美術屋，1978 年），頁 390。

化應亦可能發生在「戾」字上。此外，《韻海》「覓」字下錄（863.2.2）、（863.2.3），此字據《廣韻》、《集韻》、《類篇》所載，當即「覞」字，後世省變爲「覓」（參 068）。其「戾」旁寫法即與 字下部相似。據此， 字可隸定爲「茈」，析爲从「艸」、「戾」聲，「戾」字古音屬滂紐錫部。「戾」、「莫」二字聲紐同屬唇音，至於韻部問題，楊澤生指出魚部的入聲韻鐸部跟錫部很接近，並引述諸多例證，陳新雄《古音研究》亦有錫鐸旁轉之例，足證「茈」、「莫」二字具通假條件。〔註45〕

010 介

（91.6.2）字體殘缺，茲暫不論。（91.6.1）見三體石經《春秋·僖公》，用爲人名「介葛盧」之「介」字的古文形體。此字左半與戰國楚系「柰」字作（包山 239）、（包山 245）等同形，右半从攴，可隸定作「敊」，爲从攴、柰聲之形聲字。王國維《魏石經殘石考》指出《春秋經》「介葛盧」之「介」作「敊」，故「介」、「敊」古音同部。〔註46〕董珊〈季姬方尊補釋〉指出，「敊」用爲量詞，相當於古書中的「介」和「个」。〔註47〕就音理條件而言，「柰」爲泥紐月部字，「祟」爲心紐微部字，「介」爲見紐月部字。古音微月旁對轉，三者韻部可通而聲紐稍遠，然考量到「敊」、「介」二字於形、

〔註45〕楊澤生之音理論證如下：「亦」字屬餘母鐸部，而以它作爲聲旁的「迹」字屬精母錫部，這是諧聲字的例子；再如《儀禮·公食大夫禮》：「簠有蓋羃」。鄭玄注：「『羃』今文或作『幕』」。《禮記·檀弓上》：「布幕，衛也」。《經典釋文》：「『幕』本又作『羃』」。《禮記·禮器》：「犧尊疏布羃」。鄭玄注：「『羃』或作『幕』」。「羃」和「羃」屬明母錫部，而「幕」屬明母鐸部，這是異文的例子；《論語·述而》：「五十而學《易》，可以無大過矣」。《經典釋文》：「魯讀『易』爲『亦』」，「易」屬餘母錫部，而「亦」屬餘母鐸部，這是異讀的例子。見楊澤生：〈《上博七》補說〉，「復旦大學出土文獻與古文字研究中心網站」，http://www.gwz.fudan.edu.cn/SrcShow.asp?Src_ID=656，2009年 1 月 14 日；陳新雄：《古音研究》（臺北：五南圖書公司，1999 年 4 月），頁 462。

〔註46〕王國維：《魏石經殘石考》，王國維：《王國維遺書》第九冊（上海：上海古籍書店，1983 年 9 月），頁 34。

〔註47〕董珊：〈季姬方尊補釋〉，董珊：《戰國題銘與工官制度研究》（北京：北京大學考古文博學院博士後研究工作報告，2004 年 5 月），頁 63。

義完全無涉，聲近通假應當還是石經用字較爲可能的途徑，故仍將本條下所收之「敤」字視爲通假字。〔註48〕

《石經》中另有 ![圖] （91.6.3）形，此即「介」之本字，形體結構同於甲骨文 ![圖] （鐵 80.2＝《合》2096），戰國文字 ![圖] （詛楚文）、![圖] （信 M2.13），亦同於《說文》小篆「![圖]」。

![圖] （91.6.4）見於唐代碧落碑，陳煒湛及江梅均認爲此乃受到楷書影響而形成的寫法，此說法可備一說。〔註49〕 ![圖] 形與三體石經《春秋‧僖公》「介」字篆文作 ![圖] 輪廓近似，也可能由此石經篆文一類形體寫訛。推測其訛變情形如後：![圖] 字「人」形右上部彎折處若與其下中豎斷開，再與最右旁豎筆接合，即作如 ![圖]，人形左筆爲求與右半筆勢均衡而益爲引長，中間兩豎亦調整爲等長豎筆即訛如 ![圖] 形。至於《韻海》所見的 ![圖] （91.7.3）形，應爲受到楷書影響而形成的訛體。

![圖] （91.7.1）形見於《四聲韻》所引《古老子》，又見《韻海》![圖] （91.8.1）。此爲當隸定爲「夰」字，見於《玉篇》，義爲「畜無偶」，因聲近而通假爲「介」。〔註50〕

![圖] （91.7.2）出於《四聲韻》所引《汗簡》，然此形今本《汗簡》未見。此形實爲「丰」字，通假爲「介」，「丰」、「介」古音皆屬見紐月部，聲近可通。《韻海》作 ![圖] （91.7.4），形體與傳抄古文「斗」字作 ![圖] （1424.6.1）同形。

〔註48〕 李銳曾就上博簡《民之父母》![圖] 字（上二‧民 8）之通讀，舉證說明見紐、泥紐可通。見李銳：〈上博館藏楚簡（二）初劄〉，山東大學「簡帛研究網」，2003 年 1 月 6 日。http://www.jianbo.org/Wssf/2003/lirui01.htm。

〔註49〕 陳煒湛：〈碧落碑中之古文考〉，陳煒湛：《陳煒湛語言文字論集》（上海：上海古籍出版社，2005 年 10 月），頁 115；江梅：《碧落碑研究》（長春：東北師範大學碩士論文，2004 年 5 月），頁 41。

〔註50〕 〔梁〕顧野王：《大廣益會玉篇》，頁 54。

011 牡

「牡」字下錄篆體古文四形，（96.2.1）見日本京都大學人文科學研究院所藏《春秋‧僖公》石經拓本。（96.2.2）見《四聲韻》引《古老子》，同一形體《集上》錄作（96.2.4）。《韻海》所錄（96.3.2）與《四聲韻》、《集上》形近。

（96.2.1）即「牡」字，依形可析爲从「牛」、从「土」，此形與西周金文作（剌鼎《集成》02776）、戰國秦系文字作（睡‧日甲 11 反）、《說文》小篆作「」等形相同。《說文》將「牡」字析爲从「牛」、「土」聲，段玉裁已發現「土」與「牡」聲韻皆異，故認爲从「土」非聲。〔註51〕季師旭昇指出甲骨文有「狃」字作（乙 1764＝《合》22055）、（花 H3：47 ＋984）、（花 H3：877）等形，字从「豕」，旁著牡器之形，而牡器之形與「士」形頗爲接近，牡器後寫成「土」形，古文字又與「土」字接近，《說文》遂以爲从「土」聲。以豕比牛，「牡」字旁所从的「土」形，應亦爲牡器的象形。〔註52〕

（96.2.2）依形可隸定爲「駐」，从「馬」，「土」比照季師之說，理解爲牡器之形。甲骨文中不同的動物字於偏旁中往往可見互作之例，學者或以爲這類文字之具體詞義應有不同，如（後 1.25.10＝《合》11149）應指「公牛」、（甲 387＝《合》41475）則特指「公羊」；亦有學者認爲這些動物字性質近似，屬同一詞義類聚，如「逐」字或从「豕」（前 3.32.3＝《合》10294），或从「鹿」（拾 6.8＝《合》28333），或从「兔」（鐵 45.3＝《合》10301）等，其於偏旁中用何種動物並不影響其「逐獸」之構形本義，可視爲較廣義的義符替換。上述兩種說法，筆者較認同前說，戰國文字中所

〔註51〕〔清〕段玉裁：《說文解字注》，頁 50。

〔註52〕季師旭昇：《說文新證》上冊，頁 78、79。

見「駐」字，如（好盜壺《集成》09734），於銘文中意指「公馬」，〔註 53〕其偏旁當以从「馬」爲宜，不可隨意以其他動物替代。

《四聲韻》（96.2.2）字許師學仁認爲是「牡」字異體，李春桃亦認爲「牡」字从「馬」屬於義符替換，並謂从「馬」的「牡」字已見戰國文字，如楚系文字作（曾 197）、晉系文字作（好盜壺《集成》09734），來源有據。〔註 54〕然前文已指出於辭例指公馬，故「駐」、「牡」二字於出土文字中可能無法驟定爲一字之異體。

至於傳抄古文用「駐」爲「牡」之情況，應是反映後世文字省併的結果，或受《說文》釋形影響所致。甲骨文以動物旁著牡器以示雄性動物者，或从牛作（後 1.25.10＝《合》11149）、或从羊作（甲 387＝《合》41475）、或从豕作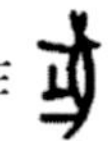（乙 1764＝《合》22055）、或从鹿作（前 7.17.4＝《合》8233），依形當分別隸定爲「牡」、「羛」、「豭」、「麀」，這些字在卜辭中所指涉之動物或許本不相同，然後世文字省併，雄性動物一律以「牡」字概括之（《說文》釋爲「畜父」，即不限指「公牛」），其餘諸字見廢，因此「羛」、「豭」、「麀」等字，應會被後人認爲是「牡」字替換不同動物偏旁所構成的異體，均同指雄性動物；亦有可能受《說文》釋形影響，以爲「駐」、「牡」均由「土」得聲，故可通假。

《四聲韻》另引崔希裕《纂古》隸定古文（96.2.3）、（96.3.1）二形，字从「牛」、从「馬」，與《六書通》「牡」字條下所錄（脩能印書）字結構相同。〔註 55〕此形出土文字材料未見，《集韻》、《類篇》錄爲「牡」字或

〔註 53〕其文例爲「四駐滂滂」，滂滂即騯騯，《說文》：「騯，馬盛也」，此句指一車所駕四馬之肥碩健壯。見湯餘惠：《戰國銘文選》（長春：吉林大學出版社，1993 年 9 月），頁 41。

〔註 54〕許師學仁：《古文四聲韻古文研究（古文合證篇）》，頁 114；李春桃：《傳抄古文綜合研究》，頁 476。

〔註 55〕〔明〕閔齊伋輯，〔清〕畢弘述篆訂：《訂正六書通》（上海：上海書店，1981 年 3 月），頁 233。

體。〔註56〕李春桃指出古文來源不明，「牛」旁可能是「土」旁訛變。〔註57〕

012 含

「含」字條下共收篆體古文 ▩（105.5.1）、▩（105.5.2）、▩（105.5.3）、▩（105.6.1）等四形。

▩爲石經古文，與戰國古文字作 ▩（中山王䥽壺《集成》09735）、▩（燕下都 215.11）、▩（郭店・語一 38）、▩（磚 M370 2）等形近似。字所從「今」旁，爲石經古文一貫的寫法，其體與戰國晉系文字作 ▩（侯馬），楚系「含」字 ▩（磚 M370 2）所從最爲肖似。

▩形出於唐代碧落碑，清人邢樹《金石文字辨異》將此形隸定爲「▩」，並指出其當爲《說文》「肣」字或體「肣」，於碑文中通假爲「含」字。〔註58〕《六書通》錄碧落碑「含」字作 ▩，與 ▩ 形稍有落差。〔註59〕若將原碑字形放大觀察，「亼」形下方右斜撇筆道較爲清楚，當是原有筆畫，且其與肉旁之間有豎筆相連，恰呈如篆文之「今」形。而左半若視爲一斜筆，扣除可能因殘損導致筆道較粗的客觀因素外，無論起筆位置、筆畫長度或運筆方向，皆難以構成與右斜筆對稱之筆畫，因此該部分有可能僅是原碑殘損之痕跡，《六書通》之摹文值得參考。出土文字中未見「肣」字，《說文》作「肣」，傳抄古文可能依篆文改作。

▩（105.5.3）見《四聲韻》引《古老子》，▩（105.6.1）見《韻海》，兩形同構，亦從「肉」、從「今」。上部「今」旁寫法可能受碧落碑文 ▩ 之

〔註56〕〔宋〕丁度等編：《集韻》，頁 126；〔宋〕司馬光等編：《類篇》（北京：中華書局，1984 年 12 月），頁 41。

〔註57〕李春桃：《傳抄古文綜合研究》，頁 476。

〔註58〕〔清〕邢澍撰：《金石文字辨異》十二卷（據華東師範大學圖書館藏清嘉慶十五年刻本影印），頁 46。

〔註59〕〔明〕閔齊伋輯，〔清〕畢弘述篆訂：《訂正六書通》，頁 156。

影響，將「今」旁左下殘損痕跡視爲筆畫。隋唐時期許多墓誌碑刻「含」字作（符氏造象）、（隨宮人御女唐氏墓誌）、（唐處士河南元襄墓誌）、（唐晉昌唐氏張五襄墓誌）。〔註60〕上揭「含」字上部「今」旁寫法與、所从「今」旁相似，亦不能排除傳抄古文是受後代隸楷文字影響而產生的訛形。

《四聲韻》另錄《籀韻》隸定古文「㕫」（105.5.4），徐在國指出魏元文墓誌「含」字作「㕫」，與此隸定古文同形。〔註61〕「㕫」出於後世碑刻，並非古文。

013 喟

「喟」字下錄篆體古文六形，依其形體差異可概分爲三組，分別表列如下：

一	（107.2.6）
二	（107.2.1）、（107.2.2）、（107.2.3）、（107.2.5）
三	（107.2.4）

第一類古文（107.2.6）即「嘳」字，見於《韻海》。《說文》：「喟，大息也。从口、胃聲。，喟或从貴」。〔註62〕據《說文》可知「嘳」、「喟」應屬替換聲符之異體字，「嘳」字出土文獻未見，《韻海》此形或即取自《說文》。

第二類古文（107.2.1）見《汗簡》，郭忠恕此字下僅言「闕」，亦未標明出處。《四聲韻》錄有「嘳」字作（107.2.2）形，引自林罕《集字》，與《汗簡》所錄形同，《韻海》所錄（107.2.3）、（107.2.5）二形亦同。

〔註60〕秦公、劉大新輯：《廣碑別字》（北京：國際文化出版公司，1995年8月），頁54。

〔註61〕徐在國：《隸定古文疏證》，頁32。

〔註62〕〔漢〕許慎撰，〔宋〕徐鉉等校定：《說文解字》十五卷，第2篇上，頁41。

黃錫全認爲此類古文形體與「旬」字金文作 （新邑鼎《集成》02682）、（王孫遺者鐘《集成》00261），《說文》古文作 （902.5.1），《四聲韻》引王存乂《切韻》作 （902.5.1）等形近似， 蓋爲「旬」字譌誤；又說此形亦可能是 （嘳）字之誤。〔註63〕李綉玲認爲黃錫全所提兩種說法皆有成立之可能。〔註64〕

　　然將 形視爲「旬」字或「嘳」字（）之寫誤，於字形上仍然存在難以疏通的落差。《玉篇》中與「嘳」字形、義關係密切之字頗多：「嘳」字釋爲「大息也，亦與喟同」；「匔」字釋爲「太急也，或作敊、喟」；「敊」字下云：「大息也」；「歔」字下云「太息也」〔註65〕，據《玉篇》所錄諸條訓解可見「喟」、「嘳」、「匔」、「敊」、「歔」等字例可通作。

　　「喟」、「嘳」二字《說文》已列爲替換聲符之異體，其關係較爲明確。〔註66〕而「匔」、「敊」、「歔」諸字，從結構上觀察應是從同一聲符的形聲字，左半的「甶」形應爲聲符，此形歷來字書中皆無說，初形本義待考。《說文》中有以「敊」爲聲之字，如「葴」字：「艸也。从艸，敊聲」；又有「郰」字：「汝南安陽鄉。从邑，敊省聲」。〔註67〕然《說文》並無「敊」字，難以確知其構形，段玉裁謂「敊」字「今不可得其左旁所从何等，字之本訓何屬」。〔註68〕「敊」、「嘳」古音皆屬溪紐物部，音近可通。〔註69〕《說文》：「䏶，職

〔註63〕黃錫全：《汗簡注釋》，頁250。

〔註64〕依前說爲「旬」字誤置於「嘳」字下，依後說則屬字形訛變。關於「旬」字之說法，其認同黃錫全所引之例證與所釋字確實相似；至於「嘳」（）字之說，黃錫全並無進一步說明，李綉玲舉出《說文》「妻」字：「，古文妻，从屮女。屮，古文貴」、《汗簡》「貴」字作 等例證，並由相關古文字材料討論「貴」字古文作 之原因。見李綉玲：《古文四聲韻古文探賾》，頁187、188。

〔註65〕〔梁〕顧野王：《大廣益會玉篇》，頁25、129、57、45。

〔註66〕〔漢〕許慎撰，〔宋〕徐鉉等校定：《說文解字》十五卷，第2篇上，頁4。

〔註67〕〔漢〕許慎撰，〔宋〕徐鉉等校定：《說文解字》十五卷，第1篇下，頁3；第6篇下，頁8。

〔註68〕〔清〕段玉裁：《說文解字注》，頁30。

〔註69〕敊、嘳二字爲通假關係之說，乃林師清源於「源源家族」第36次讀書會（台中：國立中興大學中文系，2012年8月10日）中提供給筆者的建議，特此注明。

或從敔」已見兩聲符之替換。〔註70〕「匔」、「敔」、「獻」諸字既從同一聲符讀音必近，其與「喟」（噴）字應皆屬通假關係。透過形體比對， 應是「匔」字之篆形，只是形體訛誤較甚，《四聲韻》此處乃假「匔」為「喟」。

第三類古文 （107.2.4）見《韻海》，當為「敔」字篆形，假「敔」為「喟」。

014 名

「名」字下錄篆體古文十一形，據其形體可概分為五組，分別表列如下：

一	（107.6.1）、（107.8.3）
二	（107.7.1）、（107.7.3）、（107.7.4）
三	（107.6.3）、（107.6.4）、（107.7.2）
四	（107.6.2）、（107.8.2）
五	（107.8.1）

第一類古文 （107.6.1）見陽華岩銘，上從「月」，「口」旁向左橫書且與「月」旁共筆，形體較為特殊。戰國楚簡文字作 （郭店・成 13），齊系文字作 （郘公華鐘《集成》00245）寫法與之近似，可見此古文來源有據。〔註71〕《韻海》錄 （107.8.3），上部從「夕」作，古文字「月」、「夕」於偏旁中混用無別，傳抄古文中亦然（見第二章第一節）。楚簡或作 （包山 32），與《韻海》此形近似。上表第二至第四形皆與此類古文同構，惟各有不同的形體訛變現象。

第二類古文 （107.7.1）見《四聲韻》所引《古孝經》，（107.7.3）

〔註70〕〔漢〕許慎撰，〔宋〕徐鉉等校定：《說文解字》十五卷，第 12 篇上，頁 4。

〔註71〕郘公華鐘之形與「名」字傳抄古文有關，已見黃錫全說。黃錫全：《汗簡注釋》，頁 257。

引自《義雲章》、𠃌（107.7.4）引自華岳碑。𠃌、𠃌上從「月」，𠃌則從「夕」。此類形體的共同特徵在於下部「口」旁穿過與「月」（或「夕」）旁共筆處後，筆畫再行黏合呈「圈形」。

第三類古文𠃌（107.6.4）見《汗簡》引華岳碑，與《四聲韻》所錄華岳碑𠃌（107.7.2）對比，可見「口」旁筆畫再與上部「夕」旁左斜筆黏合（或可視爲共筆）。𠃌（107.6.3）亦見《汗簡》，與𠃌（107.6.4）形同。

第四類古文𠃌（107.6.2）見《汗簡》引《義雲章》，與《四聲韻》所錄同一形體𠃌（107.7.3）對比，可見其下部「口」旁筆畫再斷爲兩橫筆，《韻海》𠃌（107.8.2）字，下部作如「午」形，當據《汗簡》之形寫訛。

第五類古文𠃌（107.8.1）見《韻海》，形體較爲奇特，亦不明其來源。林師清源指出𠃌係由𠃌（107.6.3）所從「夕」旁外廓筆畫收縮所致。〔註72〕

015 召

「召」字下錄古文五形，分別作𠮩（111.3.1）、𠮩（111.3.2）、𠮩（111.3.3）、𠮩（111.3.4）、𠮩（111.4.1）。

𠮩即「召」字，可析爲從「口」、「刀」聲。此字見於《四聲韻》，字下注明引自《汗簡》，然此字今本《汗簡》未見，黃錫全《汗簡注釋・補遺》亦未補錄。檢《六書通》中錄有𠮩字，與𠮩同形，亦注明出於《汗簡》，可參照。〔註73〕

𠮩見《四聲韻》所引《古老子》，此形與石經古文「向」字作𠮩（710.6.1）幾乎同形，「召」、「向」二字音義無涉，𠮩字上部作「宀」形應可視作「刀」旁之訛體，因轉寫訛變後乃與石經古文「向」字同形。𠮩上之「宀」形若不

〔註72〕此爲林師清源於「源源家族」第45次讀書會（台中：國立中興大學中文系，2013年3月19日）提供給筆者的意見。

〔註73〕〔明〕閔齊伋輯，〔清〕畢弘述篆訂：《訂正六書通》，頁300。

視爲「刀」旁訛變，此形即不可解，然出土文字中難以找到「刀」旁訛爲「宀」的例證，應是傳抄古文形體嚴重訛變所致。古文字中「人」、「刀」兩旁常因形近而訛混，《汗簡》引王庶子碑「軍」字作 🔲（1432.2.2）、🔲（1432.2.2），🔲上部之「人」形爲「勻省聲」，🔲即由「人」形訛爲「宀」形，可爲本條所論字旁證（參074）。

《韻海》錄「召」字作 🔲（111.3.3）、🔲（111.3.4）、🔲（111.4.1）等形，其形體皆與「召」字差別甚大。徐在國已指出《韻海》中混雜有銅器銘文，並謂 🔲字不識，🔲疑爲「象」字，🔲爲「省」字。〔註74〕據其說，則上述三形皆爲「誤植」。

筆者檢閱相關傳抄銅器銘文字書後發現，與 🔲、🔲等類似之形體訛變情形嚴重，且同類形體被誤釋、誤錄爲多字後，再彼此交互影響，形成錯綜複雜的字際關係。《增廣鐘鼎篆韻》霰韻「見」字條下錄有 🔲、🔲、🔲等形，笑韻「召」字條下又錄 🔲、🔲、🔲、🔲、🔲、🔲等形，漾韻「相」字條下又錄 🔲、🔲等形。〔註75〕此類形體應皆爲「眚」字，「眚」（省）字甲骨文作 🔲（甲357＝《合》29881）或 🔲（乙4057＝《合》9504正），从目从屮（或从目从木），會視察草木之意，引申爲視察，與「省」爲一字。〔註76〕《增廣鐘鼎篆韻》錄於「見」、「召」、「相」字下均屬誤釋、誤植。

《韻海》🔲（111.4.1）形與 🔲、🔲等形相似，應即「眚」字無疑。🔲（111.3.3）與 🔲、🔲等形相似，亦爲「眚」（省）字，惟其下部贅增一豎筆。《殷周金文集成》6514「中觶」銘文中有 🔲、🔲（蓋器同銘），此二形本爲一字。〔註77〕「中觶」《歷代鐘鼎彝器款識法帖》舊稱爲「召公尊」，🔲、

〔註74〕徐在國：《傳抄古文字編》（北京：線裝書局，2006年10月），前言。

〔註75〕見〔元〕楊鉤撰，〔清〕阮元輯：《宛委別藏·增廣鐘鼎篆韻》（揚州：江蘇古籍出版社，1988年2月），頁361、364、365、373。

〔註76〕季師旭昇：《說文新證》上冊，頁257。

〔註77〕中國社會科學院考古研究所編：《殷周金文集成釋文》第四卷（香港：香港中文大學出版社，2001年10月），頁353。

（圖）二字即釋爲「召」，當是宋人之誤釋。〔註78〕《增廣鐘鼎篆韻》所錄「召」

字（圖）、（圖）、（圖）諸形，題自「召公尊」，即出於此。《殷周金文集成》已將（圖）、

（圖）改釋爲「省」。

　　（圖）（111.3.1）與傳抄古文「象」字作（圖）（960.4.3）、（圖）（961.5.1）等類

似，徐在國疑爲「象」字頗有根據，其誤置「召」字下，或許與（圖）、（圖）

等形於相關傳抄銅器銘文字書中誤置於「相」字下有關，「象」字古音屬邪紐

陽部，「相」字屬心紐陽部，音近可通。此外，筆者認爲（圖）亦可能爲（圖）

（326.8.2）、（圖）（327.1.3）等「相」字傳抄古文之訛體。

016 吅

　　《汗簡》錄「吅」字古文作（圖）（134.5.1），《四聲韻》引錄作（圖）（134.5.2），

筆勢略異。（圖）字之結構同於《說文》小篆「吅」，季師旭昇指出，古文字中

未見單字「吅」，但是偏旁中多見，往往用以表示多口、多言、喧嘩等義。《說

文》釋爲「驚嘑」應屬引申義。〔註79〕「口」形作（圖），爲《說文》古文、石

經古文偏旁之慣見寫法，如《說文》古文（圖）（108.6.1「君」字）、（圖）（120.7.1

「吝」字），石經古文（圖）（108.7.3「君」字）、（圖）（102.2.1「告」字）、（圖）

（109.8.1「命」字）等字所從。透過上揭字體的比對，不難發現《汗簡》摹

錄之形體與《說文》較爲相似，《四聲韻》則近於石經古文。

　　《四聲韻》另錄有（圖）（134.5.3）形，出自王存乂《切韻》。此形與見於

包山楚簡之「坓」字作（圖）（包山168）近似，何琳儀認爲「坓」字從土、丌

聲，爲「基」字省文。〔註80〕傳抄古文字中「基」字作（圖）（1358.3.3）、（圖）

（1358.3.4）、（圖）（1358.4.2）等，亦與（圖）形相似。然而，「基」、「吅」二字

〔註78〕〔宋〕薛尚功原寫，〔清〕孫星衍主持臨刻，嚴可均臨篆，蔣嗣曾寫釋文：《臨宋寫
　　　　本歷代鐘鼎彝器款識法帖》（臺北：廣文書局有限公司，1972年4月），頁203、204。

〔註79〕季師旭昇：《說文新證》上冊，頁90。

〔註80〕何琳儀：《戰國古文字典》，頁24。

於形、音、義皆差別甚巨，將「基」字置於「吅」字條下，排除字形訛混、聲近通假、義近換用等可能性後，僅能將之視爲編纂者的「誤植」，在沒有充分證據的情況下逕指其非恐怕失之武斷。再者，更值得注意的一點是，田形上部橫筆下方之兩斜筆，於起筆後明顯有一道彎折，與上引楚文字、傳抄古文之「丌」旁於橫筆下部左右各作一撇順下不同。因此，田是否爲「基」字尚待斟酌。

筆者認爲田可能是「坃」字，其「元」旁寫法與《四聲韻》引王存乂《切韻》「元」字万（2.1.4）近似，田所從「元」旁下部兩斜筆左右較爲對稱。「坃」字從「土」、「元」聲，首見於《玉篇》「壎」字條下，注明爲該字古文。〔註81〕「壎」字古音屬曉紐文部，「吅」字爲曉紐元部，二者聲紐相同、韻部文元旁轉，聲韻俱近，具備可通假之條件。李春桃亦指出《四聲韻》此形乃假「坃」爲「吅」。〔註82〕

017 前

「前」字下錄篆體古文八形，依其結構可概分爲兩組，分別表列如下：

一	𢇍（144.8.1）、𣍘（144.8.2）、𣍘（144.8.3）、𣍘（144.8.4）、𣍘（145.1.1）、𣍘（145.1.2）、𣍘（145.1.3）
二	𪉖（145.1.4）

第一類古文即「歬」字，見《說文》「止」部：「歬，不行而進謂之歬，從止在舟上」。〔註83〕何琳儀認爲此字從舟、從止，會舟船前行之意。〔註84〕「歬」字金文作 𣍘 （兮仲鐘《集成》00065）、𣍘 （追簋《集成》04220）等形。戰國文字承襲金文作 𣍘 （包山122）、𣍘（郭店・老甲3）、𣍘 （郭

〔註81〕〔梁〕顧野王：《大廣益會玉篇》，頁7。

〔註82〕李春桃：《傳抄古文綜合研究》，頁704。

〔註83〕〔漢〕許慎撰，〔宋〕徐鉉等校定：《說文解字》十五卷，第2篇上，頁8。

〔註84〕何琳儀：《戰國古文字典》，頁1044。

店・尊 2）等形。自西周金文以迄《說文》字形結構皆相同。

　　《說文》另有「歬」字：「齊斷也，从刀、歬聲」。〔註85〕此字之義相當於今之「剪」字，然於今日所見秦漢文字中之「歬」字，亦多當「前後」之「前」使用，少見用爲「齊斷」之義者。▉（144.8.1）形見於三體石經，與之相對應之篆隸正爲「歬」字，《玉篇》謂「歬，先也，今作前」。〔註86〕段玉裁於「歬」字下注曰：「後人以齊斷之前爲歬後字」，〔註87〕何琳儀亦指出「典籍以前爲歬，以剪爲前」。〔註88〕上述諸家之論已足以說明「歬」應爲「前」之古體。

　　▉（144.8.3）形見於唐代碧落碑，其形體與漢印文字作▉較爲相似。▉形（145.1.2）見《四聲韻》所引《古老子》，其「舟」旁形訛較爲嚴重。《六書通》錄此形作▉，右下部已訛如「又」形。〔註89〕

　　第二類古文▉（145.1.4）出自《韻海》，形體奇詭難辨。《韻海》所錄諸形皆未注出處，由《六書通》之載錄可知此形出自「比干銅槃」，應屬銅器銘文。〔註90〕「比干銅槃」（見下圖）於宋代薛尚功《歷代鐘鼎彝器款識法帖》已見著錄，共十六字，徐剛指出此銘字形奇特，具古代道教符籙的特點，因此形體難以辨認，應該並非先秦銘刻。〔註91〕此銘當出於後人撰作，誠如徐剛所言字形「具古代道教符籙的特點」，便不能依正常之文字形體結構理解。筆者認爲▉字應由「前」字篆文「▉」變造而來，上部从止，右半兩豎當爲「刀」旁，其餘則爲「舟」之變體，其形體詰詘有類於「鳥蟲書」之變化。

〔註85〕〔漢〕許慎撰，〔宋〕徐鉉等校定《說文解字》十五卷，第 4 篇下，頁 7。

〔註86〕見〔梁〕顧野王：《大廣益會玉篇》，頁 50。

〔註87〕見〔清〕段玉裁：《說文解字注》，頁 68。

〔註88〕何琳儀：《戰國古文字典》，頁 1045。

〔註89〕〔明〕閔齊伋輯，〔清〕畢弘述篆訂：《訂正六書通》，頁 82。

〔註90〕〔明〕閔齊伋輯，〔清〕畢弘述篆訂：《訂正六書通》，頁 82。

〔註91〕徐剛：《古文源流考》（北京：北京大學出版社，2008 年 3 月），頁 196～198。

018 牙

「牙」字下錄篆體古文八形，依其形體差異可概分爲三組，分別表列如下：

一	𠕎 （190.7.2）、与 （190.8.2）		
二	𪙊 （190.7.1）、𪙋 （190.8.3）、𪙌 （190.7.3）、𪙍 （190.8.1）		
三	网 （190.7.4）、䍏 （190.8.4）		

「牙」字古作 𠚣（屛敖簋蓋《集成》04213），象上下大臼齒相錯之形，戰國文字筆畫多見黏合，如楚系作 与（郭店・語三 9）、齊系作 𡆥（辟大夫虎符《集成》12107）。季師旭昇指出戰國時因「牙」多被假借爲「与」，故加上義符「齒」，如晉系作 𪙊（陶彙6120）、楚系作 𪙌（曾165），爲《說文》古文 𪙊（190.7.1）所本。〔註92〕

「牙」字構形簡單，然筆畫之黏斷、詰詘、增減，往往使其形體出現較多的變化。加注義符後，其「牙」旁往往省如「屮」形，如楚文字作 𪙋（上一・緇 6）。〔註93〕字形上部有時向右傾頭，如秦文字作 𨚕（睡・秦律 89「邪」字偏旁），有時不傾頭如楚文字作 𡊃（郭店・緇 9），有時分爲兩筆書寫如 与（郭

〔註92〕季師旭昇：《說文新證》上冊，頁127。

〔註93〕何琳儀：《戰國古文字典》，頁511。

店・語三 9）。或筆畫黏合如晉系作 （三晉 48「邪」字偏旁），或下部橫筆省略，如晉璽作 （璽彙 2060「邪」字偏旁）。

　　《四聲韻》錄《汗簡》「牙」字古文作 （190.7.2），《韻海》所錄 （190.8.2）形體近似而筆勢略異。 形與戰國文字 （郭店・語三 9）、（辟大夫虎符《集成》12107）相似度甚高。

　　第二類形體 （190.7.1）爲《說文》古文，《四聲韻》作 （190.7.3）、《韻海》作 （190.8.3），形皆相似，可與戰國晉、楚文字合證，來源有據。《韻海》 之「牙」旁寫法同《說文》小篆「」。（190.8.1）亦見《韻海》，形體訛變較甚，「齒」旁筆畫斷裂，作如「臼」形，「牙」旁似寫脫一筆，與晉璽「邪」字 （璽彙 2060）所从者形近。

　　（190.7.4）見《四聲韻》引崔希裕《纂古》，《韻海》所錄 （190.8.4）形同。此形李春桃疑爲「齒」字古文訛變，誤收在「牙」字下。〔註94〕 確實與「齒」字作 （187.1.1）、（187.6.2「齔」字偏旁）近似，然形體仍存在頗多難以疏通之差異。筆者疑此形或由楚簡 （郭店・緇 9）一類形體寫訛，因偏旁間隔較近，屢經轉寫後訛爲 形；或是偏旁位置由上下式變爲內外式，上部訛如「ㄐ」形之兩筆，與「齒」旁外部框廓共筆，遂成此怪異寫法。（190.7.4）於出土文字無徵，或爲「牙」字較特殊之變體，若採李春桃以「齒」爲「牙」之說，筆者認爲或可理解爲「近義字」關係，未必爲誤植。

019 糾

　　「糾」字下錄古文四形，《汗簡》作 （214..4.1）、《四聲韻》作 （214.4.2）、《集上》作 （214.4.3），三形均引自《古論語》，《韻海》錄作

〔註94〕李春桃：《傳抄古文綜合研究》，頁 521。

（214.4.4）。

　　（214.4.2）、（214.4.3）、（214.4.4）同形，均從「ㄐ」，從《說文》古文「糸」，鄭珍指出其爲「更篆，从古糸」。〔註95〕而《汗簡》

（214..4.1）字「ㄐ」旁亦作如「糸」旁，當係「自體類化」現象。鄭珍、黃錫全已指出其誤。〔註96〕

020 廿

　　「廿」字下錄篆體古文七形，據其形體可概分爲四組，分別表列如下：

一	（216.1.1）、（216.1.2）、（216.1.3）、（216.2.3）
二	（216.1.4）
三	（216.2.1）
四	（216.2.2）

　　「廿」字甲骨文作（甲668＝《合》32757）、（甲854＝《合》26911），西周金文作（孟鼎《集成》02837）、（伊簋《集成》04287），字從二十合併。戰國所見各系文字「十」形橫筆多相連，如秦系作（陶彙5.387），楚系作（燕客量《集成》10373），晉系作（廿五年陽春嗇夫維戈《集成》11324），燕系作（陶彙4.17），與《說文》小篆作「廿」同。

　　第一類古文（216.1.1）見三體石經，凡三見，《韻海》所錄（216.2.3）形同。此類古文同於上揭戰國各系形體，應是轉錄戰國「廿」字的慣見寫法，來源可靠。

　　第二類古文（216.1.4）見《韻海》，形體與上揭西周金文（伊簋《集成》04287）近似，《韻海》中已多錄青銅器銘文，此形當亦如是。

　　第三類古文（216.2.1）見《韻海》，字作「十」形左右並列，橫筆相連，豎筆下部不相連，這種寫法的「廿」字出土文字尚無可徵，推測應與「卅」字

〔註95〕〔清〕鄭珍：《汗簡箋正》，卷1，頁35。

〔註96〕〔清〕鄭珍：《汗簡箋正》，卷1，頁35；黃錫全：《汗簡注釋》，頁131。

篆文作「􀀀」，《汗簡》作􀀀（216.4.1）下部寫法有關。􀀀（216.2.1）之寫法與《韻海》所錄「供」字古文作􀀀（778.6.3）完全同形，􀀀（778.6.3）當是「廾」字，以聲近通假爲「供」。「廿」、「廾」音義無涉，《韻海》中因形近而誤爲同形。

　　第四類古文􀀀（216.2.2）亦見《韻海》，與《六書通》所錄古文奇字作􀀀相似，惟《六書通》之形豎筆未上下連貫。〔註97〕此類形體可理解爲「十」形上下重疊，與􀀀屬偏旁位置「左右式」與「上下式」之互作。

021 諄

　　《韻海》錄「諄」字古文兩形，分別作􀀀（221.8.1）、􀀀（221.8.2）。

　　「諄」字《說文》作「諄」，從「言」、「𣎆」聲，釋爲「告曉之熟也」。〔註98〕􀀀字應可析爲從「言」、從「享」，或從「言」、從「章」。「享」字篆文作􀀀，源於秦系文字，與􀀀相比，缺少中間的「日」形，然《龍龕手鑑》錄有「享」字別體作􀀀，雖爲隸體，然其結構與􀀀形全同；《說文》另有「章」字，許慎釋爲「度也，民所度居也」，篆文作􀀀，《汗簡》錄「章」字作􀀀（532.5.1）與之近似。􀀀與「享」、「章」皆極爲近似，季師旭昇指出「𣎆」、「享」（亯）、「章」三字在秦文字中，用於偏旁幾乎沒有分別。〔註99〕可見此三偏旁不但字形近似，且於文字使用中應經常出現混用之情形，故􀀀爲「享」或「章」難以截然論斷，姑並存之。（《龍龕手鑑》「享」字別體􀀀，應有可能受「章」、「亯」字影響而訛變）

　　􀀀字應隸定爲「忳」，從心、屯聲，其「屯」旁訛寫成似「女」形。「忳」字見於《玉篇》、《五經文字》、《龍龕手鑑》、《集韻》等書，義爲「憂也」、「悶

〔註97〕〔明〕閔齊伋輯，〔清〕畢弘述篆訂：《訂正六書通》，頁382。

〔註98〕〔漢〕許慎撰，〔宋〕徐鉉等校定：《說文解字》十五卷，第3篇上，頁3。

〔註99〕季師旭昇：《說文新證》上冊，頁454。

也」、「亂也」等，與「諄」字訓義有別。〔註100〕《韻海》錄於「諄」字下，應受《集韻》將「忳」列爲「諄」字異體之影響所致。〔註101〕然而，「忳」字於歷來字書中屢見，且字義明確，「忳」、「諄」二字古音皆屬章紐文部，不排除《集韻》將之列於「諄」字下，是誤將音近之通假字視爲異體。

022 識

「識」字下錄篆體古文五形，依其形體差異可概分爲四組，分別表列如下：

一	（223.8.4）
二	（223.8.1）、 （224.1.1）
三	（224.1.2）
四	（223.8.3）

第一類古文 （223.8.4）見《韻海》，《四聲韻》錄《雜古文》隸定古文 （223.8.2），應與之有關。徐在國謂古璽「識」字作 （璽彙0338），與 形近。〔註102〕 或即源於此類「識」字；又「戠」字金文作 （佣生簋《集成》04263）、 （免簋《集成》04626），何琳儀以爲从言、从戈，會意不明。〔註103〕戰國以後形體多變，楚系作 （璽彙5482）、 （包山49）、 （包山206）、 （郭店‧尊18），晉系作 （璽彙0544）。 亦可能爲「戠」字，字書假借爲「識」。《說文》：「識，常也，一曰知也。从言、戠聲」。〔註104〕「戠」爲「識」字聲符，必音近可通。

第二類古文 （223.8.1）見《四聲韻》所引《古老子》，《韻海》作

〔註100〕〔梁〕顧野王：《大廣益會玉篇》，頁39。

〔註101〕〔宋〕丁度等編：《集韻》，頁35。

〔註102〕徐在國：《隸定古文疏證》，頁55。

〔註103〕何琳儀：《戰國古文字典》，頁53。

〔註104〕〔漢〕許慎撰，〔宋〕徐鉉等校定：《說文解字》十五卷，第3篇上，頁3。

（224.1.1）。此字右半从「志」，應爲其聲符。左半之形，與傳抄古文之「虫」、「午」形體皆近。「虫」字《汗簡》作 （1321.7.1）、《四聲韻》作 （1321.7.3），爲傳抄古文「虫」之慣見寫法；石經古文「許」字作 （219.2.1）、（219.2.3），其所从「午」旁，亦與 字左旁近似。然若據此將 字隸定爲「蛓」或「𧉟」，其於出土文字甚至後世字書中皆未見。李春桃亦指出，「蛓」不見於字書，然此形以「志」爲聲，可與「識」相通無虞。〔註105〕

筆者認爲此形當爲「恀」字，「恀」字《玉篇》訓爲「忘」也，《集韻》、《類篇》同之。〔註106〕「恀」从「志」聲，「志」古音屬章紐之部，「識」屬章紐職部，典籍中頗多通假例證。〔註107〕依《玉篇》、《集韻》、《類篇》等，傳抄古文應是假「恀」爲「識」；然「恀」亦見《龍龕手鑑》，爲「懺」字俗體，訓爲「志」也，若準此，「恀」亦可能是後世俗造的異體。由於字書訓義不同，加以「志」、「忘」楷體形似，不知孰是孰非。明人張自烈《正字通》解析「恀」字構形，「志則不忘」，訓「忘」乃「志」之誤。〔註108〕其釋形合理，筆者傾向將「恀」視爲「識」之後起異體字。

之「心」旁作如「虫」形，訛變較甚。《集上》引《雜古文》「憺」（假「惔」爲之）字作 （1052.6.1），其「心」旁亦訛如「虫」形，《四聲韻》引《古老子》「惔」字作 （1064.6.1），、 兩形比對，即知 形誤增一橫筆，即與「虫」形混同。

傳抄古文中之「心」旁有作如 者，如 （1050.7.2「怕」字）、（1052.6.2「憸」字），同於後世隸楷之豎心旁，黃文杰利用秦漢簡帛文字論證「心」旁之

〔註105〕李春桃：《傳抄古文綜合研究》，頁 465。

〔註106〕〔梁〕顧野王：《大廣益會玉篇》，頁 39；〔宋〕丁度等編：《集韻》，頁 137；〔宋〕司馬光等編：《類篇》，頁 390。

〔註107〕《史記・高祖本紀》：「旗幟皆赤」，司馬貞索引：「幟，或作志」，「幟」、「識」同从「戠」聲，可見从「戠」聲之字可與「志」字通假。相關例證頗多，茲不贅錄，參張儒、劉毓慶：《漢字通用聲素研究》（太原：山西古籍出版社，2002 年 4 月），頁 22、23。

〔註108〕〔明〕張自烈《正字通》即認爲「志則不忘」，訓「忘」乃「志」之誤。見《教育部異體字字典》http://dict.variants.moe.edu.tw/yitic/frc/frc03694.htm。

演變，指出在漢初簡帛，如馬王堆帛書、銀雀山漢簡等已可見近於豎心旁之寫法。〔註109〕 ↑ 之寫法應由 帖、憸 等字所從豎心旁形體寫訛，豎筆旁兩筆拉至豎筆頂端，再合如「Λ」形，豎筆改作曲筆，即成 ↑ 形。《四聲韻》引天台經幢「恃」字作 （1050.6.1）、《韻海》「憺」字作 （1052.6.3），皆可見此種偏旁變形。

第三類古文 （224.1.2）亦見《韻海》，其形與《汗簡》所引王庶子碑「職」字古文 （1189.2.1）同形。李春桃以 為「幟」字，通假為「職」，其說有理。〔註110〕傳抄古文「巾」作 （755.3.1）、 （755.3.2），確實與此類字形下部所從者相同。此外，筆者認為 （224.1.2）、 （1189.2.1）亦可能是「懺」字，「懺」字出土文字未見，《說文》、《玉篇》亦無，首見於遼代《龍龕手鑑》，訓為「志也」。「識」字古亦多用為「志記」之義，「懺」、「識」二字於義更近，除典籍用例外，「心」、「言」亦為常見之義符替換用例，「懺」、「識」或可視為異體（當然，「懺」字後起，兩者時代不同）。雖然「懺」、「識」之形義關係較「幟」為近，但由於 形與「心」、「巾」寫法全同，難以區別，故無法完全排除 乃假「幟」為「識」之可能，暫並存兩說。

第四類古文 （223.8.3）見《韻海》，《汗簡》錄「殖」字古文作 （394.1.1）、《四聲韻》錄作 （394.1.2）；《四聲韻》引《古孝經》「職」字古文作 （1189.2.2），李春桃已指出諸形皆是「熾」字，字書錄為「殖」、「職」均屬通假。〔註111〕透過字形比對， 顯然亦為「熾」字，「熾」、「識」同從「戠」聲，《韻海》假「熾」為「識」。

023 誥

「誥」字下共收篆體古文二十形，據其形體可概分為六組，分別表列如下：

〔註109〕黃文杰：《秦至漢初簡帛文獻研究》（北京：商務印書館，2008年2月），頁50。
〔註110〕李春桃：《傳抄古文綜合研究》，頁564。
〔註111〕李春桃：《傳抄古文綜合研究》，頁564。

一	⿰字 （226.2.4）、⿰字 （226.4.4）、⿰字 （226.6.1）、⿰字 （226.5.2）、 ⿰字 （226.6.4）
二	字 （226.3.4）、字 （226.4.3）
三	字 （226.2.2）、字 （226.2.3）、字 （226.3.2）、字 （226.4.1）、 字 （226.5.4）
四	字 （226.3.3）、字 （226.4.2）、字 （226.5.3）
五	字 （226.2.1）、字 （226.3.1）
六	字 （226.6.2）、字 （226.5.1）、字 （226.6.3）

　　第一類古文字（226.2.4）見《汗簡》言部，釋爲「誥」，引自王庶子碑；
《四聲韻》引錄作字（226.4.4），亦從言、從廾作，惟偏旁位置不同；《韻
海》錄作字（226.6.1），同於《汗簡》。金文有從言、從廾之字作字（矩尊
《集成》06014）、字（王孫誥鐘《新收》0423）等，唐蘭以爲「誥」字別體，
隸定作「𧥢」，並謂其字從言、從廾是由於「誥」是由上告下，作誥的是奴隸
主貴族，用雙手捧言以示尊崇之意，廾亦是聲符。〔註112〕戰國楚簡所見字（郭
店・緇28）、字（郭店・成38）、字（上一・緇15）等形，皆與此類古文同
形，亦皆用作「誥」，可見其來源有據。字（226.5.2）見《四聲韻》所引雲
臺碑，《韻海》所錄字（226.6.4）形近。此二形所從之「言」旁，乃《說文》
古文字（220.3.1「詩」字偏旁）之訛形，其形體與《汗簡》引碧落碑「言」
字作字（217.2.3）、《四聲韻》引《古老子》「言」字作字（217.3.2）較爲近
似。〔註113〕

〔註112〕唐蘭：《唐蘭先生金文論集》（北京：紫禁城出版社，1995年10月），頁183。
〔註113〕《說文》「言」字古文字於傳抄古文中訛變頗甚，或由字上部誤合作字，再訛寫成、

　　第二類古文 （226.3.4）見《汗簡》告部，釋爲「誥」，引自王存乂《切韻》，《四聲韻》引錄作 （226.4.3）。此形可隸定爲「靠」，《玉篇》錄爲「告」字古文，〔註114〕《集韻》、《類篇》則以爲「誥」字古文。〔註115〕關於此形結構，唐蘭、黃錫全皆認爲是「告」、「言」兩偏旁的形近訛混，張富海則認爲是將意符「言」改成形體相近的聲符「告」。〔註116〕由於出土文字未見從「告」之「誥」字，故唐蘭、黃錫全、張富海認爲「告」旁由「言」旁變化而來，應可信從。而「告」之於「靠」（誥）字確具聲符之作用，此處筆者從張富海之說，將此類古文視爲由古「誥」字 「變形音化」之異體。〔註117〕

　　第三類古文 （226.2.2）、（226.2.3）見三體石經《尚書·多方》，依形可析爲從「告」、從「丌」。《汗簡》引王存乂《切韻》作 （226.3.2），《四聲韻》引《古尚書》作 （226.4.1），《韻海》錄作 （226.5.4），形體皆同。此類古文當由 形進一步寫訛，唐蘭、黃錫全、張富海、趙立偉、李天虹、徐在國等均認爲「丌」是「廾」的訛形。〔註118〕

　　第四類古文 （226.3.3）見《汗簡》所引王存乂《切韻》，《四聲韻》引《鬱林序文》作 （226.4.2），《韻海》錄作 （226.5.3），形體皆同。

等寫法：或由 省略作 ，後上部誤合、下豎筆省略，以致作如「它」字 。

〔註114〕〔梁〕顧野王：《大廣益會玉篇》，頁32；徐在國以爲《玉篇》此字乃「假誥爲告」。見徐在國：《隸定古文疏證》，頁31。

〔註115〕〔宋〕丁度等編：《集韻》，頁167；〔宋〕司馬光等編：《類篇》，頁42。

〔註116〕唐蘭：《唐蘭先生金文論集》，頁183；黃錫全：《汗簡注釋》，頁91；張富海：《漢人所謂古文之研究》，頁57；徐在國：《隸定古文疏證》，頁55。

〔註117〕劉釗謂「變形音化」是指文字受逐漸增強的音化趨勢的影響，將一個字的形體的一部分，人爲地改造成與之形體相接近的可以代表這個字字音的形體，以爲了更清楚地表示這個字字音的一種文字演變規律。參劉釗：《古文字構形學》（福州：福建人民出版社，2006年1月），頁109。

〔註118〕唐蘭：《唐蘭先生金文論集》，頁183；黃錫全：《汗簡注釋》，頁91；張富海：《漢人所謂古文之研究》，頁57；趙立偉：《魏三體石經古文輯證》（北京：社會科學文獻出版社，2007年9月），頁78。

此形鄭珍以爲「更篆，从古言」，認爲其乃依《說文》「从言、告聲」之結構，改从古文「言」旁而作。〔註119〕戰國楚簡已見从言、告聲之「誥」字作 （包山 133），此類形體或有所本，然其「言」旁顯然源於《說文》古文偏旁，於出土文字無徵，本類古文確有人爲改篆之情形。

第五類古文 （226.2.1）爲《說文》「誥」字古文，字从肉、从又、从古文言。《汗簡》引錄作 （226.3.1），形體又稍訛。鄭珍認爲 「从肉無義，當本从廾言也」。〔註120〕唐蘭亦認爲从肉、从又是从廾之誤，黃錫全、徐在國說同。〔註121〕按「肉」、「又」兩旁形體差別較大且古文字中少見通作之例，鄭、唐、黃諸家之說當可再行商榷。

桂馥《說文義證》將此字移於「詧」字下，並謂「《玉篇》詧在誥後，即本書舊次。後人移詧於前，而遺其古文」，張富海、李春桃均從其說。〔註122〕據此，《說文》古文 實乃「詧」字，《說文》誤錄爲「誥」字古文，後世字書均沿許書舊例，誤置於「誥」字下。張富海舉出《四聲韻》引《古孝經》「察」字（「詧」通作「察」）作 （714.3.1），結構與《說文》古文正同，可證桂馥之說可信。〔註123〕

第六類古文 （226.6.2）、 （226.5.1）、 （226.6.3）三形皆見於《韻海》，應是第五類古文的訛形。其古文「言」旁 訛變情況較甚， 字所从者與 （226.6.4）之偏旁近似， 字所从者與《四聲韻》所錄 （217.3.4）類同， 上部或當由 訛寫作兩「口」形與一橫筆，其後再訛寫作兩「五」

〔註119〕〔清〕鄭珍：《汗簡箋正》，卷 1，頁 16。

〔註120〕〔清〕鄭珍：《汗簡箋正》，卷 1，頁 16。

〔註121〕唐蘭：《唐蘭先生金文論集》，頁 183；黃錫全：《汗簡注釋》，頁 91；徐在國：《隸定古文疏證》，頁 55。

〔註122〕張富海：《漢人所謂古文之研究》，頁 57；李春桃：《〈汗簡〉、〈古文四聲韻〉所收古文誤置現象校勘（選錄）》，武漢大學「簡帛研究中心網站」，2011 年 4 月 13 日。http://www.bsm.org.cn/show_article.php?id=1449。

〔註123〕張富海：《漢人所謂古文之研究》，頁 57。

形，即似 字上部之寫法。

024 記

「記」字下錄篆體古文七形，依其形體結構可概分爲四組，分別表列如下：

一	（230.6.1）、（230.6.2）
二	（230.6.3）、（230.7.2）、（230.6.4）
三	（230.7.1）
四	（230.7.3）

（230.6.1）形見《汗簡》所引孫強《集字》，《四聲韻》摹錄作 （230.6.2）。此類形體可析爲从「言」、「己」聲，即「記」之本字，左半「言」旁爲傳抄古文慣見之寫法。〔註124〕右半「己」旁則同於與《說文》古文 （1468.3.1）、石經古文 （1468.3.3），此類「己」字寫法與戰國晉系文字作 （璽彙2191）、（禾簋《集成》03939）等形近似，來源有據。

第二類古文 （230.6.3）見《四聲韻》所引三方碑，《韻海》所錄 （230.7.2）與之同形。（230.6.3）實爲「𨑒」字，見《說文》丌部：「𨑒，古之遒人，以木鐸記詩言。从辵从丌、丌亦聲。讀與記同。徐鍇曰：『遒人行而求之，故從辵丌，薦而進之於上也』。〔註125〕「𨑒」字置於「記」字下當屬同音「通假」。《韻海》另錄 （230.6.4）形，可視爲 （230.6.3）之訛省，或視爲「辵」旁替換爲「辶」旁之異體。

第三類古文 （230.7.1）見《韻海》，楊桓《六書統》認爲此形乃「从言、从𨑒省」，可從。〔註126〕

〔註124〕此形爲《說文》「言」字古文 之訛形，由 上部誤合作 ，再訛寫成 、 等寫法，「言」字古文變化詳參第三章。

〔註125〕〔漢〕許愼撰，〔宋〕徐鉉等校定《說文解字》十五卷，第5篇上，頁4。

〔註126〕〔元〕楊桓：《六書統》（臺北：臺灣商務印書館，1978年，四庫全書珍本八集據

（230.7.3）形出自大嚮記碑，此形看似「厺」字（與《汗簡》「厺」字作（1455.5.1）完全同形）。然「厺」字與「記」字音義全然無涉，碑文不當用「厺」爲「記」。（230.7.3）形亦與傳抄古文「齊」字作（673.4.1）近似，而「記」字古音屬見紐之部，「齊」屬從紐脂部，通假之音理條件並不充足。筆者疑此形乃「紀」字之訛體，以同音通假爲「記」。（230.7.3）中間與左側之「厶」形可能爲「幺」旁寫誤（幺、糸義近可通），右側之「厶」形則爲「己」之訛體，因「自體類化」而訛作三個「厶」形；或將視爲重複同形的「己」字，碑文假「己」爲「記」。

025 弄

　　「弄」字下錄篆體古文（260.8.1）、（260.8.4）、（260.8.3）三形，（260.8.1）見《四聲韻》引《義雲章》，《韻海》所錄（260.8.4）形同。此類形體與戰國晉系文字作（璽彙 3144）同形，來源有據。何琳儀謂「弄」字本从玉、从廾，會雙手弄玉之意，戰國「玉」旁或省作「工」形。〔註127〕李春桃則認爲「工」、「弄」皆爲東部字，从「工」應是「變形音化」。〔註128〕

　　（260.8.3）見《韻海》，疊增義符「手」，可隸定爲「挵」。《集韻》錄「挵」爲「弄」字異體，《韻海》應是據之改隸作古。〔註129〕

　　《四聲韻》另錄崔希裕《纂古》隸定古文（260.8.2），徐在國認爲是「弄」字篆文「」之訛省。〔註130〕然字上部與「玉」之形體差異頗大，此隸定古文當別有所本。《龍龕手鏡》錄有「弄」字作，上部作「上」、下

　　　　故宮博物院藏文淵閣本景印），卷 14，頁 46。

〔註127〕何琳儀：《戰國文字通論（訂補）》（南京：江蘇教育出版社，2003 年 1 月），頁 416。

〔註128〕李春桃：《傳抄古文綜合研究》，頁 658。

〔註129〕〔宋〕丁度等編：《集韻》，頁 131。

〔註130〕徐在國：《隸定古文疏證》，頁 61。

部作「廾」，與崔希裕《纂古》字形近，二形或有關聯。《異體字字典》認爲乃由「弄」與其異體「卡」混併訛省而成。〔註131〕其意應是認爲由「弄」、「卡」兩形各取一半雜揉而成，若純就形體而言確實如此，可備一說。筆者疑亦可能即爲之隸定體，上部本當從「工」，因筆畫縮誤訛寫爲「上」。則由再進一步寫訛。

026 共

「共」字下錄篆體古文五形，據其形體可概分爲三組，分別表列如下：

三	（262.5.4）	
一	（262.5.1）	（262.5.2）
二	（262.6.2）	（262.5.3）

　　商代金文「共」字作（亞共覃父乙簋《集成》03419），方濬益指出「共」字象兩手奉器形，朱芳圃以爲象兩手奉瓮形，季師旭昇從其說，並謂從廾奉鼎爲「具」，從廾奉瓮爲「共」，其理一也。瓮形省作「口」形，「口」形又訛爲「廿」形。《說文》釋爲「從廾廿」，誤。〔註132〕戰國晉系文字作（璽彙1880）、（璽彙3390）、（璽彙1741），秦系文字作（集粹），上部皆作「廿」形。楚系文字作從「廾」、從「廿」者亦多，如（上二·從甲6）、（楚王熊悍鼎《集成》02794）、（郭店·五37），然上部偏旁寫法較富變化，或訛似「心」形，如（郭店·六22）、（楚王熊悍盤《集成》10158）；或筆畫分裂如（包山228）、（包山239）、（璽彙5139）等。

　　第一類古文（262.5.4）見《四聲韻》引《汗簡》，此形今本《汗簡》

〔註131〕教育部《異體字字典》，A01240「弄」字 http://dict.variants.moe.edu.tw/yitia/fra/fra01240.htm。

〔註132〕季師旭昇：《說文新證》上冊，頁165。

未見。 [字] 與上引戰國晉、秦、楚系从「卄」、从「廿」之寫法近似，亦與《說文》小篆「[字]」形近。

第二類古文 [字]（262.5.1）爲《說文》古文，與上引楚系文字 [字]（包山228）、 [字]（包山239）、 [字]（璽彙5139）等形最爲皆近，來源有據。 [字] 上部「廿」形筆畫斷裂後，可能又受下部「又」形類化，戰國文字「共」或作 [字]（璽彙5138）、 [字]（璽彙5144），兩形對比下， [字] 字類化情形明顯。 [字]（262.5.2）見《四聲韻》所引《古老子》，字形上下筆畫黏合，看似獨體字，應屬轉寫訛誤。

第三類古文 [字]（262.6.2）見《韻海》，此形應由 [字]（262.5.2）寫訛，字形上下黏合後，又因刻意對稱，將「卄」形向上之曲筆改爲向下。《四聲韻》引《說文》 [字]（262.5.3），字形中間呈「×」形，與《汗簡》「癸」字古文作 [字]（1471.4.3）、 [字]（1471.4.4）同形；相對的，《韻海》錄「癸」字作 [字]（1471.7.3），中間筆畫略有彎曲，訛同「共」字。「癸」、「共」音義無涉，字形僅中間部分筆畫有曲、直之別，因形似而導致同形。

《四聲韻》另引崔希裕《纂古》隸定古文作 [字]（262.6.1），字形奇詭難辨，徐在國存疑待考。〔註133〕 筆者疑其可能由傳抄古文「癸」字 [字]（1471.5.2）寫訛，「癸」、「共」於傳抄古文中有同形現象，因而導致形體誤植，字形篆隸轉寫後又多所訛變。

027 赦

「赦」字下錄篆體古文 [字]（309.8.3）、 [字]（309.8.2）、 [字]（309.8.4）、 [字]（309.8.1）、 [字]（310.1.1）共五形。

[字]（309.8.3）、 [字]（309.8.2）二形出自《四聲韻》所引《汗簡》，然今本《汗簡》未見，黃錫全《汗簡注釋‧補遺》亦未補錄。 [字]（309.8.3）形即「赦」字，从「攴」、「赤」聲。出土戰國文字目前未見从「攴」、「赤」聲之

〔註133〕徐在國：《隸定古文疏證》，頁62。

「赦」字，然 ⿰赤攴（309.8.3）所从偏旁之寫法確可與戰國古文字互證。戰國文字「赤」作 ⿱大火（睡・日乙170）、⿱大火（帛書甲）、⿱大火（璽彙0892）等形，「攴」旁作 ⿰攴（郭店・六47「攸」字）、⿰攴（包山46「敗」字）等形，皆與所論字之寫法相同。由偏旁形體之對比可證 ⿰赤攴 形有據，非出自後人虛造。

⿱大火（309.8.2）形寫法與戰國「亦」字作 ⿱大火（睡・秦律1）、⿱大火（郭店・老甲20）、⿱大火（郭店・太11）、⿱大火（哀成叔鼎《集成》02782）等完全同形，顯然即是「亦」字。「亦」字古音屬喻紐鐸部，「赦」字古音屬書紐魚部，二者音近，且典籍中从「赤」聲與从「亦」聲之字多見通假之例。如《戰國策・趙策》：「趙使仇郝之秦」，《史記・趙世家》作「仇液」。〔註134〕「郝」从「赤」聲，「夜」从「亦」聲，兩者聲近可通，字書假「亦」爲「赦」。

⿰亦攴（309.8.4）形見於《韻海》，依形可隸定爲「赦」，「赦」字見《說文》，爲「赦」字或體。〔註135〕依前文論述可知「赤」、「亦」聲近，「赦」應爲替換聲符的異構字。戰國秦簡「赦」字作 ⿰亦攴（睡・爲吏 1），與 ⿰亦攴（309.8.4）同形，可見其來源有據。

⿰手（309.8.1）形見《四聲韻》所引《古老子》，《韻海》所錄 ⿰手（310.1.1）與之形似。此形左半從「手」應無疑義，右半形體則較爲難辨。何琳儀舉《四聲韻》引華岳碑「舍」字古文作 ⿰（521.4.2），引《籀韻》作 ⿰（521.4.4），與戰國璽印「豫」字 ⿰（璽彙1492）、⿰（璽彙1831）等形體比勘，並謂《四聲韻》⿰、⿰等形實爲「豫」字，聲近通假爲「舍」。〔註136〕李春桃則認爲 ⿰手 形右半與戰國楚簡「豫」字作 ⿰（包山171）近似，⿰將「象」旁割裂，而誤置左部形體於「肉」形上，訛變較爲劇烈。⿰、⿰等形與 ⿰手 字右半形體近似，⿰手 字應從「手」、「豫」聲，可隸定爲「㧈」。「豫」古音屬喻紐魚

〔註134〕參張儒、劉毓慶：《漢字通用聲素研究》，頁423。

〔註135〕〔漢〕許慎撰，〔宋〕徐鉉等校定：《說文解字》十五卷，第3篇下，頁8。

〔註136〕何琳儀：〈古璽雜識續〉，中國古文字研究會、中華書局編輯部編：《古文字研究》第19輯（北京：中華書局，1992年8月），頁478～480。

部，「赦」屬書紐魚部，二字音近，傳抄古文假「據」爲「赦」。〔註137〕筆者從其說。

028 美

「美」字下共收篆體古文十九形，據其形體可概分爲四組，分別表列如下：

一	（357.2.1）、（357.2.2）		
二	（357.2.3）		
三	（357.2.4）、（357.4.2）、（357.6.1）、（357.6.2）、（357.3.1）、（357.4.4）、（357.6.4）		
四	（357.3.2）、（357.3.3）、（357.3.4）、（357.4.1）、（357.5.1）、（357.5.2）、（357.5.3）、（357.5.4）、（357.6.3）		

第一類形體 （357.2.1）、（357.2.2）皆見唐代碧落碑，形體近於《說文》小篆「美」，惟其下部「大」旁作如《說文》「大」字籀文 ![大]，稍有不同。「大」、「![大]」二形《說文》分別錄爲「大」字之古文與籀文，然其實乃一字之異體。秦、漢出土文字材料中每每兩形互見，並無區別，如秦文字作 ![大]（陶彙 5.384）、![大]（始皇詔權一）、![大]（秦陶 798 瓦）、![大]（790瓦）、![大]（泰山刻石）等形；漢代文字作 ![大]（建昭雁足鐙）、![大]（新嘉量二）、![大]（馬・老甲 147）、![大]（馬・縱橫 7）等形，皆可證之。魏三體石經「大」字篆文作 ![大]（石經・君奭），與 ![美] 下部所從者相同，漢印篆文「美」字或作 ![美]、![美] 等形，與此碑文形體最爲近似。〔註138〕

〔註137〕李春桃：《傳抄古文綜合研究》，頁 509、510。

〔註138〕佐野榮輝等編：《漢印文字匯編》，頁 522。

第二類形體 （357.2.3）亦出自碧落碑，形體从宀、从亡，與《說文》「网」字古文作 （748.2.1），石經古文作 （748.2.3）同形。唐人鄭承規釋「美」；唐蘭釋爲「罔」，讀爲「網」；江梅對此字存疑；徐剛認爲由字形而言釋「罔」合理，然而在文意上卻講不通，故仍保留鄭釋；李春桃則認爲此字應依原辭例釋爲「美」，然這種用法可能出於唐代的特殊用例，未必符合六國文字的用字習慣。〔註139〕

碧落碑此處文例爲「帝晨飾翠雲之美，香童散朱陵之馥」，徐剛將「帝晨」、「香童」視爲仙官之侍者，「翠雲」可能指髮飾或仙人所服之裘，「朱陵（綾）」指有花紋的細絲布，仙人所服。〔註140〕若依徐剛對文意之理解，將 釋「罔」確實扞格難通，然依字形而言釋「美」絕無理可說，李春桃所謂唐代的特殊用例之說亦難以證實。碧落碑文古、篆字形並陳，來源雜糅多方，偏旁詭異多變且多通假，且其文章具六朝駢儷風格，加以內容涉及道教經讖，不易理解。最初釋讀者鄭承規去此碑最近，且其釋讀頗切文意，其釋「美」應較可信。然 字與「美」字形體差別甚大，應是由其他字通假爲「美」，且字形經過一定程度的轉寫訛變以致難以辨識。〔註141〕筆者疑 乃假「沬」爲「美」，金文中多見用爲「眉」的「沬」字，如 （頌簋《集成》04332）、（此簋《集成》04304）、（訇仲簋蓋《集成》04124）、（虢盤《集成》10119）等字，傳抄古文亦見引錄，如《韻海》錄 （338.1.3）、（338.2.1）、（338.1.4）等形，其中 形最值得注意，《六書通》錄有「眉」字古文作 ，題爲商鐘，亦應據金文摹錄。〔註142〕、 當系一體，皆爲金文

〔註139〕唐蘭：〈懷鉛隨錄〉，北平燕京大學《考古學社社刊》（北京：北平燕京大學考古學社，民國25年12月），頁151；江梅：《碧落碑研究》，頁37；徐剛：〈碧落碑考釋〉，《文史》2004年第4輯，頁197；李春桃：《傳抄古文綜合研究》，頁542。

〔註140〕徐剛：〈碧落碑考釋〉，《文史》2004年第4輯，頁197。

〔註141〕此形應由「通假」角度思考，爲林師清源於「源源家族」第31次讀書會（台中：國立中興大學中文系，2012年2月10日）提供給筆者的意見。

〔註142〕〔明〕閔齊伋輯，〔清〕畢弘述篆訂：《訂正六書通》，頁54。

（毳盤《集成》10119）一類字形之省訛，此種寫法與 字較爲近似， 或由此類字形訛變而來。此外， 亦可能爲「眉」字訛形，「眉」字甲骨文作 （鐵 73.1＝《合》4503）、（後 2.25.7＝《合》3421），金文作 （小臣謎簋《集成》04238）、（師眉鼎《集成》02705）等形， 字下部「亡」形與傳抄古文「目」形作 、 等近似，「亡」形可能爲「目」形之訛，「宀」旁則爲眉形筆畫寫誤。

　　「眉」、「美」古音皆屬明紐脂部，「沬」屬明紐物部，金文中既多見用「沬」爲「眉」之例，可見其必具通假條件。「眉」、「沬」皆與「美」字聲近可通，碑文或假「沬」爲「美」，或假「眉」爲「美」。上述兩種釋形分析，就形體相似程度而言，應以假「沬」爲「美」之可能性較高。

　　第三類形體 （357.2.4）見《汗簡》，（357.4.2）見《四聲韻》，（357.6.1）見《集上》，三形均徵引自《古尚書》。《韻海》錄 （357.6.2）形，與上揭三形近似，應據同類形體轉錄。此類形體即「㜺」字，鄭珍謂「《周禮》美作㜺，薛本依用，此更古女」。[註143] 其意乃謂《汗簡》 形乃採《周禮》中之「㜺」字以隸作古。目前出土文字中雖未見到與 完全相同之例證，然許多戰國楚系用爲「美」之字，其形體確實與之關係密切，此傳抄古文當有所本。郭店楚簡《老子》甲本 15 號簡「天下皆之美之爲美也，惡已」句，[註144] 其中用爲「美」之字，一作 （隸定爲「散」），一作 （隸定爲「㜺」），較之 字，分別缺少「女」旁與「攴」旁。「散」字甲骨文作 （京都 2146＝《合》27996），西周金文作 （召尊《集成》06004）、（史牆盤《集成》10175）等形，季師旭昇比較高鴻縉、許進雄、林澐諸家說法後，認爲「散」字應從攴彡（、 爲「彡」字，從林澐之說），「彡」本指髮盛彣彣，攴之則微也，「散」字本義即爲細微。[註145]

<hr />

[註143]　〔清〕鄭珍：《汗簡箋正》，卷 5，頁 20。

[註144]　本句簡文之通讀採寬式隸定，依劉釗釋文通讀。見劉釗：《郭店楚簡校釋》（福州：福建人民出版社，2003 年 12 月），頁 2。

[註145]　季師旭昇：《說文新證》下冊（臺北：藝文印書館，2004 年 11 月），頁 5。

　　郭店楚簡《老子》雖用「散」為「美」，然楚簡亦用「散」為「微」，如《六德》簡 38「君子不啻明乎民微而已」，該字作 ![字形]（郭店・六 38），與《老子》![字形] 字同，故楚文字「散」用為「美」可能是通假。「美」字古音屬明紐脂部，「散」字屬明紐微部，聲近可通。

　　相較於「散」字，楚簡中的「媺」字用法較為固定，皆用為「美」。〔註 146〕![字形] 或可視為「从女，散省聲」之後起形聲字，由於其用法固定，或可視為具楚地特色的「美」字異體。另一方面，雖然出土文字中未見完整之「嬍」字，然而郭店楚簡《老子》甲本同簡中分別用 ![字形]、![字形] 兩形為「美」，則此二形由「嬍」字分別省略偏旁之可能性亦不能完全排除。

　　周波指出用「美」字表示美惡之「美」見於秦系、三晉文字，以「嬍」相關形體為「美」，則見於楚系與齊系。〔註 147〕其意大概認為「美」、「嬍」二字是因不同區域特性所造成的異體。王丹、徐在國亦認為「嬍」是「美」字異體。〔註 148〕筆者疑楚簡中的「媺」字可能是「嬍」字省體，或「从女，散省聲」之形聲字，因固定用為「美」故可能是「美」字異體；![字形] 則可能是假「散」為「美」，二字可不必混為一談。當然，由於出土文字中未見「嬍」字，難以確認其用法，且亦沒有堅實之證據確認「媺」字必為「美」字異體無疑（雖楚簡中「媺」字用法固定，然其數量畢竟有限），故目前尚無法排除楚簡中的「媺」字與傳抄古文中的「嬍」字與「美」字為聲近通假之可能性。李春桃即認為傳抄古文中一系列用為「美」的「嬍」字皆屬通假。〔註 149〕

　　《四聲韻》另引《古老子》「美」字作 ![字形]（357.3.1），《集上》錄作 ![字形]，

〔註 146〕「媺」見郭店《老子》丙本簡 7，郭店《緇衣》簡 1、簡 35，郭店《性自命出》簡 20、簡 51 等。

〔註 147〕周波：《戰國時代各系文字間的用字差異現象研究》（上海：復旦大學出土文獻與古文字研究中心博士論文，2008 年 4 月），頁 64、65。

〔註 148〕王丹：〈《古文四聲韻》重文間的關係試析〉，中國文字學會、河北大學漢字研究中心編：《漢字研究（第一輯）》，（北京：學苑出版社，2005 年 6 月），頁 238；徐在國：《隸定古文疏證》，頁 82。

〔註 149〕李春桃：《傳抄古文綜合研究》，頁 552。

（357.4.4）。此兩形應爲 ![字形] 之訛形，「兇」旁下部人體部分訛作「又」形，「攴」旁亦省作「又」。《韻海》所錄 ![字形] （357.6.4）形，乃據 ![字形] 形再進一步將字形部件對稱化，兩「又」形相對作如「廾」形，上部頭髮象形部件作如「爪」形，轉寫訛誤嚴重。

《四聲韻》引《籀韻》隸定古文作 ![字形] （357.4.3），徐在國認爲乃「嫩」字或體，字形下部作「敢」，雖屬訛變，然郭店楚簡《老子》丙本簡 7「美」字作 ![字形]，其左旁寫法即與《老子》甲本簡 9「敢」字 ![字形] 寫法相似，應是此隸定古文之來源。〔註150〕

第四類形體爲數頗多，主要見於《四聲韻》與《集上》二書，由此二書所載錄之出處可知其多屬同一形體轉錄。下表將此二書所錄形體依其徵引出處排列，可窺見其轉寫相承之痕跡，亦可見摹錄過程中所造成的形體差距：

	《四聲韻》	《集上》
古孝經	![字形]（357.3.3）、![字形]（357.3.4）	![字形]（357.5.2）、![字形]（357.5.3）
古老子	![字形]（357.3.2）	![字形]（357.5.1）
義雲章	![字形]（357.4.1）	![字形]（357.5.4）

《韻海》所錄 ![字形] （357.6.3）應與上表諸形同類，此類形體當即「兇」字，楚簡中有用「兇」爲「美」之例，如郭店楚簡《老子》乙本簡 4「美與惡，相去何若？」之「美」字即作 ![字形]，〔註151〕上博簡《孔子詩論》簡 16 ![字形] 字、簡 21 ![字形] 字、簡 22 ![字形] 字亦皆用爲「美」。何琳儀認爲甲骨文 ![字形] 即爲「兇」字，字象人戴羽毛飾物之狀，「美」、「兇」僅正面、側面之別，實乃一字之變。〔註152〕其說雖有理，然 ![字形] 形上部似亦可理解爲頭髮茂盛或披散之狀，其構形中的裝飾、美化意味不如「美」字作 ![字形] （後 2.14.9＝《合》14381），於「大」上

〔註150〕徐在國：《隸定古文疏證》，頁 83、84。

〔註151〕本句簡文之通讀採寬式隸定，依劉釗釋文通讀。見劉釗：《郭店楚簡校釋》，頁 2。

〔註152〕何琳儀：《戰國古文字典》，頁 1305。

飾以毛羽飾物的字形明確。故筆者仍從上文所引林澐、季師旭昇之說，將 ![字形] 視爲「彭」字，季師旭昇認爲楚簡中的「兇」字，應該看成「散」字省體。〔註153〕總之，戰國楚簡中已見用「兇」爲「美」之例，可證此類傳抄古文來源有據，殆非虛造。

029膌

《四聲韻》引王存乂《切韻》「膌」字古文作 ![字形]（402.2.1），字從肉、從气，其形與《韻海》所錄「臀」字古文 ![字形]（419.1.1）、![字形]（419.1.2）同構，當係一字，依形可隸定作「肵」。

「肵」字《說文》未見，《集韻》、《類篇》以之爲「臀」字異體，「臀」字訓爲「腰痛」、「腰者忽轉動而跛」等義。〔註154〕「气」字古音屬溪紐物部，「既」字屬見紐物部，二字同韻而聲紐俱屬牙音。郭店楚簡「燹」字作 ![字形]（郭店・語一48），於簡文中讀爲「氣」，可見從「既」聲之字可與從「气」聲之字例可通假。「气」、「既」俱可爲「臀」字聲符，「臀」、「肵」當係替換聲符之異體字。「肵」字自出土文字以迄宋代以前字書皆未見，《韻海》應是據《集韻》、《類篇》所見「以隸作古」。

「膌」字《說文》訓爲「頰肉」，與「臀」、「肵」訓義有別。〔註155〕元人楊桓《六書統》「膌」字下錄或體「![字形]」，並謂「或從訖省聲」。〔註156〕楊氏概以「肵」、「膌」爲替換聲符之異體字，然僅此一例，且時代較夏竦晚，此例亦可能是轉錄自《四聲韻》。自宋代以來字書所見，「肵」字多列爲「臀」字異體，僅《四聲韻》、《六書統》錄爲「膌」字，故筆者認爲《四聲韻》以「肵」爲「膌」，可能是「通假」關係，未必爲異體。「膌」字古音屬羣紐微部，與「肵」字聲近可通。

〔註153〕季師旭昇：《說文新證》下冊，頁5。

〔註154〕〔宋〕丁度等編：《集韻》，頁152；〔宋〕司馬光等編：《類篇》，頁153。

〔註155〕〔漢〕許慎撰，〔宋〕徐鉉等校定《說文解字》十五卷，第4篇下，頁4。

〔註156〕〔元〕楊桓：《六書統》，卷13，頁128。

030 腎

　　《四聲韻》引《黃庭經》「腎」字古文作 ⿰ （402.6.2），《集上》錄作 ⿰ （402.6.3）、《韻海》錄作 ⿰ （402.6.4），形體皆自相似。此類形體與甲骨文「兒」字作 ⿰ （前 7.16.2＝《合》7893），西周金文作 ⿰ （者兒觶《集成》06479）、 ⿰ （兒鼎《集成》01038），春秋金文作 ⿰ （唐子仲瀕兒匜 《新收》1209）等形極爲近似，王丹即認爲 ⿰ （402.6.2）是「兒」字通假爲「腎」，李春桃指出「兒」屬日紐支部，「腎」屬禪紐眞部，二字韻部遠隔，通假可能性低。〔註157〕據此，「兒」、「腎」兩字音義全然無涉，傳抄古文字書若錄「兒」爲「腎」，理應視爲「誤植」。

　　傳抄古文中「兒」字多作 ⿰ （853.6.2）、 ⿰ （853.6.3）、 ⿰ （853.6.4）等形，字形結構相同僅筆勢稍異。由上揭三形可見，「兒」字上部「象小兒頭囟未合」之部件中間均作四筆，與所論字上部皆作兩筆者有較明顯的差別，自戰國以後所見之「兒」字，如楚系作 ⿰ （易兒鼎《集成》01991）、 ⿰ （僕兒鐘《集成》00184），秦系作 ⿰ （睡・秦律 50）等，字形上部中間亦以作四筆者爲多，故 ⿰ （402.6.2）等形體是否眞爲「兒」字容或可商。

　　對此類「腎」字古文之結構，筆者試做另一種理解：檢《龍龕手鏡》有「腎」字俗體作「𦝫」，其結構可析爲從「肉」、「臣」聲，筆者疑 ⿰ （402.6.2）可能爲「𦝫」字之古文寫法，上部爲「臣」形寫訛，下部「儿」形則爲「肉」形訛省。石經古文「臣」字或作 ⿰ （295.7.3）、 ⿰ （295.7.4），中間象眼珠形部件的上下兩筆皆作圓點，若此兩圓點寫脫，眼珠形部件筆畫分裂即可能訛如 ⿰ 形，傳抄古文中時見因原材料摹錄不清造成筆畫寫脫之錯訛（特別是原取自碑帖的形體），如唐代碧落碑的「播」字拓本原作 ⿰ （1216.3.2），上部「采」形中有四個小點，若摹拓不清即可能將之誤除，《四聲韻》錄作 ⿰ （1216.4.3），即是誤除了四個小點，此處「臣」字圓點寫脫之情況可能與之類似。至於「肉」

〔註157〕李春桃：《傳抄古文綜合研究》，頁 721。

形訛省作如「儿」形者，於字書中亦偶見其例，如上海涵芬樓借日本岩崎氏靜嘉堂藏北宋刊本《說文》「綇」字篆文作，其「育」字下部之「肉」形即缺刻兩筆，以致形似從「儿」之「充」字。〔註158〕筆者上述之釋形假說未必全無疑義，故對「兒」字「誤植」之說亦暫不排除。

《四聲韻》另引崔希裕《纂古》「腎」字隸定古文作（402.6.1），徐在國謂（402.6.1）所從的「叴」乃「臤」之訛。「腎」古文作，與《說文》「胗」字籀文作「疹」相類，其說可從。〔註159〕

031 腥

「腥」字下錄篆體古文六形，依其形體差異可概分爲二組，分別表列如下：

一	（410.5.1）、（410.5.2）、（410.5.3）、（410.6.2）、（410.5.4）
二	（410.6.1）

第一類古文（410.5.1）見《汗簡》引《字略》，同一形體《四聲韻》錄作（410.5.3），《四聲韻》引李商隱《集字》作（410.5.2），《韻海》作（410.6.2），形皆相似。《韻海》（410.5.4）所從「生」旁應受隸楷影響而作平直筆畫。本類形體實爲「胜」字，《說文》：「胜，犬膏臭也。從肉、生聲。一曰不熟也」，《說文》釋「腥」字爲「肉中生小息肉也」。〔註160〕可見「胜」本才是「腥臭」之字，後世多假「腥」字爲之，本字「胜」遂見廢。「胜」字小篆作「」，傳抄古文調動偏旁位置爲上下式。李春桃認爲，從讀音上看，「胜」、「腥」均以「生」爲基本聲符；從意義上講，「胜」爲「腥臭」之

〔註158〕〔漢〕許慎撰〔宋〕徐鉉等校定：《說文解字》，第 13 篇上，頁 2。

〔註159〕徐在國：《隸定古文疏證》，頁 91。

〔註160〕〔漢〕許慎撰，〔宋〕徐鉉等校定：《說文解字》十五卷，第 4 篇下，頁 5。

「腥」的本字，二者實爲異體關係。〔註161〕

　　🔲（410.6.1）見《韻海》，此即「腥」字，所從「星」旁近於金文🔲（麓伯星父簋）、戰國晉系文字🔲（璽彙 2745）與《說文》小篆🔲。

032 刻

　　「刻」字下錄篆體古文九形，依其形體差異可概分爲四組，分別表列如下：

一	🔲（424.6.4）、🔲（424.7.1）		
二	🔲（424.5.1）、	🔲（424.5.4）、	🔲（424.6.3）
三	🔲（424.5.2）、	🔲（424.5.3）、	🔲（424.6.2）
四	🔲（424.6.1）		

　　《說文》：「刻，鏤也。从刀、亥聲」。〔註162〕出土从刀、亥聲之「刻」字僅見於戰國秦系文字作🔲（兩詔橢量）、🔲（睡・效 40）等形。第一類形體🔲（424.6.4）、🔲（424.7.1）皆見《韻海》。其形體與秦文字🔲（兩詔橢量）及《說文》篆文「🔲」近似；🔲則近於🔲（睡・效 40）。此類古文顯然源自秦系文字。

　　第二類形體🔲（424.5.1）見《汗簡》引《義雲章》，《四聲韻》錄作🔲（424.5.4），《韻海》作🔲（424.6.3），形皆相似。李綉玲指出「刀」、「勿」二旁形義俱近，右半以「勿」替換「刀」；左半應爲戰國楚簡「亥」字🔲（天・卜）、🔲（九 M56.26）之形訛，傳抄古文「亥」旁上部形訛似「勿」形，可能受右旁的「勿」形影響，也跟著「自體類化」成「勿」形。〔註163〕

〔註161〕李春桃：《傳抄古文綜合研究》，頁 682。

〔註162〕〔漢〕許愼撰，〔宋〕徐鉉等校定《說文解字》十五卷，第 4 篇下，頁 7。

〔註163〕李綉玲：《古文四聲韻古文探賾》，頁 245。

第三類形體 （424.5.2）見《汗簡》所引《義雲章》,《四聲韻》錄作 （424.5.3）,《韻海》作 （424.6.2）,形皆相似。《玉篇》錄「刻」字古文作刪,當為本類古文所本。〔註164〕今大、小徐本《說文》「刻」字下皆無此古文,段玉裁依《玉篇》增古文作 ,與本類古文相同。〔註165〕徐在國疑「刪」之左半乃「克」字訛體,假「剋」為「刻」。〔註166〕李綉玲則認為「刪」之左半與出土所見「克」字形體差別甚大,「刪」之左半應為「龠」字,與甲骨文「龠」字作 （掇2.122＝《合》24883）、金文作 （散氏盤《集成》10176）近似。「龠」、「亥」兩字音近（「之、藥」二部旁對轉、喻母三等韻古歸匣）,「刪」當是「刻」之異體,以「龠」聲替代「亥」聲。〔註167〕「克」字甲骨文作 （甲1249＝《合》31219）,金文作 （盄尊《集成》06014）,戰國秦系作 （集證223.283）,楚系作 （郭店・老乙2）、（曾45）,無論哪一歷史階段或區域的「克」字,其形體皆與「刪」字左半差異頗大,故筆者從李綉玲之說。

第四類形體 （424.6.1）見《四聲韻》引《義雲章》,李綉玲認為此實「蝕」（蝕）字,「蝕」字置於「刻」字下,其音不具通假條件,字義亦不相近,疑為單純的誤置。〔註168〕李春桃亦認為 為「蝕」字,然其認為「蝕」為船紐職部字,「刻」為溪紐職部字,二字同韻而聲紐相近,《四聲韻》假「蝕」為「刻」。〔註169〕

按此字與「蝕」字篆文「」確實近似,之「虫」旁為傳抄古文慣見之寫法,李綉玲、李春桃之說於字形上頗具說服力。然而,「蝕」、「刻」二字聲紐之通假條件尚有疑義（船、溪二紐通假之例少見,然不可否認的是,

〔註164〕〔梁〕顧野王:《大廣益會玉篇》,頁81。

〔註165〕〔清〕段玉裁:《說文解字注》,頁181。

〔註166〕徐在國:《隸定古文疏證》,頁95。

〔註167〕李綉玲:《古文四聲韻古文探賾》,頁246。

〔註168〕李綉玲:《古文四聲韻古文探賾》,頁246。

〔註169〕李春桃:《傳抄古文綜合研究》,頁565。

傳抄古文中有些通假字的音理條件亦不十分充分），且今人對古書「誤植」之判定務須謹慎，在完全排除各種形、音、義、版本等相關的原因後，才可確定爲「誤植」。

對此字構形，筆者提出另一種假設：傳抄古文「克」字有與「食」字近似者，如《汗簡》作（677.3.2）、《四聲韻》引《說文》作（677.6.3），疑字左半爲「克」字訛混爲「食」。「勀」字篆文作「」，《說文》有「勀」無「剋」，鄭珍謂「剋」爲「勀」之俗字，黃錫全則認爲石經「克」字古文作（676.8.3），其右半部件分離，遂分爲「剋」或「勀」。〔註 170〕檢《六書通》錄「勀」古文奇字作，與略近，疑實「勀」字，以聲近通假爲「刻」。〔註 171〕依鄭珍、黃錫全之說，「勀」、「剋」當係一字，「刻」、「剋」古音皆屬溪紐職部，且典籍有通假之例，如《史記・孔子世家》：「顏刻爲僕」，「顏刻」《論語・子罕》何晏集解引包咸注作「顏剋」〔註 172〕。

綜上所論，筆者認爲（424.6.1）有可能是假「勀」爲「剋」，未必爲「誤植」。然筆者所舉「勀」字作，「克」字作、諸例，與所論字仍存在頗多形體上的差異，故此處仍並存李綉玲與李春桃之說，以俟後考。

033 罰

「罰」字下錄篆體古文七形，依其形體差異可概分爲三組，分別表列如下：

一	（429.1.4）
二	（429.1.1）、（429.1.2）、（429.1.3）、（429.2.2）、（429.2.3）

〔註 170〕〔清〕鄭珍：《汗簡箋正》，卷 6，頁 13；黃錫全：《汗簡注釋》，頁 261。

〔註 171〕〔明〕閔齊伋輯，〔清〕畢弘述篆訂：《訂正六書通》，頁 365。

〔註 172〕張儒、劉毓慶：《漢字通用聲素研究》，頁 47。

三　（429.2.1）

《說文》：「罰，辠之小者。从刀、从詈」。〔註173〕第一類古文（429.1.4）字見《隸釋》，其書體顯然屬於秦系小篆，與三體石經「罰」字篆文作近似。〔註174〕較之《說文》篆形「」，僅偏旁位置稍異，《說文》篆形「刀」旁與「詈」旁左右並列，則爲上下包含結構。字構形與戰國晉系文字作（𠦪盍壺《集成》09734），楚系作（郭店・緇 29）、（郭店・成之 5），秦系作（睡・爲吏 4）、（睡・語 13），西漢文字作（馬・老乙）等形相同，來源有據。

第二類古文（429.1.1）、（429.1.2）、（429.1.3）三形爲三體石經《尚書・多士》「罰」字古文，黃錫全指出其乃由金文（盂鼎《集成》02837）、（散氏盤《集成》10176）等形體訛變而來。〔註175〕石經古文之「网」旁筆畫斷裂，稍有訛誤，《汗簡》引錄石經古文作（429.2.2），《四聲韻》錄作（429.2.3），較石經古文訛變更甚。此類古文形體結構與戰國秦系「罰」字作（睡・秦 14）近似。

第三類古文（429.2.1）字从言、从刀。陳煒湛認爲「所從之詈省网」，江梅謂「《說文》罰作，碑文當從《說文》省网」，皆將之視爲《說文》小篆省體。〔註176〕之筆勢確實近於篆文，將之視爲篆文的省體頗爲合理，「罰」字寫作「訓」，目前可追溯至西漢初期的銀雀山漢簡，字形作（銀雀・孫計 5），其辭例爲「賞罰孰明」，可見其爲「罰」字無疑。〔註177〕張顯成、

〔註173〕〔漢〕許愼撰，〔宋〕徐鉉等校定《說文解字》十五卷，第 4 篇下，頁 7。

〔註174〕字形取自商承祚：《石刻篆文編》（北京：中華書局，1996 年 10 月），頁 218。

〔註175〕黃錫全：《汗簡注釋》，頁 182。

〔註176〕陳煒湛：〈碧落碑研究〉，見陳煒湛：《陳煒湛語言文字論集》，頁 98；江梅：《碧落碑研究》，頁 30。

〔註177〕參拙作：〈碧落碑文字考釋五則〉，東吳大學中國文學系、中國文字總會主編：《第二十一屆中國文字學國際學術研討會論文集》（臺北：東吳大學，2010 年 5 月），

余濤指出「訓」乃「罰」之省簡俗字。〔註 178〕此例足證自漢代起「罰」字即有簡省「网」旁之寫法，碧落碑將「罰」字寫作 ，可能是該碑作者依省簡俗體「訓」改隸作篆。

　　「罰」字作「訓」雖有例可徵，然這種寫法或許流傳不廣，「訓」字多見於後代字書，或爲「討」字俗體，見於玄應《一切經音義》；或爲「叫」字異體，見《玉篇零卷》、《龍龕手鑑》。字書中較少見將「訓」字列爲「罰」字異體者。

034 解

　　「解」字下錄篆體古文七形，依其形體之區別可略分爲六組：

一	（439.6.1）
二	（439.6.3）
三	（439.7.1）
四	（439.6.4）
五	（439.7.3）
六	（439.6.2）、（439.7.2）

　　第一類形體 （439.6.1）見碧落碑，此形與《說文》小篆「解」字作「」同形，當即採錄篆文形體。

　　第二至第六類形體皆略有區別，然輪廓相近，應是同類字形的轉寫訛誤。（439.6.3）見《四聲韻》引《古老子》；（439.7.1）見《韻海》；（439.6.4）見《四聲韻》引《古老子》；（439.7.3）見《韻海》；（439.6.2）

頁 363：李春桃亦有相同說法，見李春桃：《傳抄古文綜合研究》，頁 256。

〔註 178〕張顯成、余濤〈銀雀山漢簡中的俗字〉，《漢語史研究集刊》（四川：巴蜀書社，2001年 9 月），頁 260。

見《四聲韻》引南岳碑，𤔩（439.7.2）見《韻海》。《四聲韻》引《古孝經》「懈」字作𤔩（1056.2.1）、《韻海》「懈」字作𤔩（1056.2.3），亦與此類形體關係密切。

王丹疑第二至第六類形體皆爲「隙」字，與「解」或爲通假關係，或屬同義換讀關係。李春桃指出「隙」、「解」音義皆不近，此說可商。〔註179〕郭店楚簡《五行》有𤲷（簡36），帛書《五行》作「懈」。劉釗將𤲷隸定爲𡊁，並謂此字不識，疑讀爲「懈」。〔註180〕李零謂此字寫法怪異，從木、從田、從卩，整理者疑是「節」字，裘錫圭疑「此字恐亦書手寫錯之字」。此字有種種猜測，李零本亦以爲「字形待考」。1999 年於荊門博物館目驗《五行》原物，見簡背有「解」字，指出𤲷應是錯字，簡背「解」字應爲改錯之字。〔註181〕馮勝君引谷中信一之說認爲簡背「解」字是用來替換正面難認的𤲷字，作用如同後世的注釋。〔註182〕李春桃則認爲即使《五行》簡背有「解」字亦無充分證據說明𤲷是錯字，𤲷應是一個生僻字，簡背「解」字可視爲此形的「注音字」或「釋文」，並指出傳抄古文𤔩（439.6.4）等形可能與𤲷有關，應是「田」旁訛爲「日」旁，又移於「木」形中間。然其亦謂𤲷字無法確定爲「解」，故對此說仍持保留態度。〔註183〕

筆者認爲本條所論一系列傳抄古文與《五行》𤲷字在形體上差距較大，故對所論字是否與𤲷有關較爲懷疑。此類傳抄古文相關形體眾多且互有差別，疑《四聲韻》引《古老子》𣚞（439.6.3）爲較標準的寫法。𣚞當爲「懈」字，左上爲「角」旁訛變，與戰國晉系文字作𧢲（貨系337）、𧢲（貨系338）等最爲近似；左下爲豎「心」旁寫訛，與《四聲韻》引天台經幢「恃」字𢖶

〔註179〕李春桃：《傳抄古文綜合研究》，頁530。

〔註180〕劉釗：《郭店楚簡校釋》，頁83、84。

〔註181〕李零：《郭店楚簡校讀記（增訂本）》（北京：北京大學出版社，2002 年 3 月），頁83。

〔註182〕馮勝君：《郭店簡與上博簡對比研究》（北京：線裝書局，2007 年 5 月），頁325、326。

〔註183〕李春桃：《傳抄古文綜合研究》，頁530。

（1050.6.1）之「心」旁類似。《韻海》錄「識」字作 ![字形] （224.1.2），筆者以爲是「懴」字，與「識」互爲異體（參 022），其「心」旁緊著於「音」旁之下，偏旁配置方式與 ![字形] 近似；右半之 ![字形] 爲「刀」旁與「牛」旁之寫訛，寫法與馬王堆帛書「解」字作 ![字形] （馬・十 122）、![字形] （馬・老乙 192 上）之右半近似。綜上，![字形] （439.6.3）當是「懈」字，通假爲「解」。

![字形] （439.6.4）、![字形] （439.7.3）等形之左上部，疑爲與其下部之「心」旁對稱而寫訛，![字形] （439.6.2）、![字形] （439.7.2）之左上部則再進一步訛爲三短筆，作與「隙」字偏旁相似，王丹釋爲「隙」即本於此種寫法。

字形右半或作「又」，如 ![字形] （439.6.4）；或作「卩」，如 ![字形] （439.7.1）；或作如「邑」，如 ![字形] （439.7.3）；或形體稍異作 ![字形] （439.6.2）、![字形] （439.7.2）。疑此類形體之右半皆爲 ![字形] 之訛。

此外，筆者認爲尚有另一種可能：除 ![字形] （439.6.3）爲「懈」字外，其餘皆爲「解」字訛體。《四聲韻》引《古老子》 ![字形] （439.6.4）與《韻海》 ![字形] （439.7.1），形體與戰國楚簡作 ![字形] （郭店・老甲 27）、![字形] （包山 198）近似，可能由此類簡文訛寫而來。![字形] 之下部或可視爲「牛」之訛寫，因受相關傳抄古文下部皆作 ![字形] 的影響而誤寫。![字形] （439.6.2）、![字形] （439.7.2）右半的「又」或「卩」多增一筆，與《韻海》「節」字古文 ![字形] （445.2.4）、《汗簡》「厄」字 ![字形] （897.4.1）所從「卩」旁變化類似；![字形] （439.7.3）右半作「邑」，疑由 ![字形] 右半之「卩」重複同形而誤，《四聲韻》引《義雲章》「節」字古文作 ![字形] （445.2.1），所從「卩」旁亦訛爲「邑」。

035 箭

《四聲韻》引《汗簡》「箭」字古文作 ![字形] （443.2.1），此形於今本《汗簡》中未見。《六書通》中錄有 ![字形] 字，亦注明出於《汗簡》，疑《汗簡》本有此字，或即轉引自《四聲韻》。〔註184〕黃錫全《汗簡注釋・補遺》亦未補錄此字。![字形]

〔註184〕〔明〕閔齊伋輯，〔清〕畢弘述篆訂：《訂正六書通》，頁 298。

與戰國楚系文字作 （鄂君啓車節《集成》12110）同構，形體來源有據。

《韻海》收「箭」字古文作 （443.2.2），《六書通》中有 字，注明出於明楊桓《六書統》。〔註185〕此形下部同於《說文》「晉」字篆文「」，當隸定爲「箮」，即「箮」字。「箮」未見於戰國古文字，前此的字書如《汗簡》、《四聲韻》亦未錄此形。檢此形於現存資料中最早見於遼代的《龍龕手鑑》，釋爲「箮籏」，爲一種竹名。又見宋代的《廣韻》，亦爲竹名。《集韻》中此字兩見，一釋爲「竹名」，與《龍龕手鑑》、《廣韻》說法相同；一則收錄爲「箭」字異體。〔註186〕

《韻海》一書對所錄字體皆不載出處，其書來源龐雜，由杜從古之自序「又爬羅《篇》、《韻》所載古文，詳考其當，收之略盡」可知此書有部分字形源自於《集韻》，郭子直亦指出此書補出了《集韻》裡的許多重文的古文寫法，將《集韻》裡的隸古定體翻寫成古文，對於古文形體之研究甚有價值。〔註187〕《韻海》「箭」字作 ，既未見出土文字與前此字書，則可能是杜從古據《集韻》「箭」字異體「箮」改作而成之古文。準此，「箮」當析爲從「竹」、「晉」聲，爲「箭」字異體，與「箭」字屬於替換聲符的異構關係。「箭」古音屬精紐元部，「晉」屬精紐眞部，聲紐相同而韻部旁轉，二字聲近可通，「晉」可爲「箭」字聲符無疑。

036 筍

「筍」字條下共收篆體古文八形，隸定古文一形。據其形體可概分爲三組，分別表列如下：

一	（444.4.1）、（444.4.2）、（444.4.3）、（444.5.2）
二	（444.4.4）、（444.5.1）、（444.5.3）、（444.6.1）

〔註185〕〔明〕閔齊伋輯，〔清〕畢弘述篆訂：《訂正六書通》，頁489。

〔註186〕〔宋〕丁度等編：《集韻》，頁110、162。

〔註187〕郭子直：〈記元刻古文《老子》碑兼評《集篆古文韻海》〉，吉林大學古文字研究室編：《古文字研究》第21輯（北京：中華書局，2001年10月），頁356。

| 三 | 𥬇（444.5.4） |

　　《說文》：「筍，竹胎也，从竹、旬聲」。〔註188〕第一類古文與《說文》小篆「𥮗」同構，惟改从《說文》古文「旬」𠣙（902.5.1）。此類形體於出土文字中亦有例可徵，見於戰國文字的偏旁之中。戰國晉系古璽有「鄮」字作𩫖（璽彙2140），黃錫全認爲𥬛（444.5.2）乃由𦋺形演變，其說可從。〔註189〕𦋺字「匀」形部分之兩短橫分別置於上下兩端，即成《說文》古文「旬」之寫法。《隸續》載石經《春秋》「荀」字古文作𥬛（444.4.1假「筍」爲「荀」），應是寫脫一筆，《四聲韻》𥬛、《集上》𥬛兩形皆注明出於石經，其字形來源應與《隸續》相同，可據之校正《隸續》所錄形體。

　　第二類古文形體較爲特殊，𥰫見《四聲韻》、𥰫見《集上》，二形皆引自《義雲章》，𥰫見《韻海》，三形結構相同而筆勢略異，𥲙則爲此類字形的隸古定體。《四聲韻》引《義雲章》「筬」字作𥰫（447.2.4），與本類「筍」字同形，李春桃指出「筍」是心紐眞部字，「筬」是禪紐月部字，二字無法通假，𥰫（447.2.4）字可能是誤混纂入「筬」字下，然《韻海》、《六書通》「筬」字下亦收該形，無法判斷是否眞爲誤植。〔註190〕

　　關於此類古文的結構，徐在國引《六書統》「筍」字作𥲙，其隸定古文作「篸」，此類偏旁可與秦系陶文「枸」字𣜩（秦陶1421）所從者相類比，並進一步指出𥰫的隸古定體篸，乃是「篸」字之訛。〔註191〕準此，徐在國應是認爲𥰫與𥲙均源於戰國秦系文字一類的訛形，𥲙字偏旁與𣜩字相同，其聲符乃見於《說文》勹部之「匐」字（「匐」字从勹、旬聲）。「筍」與「枸」从「匐」聲，應屬「聲符替換」之變化。若將𥰫與𥲙進行比較，二者確實相似，加以考慮傳抄古文本身具有強烈的形體訛變特質，徐在國之說法確

─────────────────────────

〔註188〕〔漢〕許愼撰，〔宋〕徐鉉等校定《說文解字》十五卷，第5篇上，頁1。
〔註189〕黃錫全：《汗簡注釋》，頁188。
〔註190〕李春桃：《傳抄古文綜合研究》，頁614。
〔註191〕徐在國：《隸定古文疏證》，頁101。

實頗有道理。然而，[古文]、[古文]二字在形體上仍有明顯的差異，[古文]字的「竹」旁下方有作如「少」形之部件，[古文]字則無；[古文]字下方「兮」旁有一明顯的橫筆，[古文]字亦未見。因此，徐在國之說法或許仍有可商之處。

筆者認爲[古文]字下部，可能是「恂」字訛體，此形乃「筍」字將聲符「旬」改換爲「恂」，齊陶文「恂」字作[古文]（陶彙 3.1052）、[古文]（陶彙 3.1053）、[古文]（陶彙 3.1054）等形，[古文]形下部當由此類「恂」字訛變。傳抄古文字中「心」字或作[古文]（1040.7.4）、[古文]（1069.6.2「悌」字偏旁），與[古文]字下部之「少」形較爲接近；而戰國秦系文字之「旬」上部均已寫作「勹」形，與齊陶文「旬」字偏旁上部的[古文]、[古文]相比，較不具備訛爲[古文]形之條件，[古文]、[古文]若筆畫往右方扭轉，即與[古文]形近似。此外，晉璽「鄟」字作[古文]（璽彙 2140），下部亦从「恂」，可見从「旬」得聲之字於戰國文字中有改从「恂」聲之例。綜上，筆者認爲「筍」字作[古文]與[古文]應是兩個不同來源的異體，[古文]改从「匐」聲，[古文]則改从「恂」聲，二形之偏旁於出土戰國文字中皆有例可徵。

第三類古文作[古文]，見於《韻海》，依形當隸定爲「筜」，《干祿字書》、《五經文字》、《龍龕手鑑》、《廣韻》、《集韻》、《類篇》等唐宋字書、韻書均錄有此字，以爲「筍」字異體。此形可追溯至戰國楚系文字，見於包山楚簡[古文]（包山 180），可見其來源有據。「筍」字古音屬心紐眞部，「尹」字屬喻紐文部。「筍」字聲符「旬」由「匀」得聲，《禮記・聘義》：「孚尹旁達」，《經典釋文》：「尹，又作筜」。可見从「匀」聲之字與「尹」字聲近可通。[註192]「筍」、「筜」應爲替換聲符之異體字。

037 等

「等」字下錄篆體古文[古文]（446.6.1）、[古文]（446.6.2）、[古文]（446.6.3）、[古文]（446.6.4）、[古文]（446.7.1）、[古文]（446.7.2）等六形。

〔註192〕張儒、劉毓慶：《漢字通用聲素研究》，頁 939。

碧落碑作 （446.6.1），形同《說文》小篆「」，當源自篆文。（446.6.2）、（446.6.3）、（446.6.4）、（446.7.1）等形同構，均出自王庶子碑。其結構亦從「竹」、從「寺」。「寺」字本從「又」、「屮」聲，「又」下常見增筆作「寸」形，「屮」聲或替換作「之」聲。戰國文字作如 （二年寺工讋戈《集成》11250）、（石鼓・田車）、（包山 234）、（郭店・窮 6）、（侯馬）、（陶彙 3.999）等形。

傳抄古文「寺」字見於偏旁時，常有如下寫法：「侍」字 （781.3.2）、（781.3.4），「特」字 （96.5.2），「恃」字 （1050.5.2），「持」字 （1198.2.1）、（1198.2.3）等。黃錫全認為此類「寺」字下部當從「攴」，並列舉古文字中「又」與「攴」互作之例為證，認為此形來源有據，乃戰國古文當毫無問題。〔註 193〕近年來出土楚簡中多可見「寺」字下部從「攴」作之例，可見黃說可信，如「時」字作 （郭店・五 27）、「詩」字作 （郭店・六 24）、（上二・從乙 5）等均為此類例證。

、、、 諸形「攴」旁上的「⌒」形分為兩筆且上聯「止」形，與戰國文字原形及上引諸傳抄古文形體已有差距。

038 邑

「邑」字下錄篆體古文六形，依其形體差異可概分為三組：

一	（506.2.4）、	（506.3.1）	
二	（506.2.3）		
三	（506.2.1）、	（506.2.2）、	（506.3.2）

〔註 193〕黃錫全：《汗簡注釋》，頁 104。

第一類古文 （506.2.4）、（506.3.1）皆見《韻海》，其形體與金文作 （魯侯爵《集成》09096）、（矢令尊《集成》06016）等形近似，「鬯」字象酒器之形，中有小點表示香酒。小點或多或少，或省略不點，並無不同。〔註194〕《韻海》之形當是轉錄青銅器銘文。

第二類古文 （506.2.3）亦見《韻海》，下部酒器底座之形體訛變，與「皀」字下部之訛變情況近似。「皀」字甲骨文本作 （甲878＝《合》32043）、（存下746＝《合》28212），象食器「簋」形，上爲簋蓋、中爲簋體、下象圈足，爲「簋」之初文。〔註195〕甲骨文已有較簡略的寫法作 （京津4144＝《合》27937）形，下部作鈍圓形，可能受上部形體類化所致。何琳儀指出春秋金文「皀」字下部多訛變作「ㄥ」形，已逐漸與初形不類。戰國文字承襲兩周金文，「皀」旁底座或與器身脫離作「ㅂ」、「∀」形，或散筆作「ㄥ」、「ㄋ」、「ㅐ」等形。〔註196〕金文「飮」字作 （庚兒鼎《集成》02715）、（王孫遺者鐘《集成》00261），秦簡「餓」字作 （睡·日甲62反），楚簡「即」字作 （郭店·性21）、晉系「既」字作 （侯馬），上揭諸形皆可見「皀」字下部訛變作「ㄥ」形之現象。「鬯」字作於偏旁較爲罕見，秦簡「爵」字作 （睡·雜抄38），漢代文字作 （新繁漢二十四字磚），其左下之「鬯」皆與 （506.2.3）形體近似。

第三類古文 （506.2.1）見《汗簡》，《四聲韻》錄作 （506.2.2）、《韻海》錄作 （506.3.2）形體皆同。此類寫法同於《說文》小篆「鬯」。小篆「鬯」應是訛形，下部爲酒器之底座的訛變，其演變之迹約是 －－（漢印篆文「鬱」字 偏旁）－。《說文》謂：「鬯，以秬釀鬱艸，芬芳攸服以降神也。从凵—凵、器也，中象米，匕所以扱之」。〔註197〕許慎將「鬯」

〔註194〕季師旭昇：《說文新證》上冊，頁430。

〔註195〕季師旭昇：《說文新證》上冊，頁428。

〔註196〕何琳儀：《戰國古文字典》，頁65。

〔註197〕〔漢〕許慎撰，〔宋〕徐鉉等校定：《說文解字》十五卷，第5篇下，頁1。

字分解爲从「凵」、从「匕」，乃據後世訛形立說，不可信。

「皀」、「卽」下部作「匕」形，少見於秦以前的文字材料，漢代以後才較爲普遍。〔註198〕《汗簡》、《四聲韻》所錄之形應採自《說文》，爲較後起之訛形。《韻海》因時代稍晚於《汗簡》、《四聲韻》，躬逢宋代金石學之盛，編中多錄青銅銘文，故能收錄較爲近古正確的「卽」字。

039 爵

「爵」字下錄篆體古文十六形，依其形體差異可概分爲六組，分別表列如下：

一	(506.5.2)、　(506.5.4)、　(506.6.1)、　(506.8.4)
二	(506.5.1)、　(506.5.3)、　(506.6.2)、　(506.8.1)、 (506.8.2)、　(506.8.3)
三	(506.7.1)
四	(507.1.1)、　(506.6.4)
五	(506.7.2)
六	(506.7.3)、　(506.7.4)

「爵」字甲骨文及殷商金文作　（乙 4508＝《合》22067）、　（後 2.7.7＝《合》14768）、　（爵寶彝爵《集成》08822）等形，象「爵」全體之形，上有柱，前有流、後有鋬，下有三足，爲古飲酒器。西周中期後「爵」字逐漸訛變，與早期形體不同，如　（縣改簋《集成》04269）、　（伯公父勺《集成》09935）等，但上部皆強調柱形。〔註199〕戰國六國文字未見「爵」字，秦系文字作　（睡‧秦律 154）、　（睡‧雜抄 38）、　（睡‧答問 113），當

〔註198〕參拙著：《大徐本說文獨體與偏旁變形研究》（臺北：國立台灣師範大學國文研究所碩士論文，2006 年 6 月），頁 61。

〔註199〕季師旭昇：《說文新證》上冊，頁 432、433。

承周金文而來，左下部多訛爲「邕」形或「皀」形。以西周金文形體觀之，當爲以手持爵之形（殷商金文已見从「又」者 （爵父癸卣蓋《集成》04988）），左半應爲獨體「爵」字，秦系文字形體斷裂，爲《說文》篆文「」所承。《說文》析爲「象爵之形、中有邕酒、又持之也」。〔註200〕以「邕」、「又」會意，上部爲「爵」之象形部件，並不正確。

第一類形體 （506.5.2）見《汗簡》， 見《四聲韻》所引林罕《集字》、 見《四聲韻》所引《義雲章》、（506.8.4）見《韻海》，諸形相似，惟若干筆畫略有出入，當係轉抄致異，無關宏旨。此類形體近似篆文「」，字形左下部作如「皀」形，與戰國秦系文字 （睡・雜抄 38）、（睡・答問 113）更爲肖似，當源自於秦文字系統。《四聲韻》錄崔希裕《纂古》隸體古文作 （506.6.3），當依此隸定。

第二類形體以《說文》古文 （506.5.1）爲代表，《四聲韻》、《韻海》多有引錄，字數頗多，依其形體筆勢之差異又可略分爲兩組：

（一）	（506.5.1）、（506.6.2）、（506.8.1）
（二）	（506.5.3）、（506.8.2）、（506.8.3）

上表所見（一）類應是摹錄《說文》古文， 形商承祚以爲乃篆文上部象形部件之訛形，疑非古文。〔註201〕其說頗值參考，若對比秦系文字，此類形體確實與 （睡・秦 154）、（睡・雜抄 38）、（睡・答問 113）等字上部接近，疑許慎受其對篆文形體之理解的影響，截取其概念中「爵」的象形部件爲古文。然亦不能排除由金文 （縣改簋《集成》04269）等形寫訛之可能性；（二）類形體 （506.5.3）見《四聲韻》所引林罕《集字》，《韻海》所錄 （506.8.2）、（506.8.3）形近，此類形體實與出土文字上部更爲近似，較（一）類古文上部爵柱之形已訛如「穴」形者更爲正確近古。

（506.7.1）見《韻海》，此形與《說文古籀三補》所錄之 （母爵）

〔註200〕〔漢〕許慎撰，〔宋〕徐鉉等校定：《說文解字》十五卷，第 5 篇下，頁 2。

〔註201〕商承祚：《說文中之古文考》，頁 48。

近似。〔註202〕 ![符]（507.1.1）與《古籀彙編》所錄 ![符]（穆公鼎）、![符]（寅簋）之形近似，![符]（506.6.4）亦疑爲此類傳抄金文之訛形。〔註203〕 ![符]（506.7.2）亦見《韻海》，形體與《古籀彙編》所錄 ![符]（父癸匜）、![符]（父乙爵）等形近。〔註204〕此體可能源自商金文 ![符]（爵寶彝爵《集成》08822）一類的象形初文，後人轉錄時多有訛變。上列三類古文應皆出自傳抄的青銅器銘文，青銅器銘文之傳錄與研究自宋代已十分興盛，《韻海》中多見採錄。

![符]（506.7.3）、![符]（506.7.4）見《韻海》，形體與《古籀彙編》所錄 ![符]、![符]（父癸卣）近似。〔註205〕此類形體當爲「雀」字，「雀」、「爵」古音皆屬精紐藥部，字書假「雀」爲「爵」。《六書通》引「雀」字古文作 ![符]、![符]（同文集），與此類古文正同，可證。〔註206〕

040 餉

「餉」字下錄篆體古文七形，依其形體差異可概分爲三組，分別表列如下：

一	![符]（511.3.3）		
二	![符]（511.2.1）、	![符]（511.2.3）、	![符]（511.3.1）
三	![符]（511.2.2）、	![符]（511.2.4）、	![符]（511.3.2）

《說文》：「餉，饟也。从食，向聲」，又「饟，周人謂餉曰饟。从食，襄聲」。〔註207〕「向」字古音屬曉紐陽部，「襄」字屬泥紐陽部，典籍中「向」、「襄」音近通用之例甚多。〔註208〕「餉」、「饟」於《說文》中相互爲訓，其

〔註202〕〔清〕吳大澂，丁佛言，強運開輯：《說文古籀補三種（附索引）》（北京：中華書局，2011年6月），頁202。

〔註203〕徐文鏡：《古籀彙編》（臺北：臺灣商務印書館，1966年6月），第5篇下，頁7。

〔註204〕徐文鏡：《古籀彙編》，第5篇下，頁7。

〔註205〕徐文鏡：《古籀彙編》，第5篇下，頁7。

〔註206〕〔明〕閔齊伋輯，〔清〕畢弘述篆訂：《訂正六書通》，頁358。

〔註207〕〔漢〕許慎撰，〔宋〕徐鉉等校定：《說文解字》十五卷，第5篇下，頁2。

〔註208〕相關典籍通用例證見張儒、劉毓慶：《漢字通用聲素研究》，頁481。

音、義皆近，二字實爲替換聲符之異體字。《韻海》錄 （511.3.3）字，釋爲「餉」；同部中又重見 （511.4.4）字，釋爲「饢」。按此形實爲「饢」字，其所從「襄」旁與《說文》古文作 （825.3.1）、石經古文作 （825.3.2）近似。《傳抄古文字編》「饢」字條下錄《四聲韻》引《古史記》古文作 （511.4.1），與此所論字同。

第二類形體 （511.2.1）見《汗簡》所引《尚書》古文，《四聲韻》錄作 （511.2.3）、《韻海》錄作 （511.3.1）。此類形體可隸定爲「餉」，析爲從食、尚聲。「餉」字出土文字未見，鄭珍《汗簡箋正》云：「薛本《仲虺之誥》一見如此，從尚。《漢章帝紀》『賜給公田，爲雇耕傭，賃種餉』。注『餉，糧也，古餉字』，此所取」。〔註209〕其意謂《汗簡》 形，乃據薛季宣《古文尚書訓》中所錄「餉」字改隸作古，其說可信。黃錫全認爲「尚」、「向」同屬陽部韻，例可通假。〔註210〕張富海則認爲「餉」音「式亮切」，與「尚」的讀音更接近，從「向」或即從「尚」之誤。〔註211〕按古文字中皆未見「餉」、「餉」字，無法就文字演變過程觀察「餉」字從「向」是否確爲從「尚」之誤，且「向」字與「餉」字古音皆屬曉紐陽部，「尚」字則屬禪紐陽部，音理方面亦是從「向」得聲較爲理想。張說有待商榷。《說文》釋「尚」字構形爲「從八、向聲」，〔註212〕可見「尚」、「向」二字確實聲近可通，「餉」可視爲「餉」字替換聲符之異體。

第三類形體 （511.2.2）見《汗簡》所引林罕《集字》，《四聲韻》錄作 （511.2.4）、《韻海》錄作 （511.3.2），形體皆因輾轉摹錄而略見差異。黃錫全認爲此乃「餒」字，從食、從免，並引《集韻·元韻》「餒，貪食」，《廣雅·釋詁》中「餉」與「茹」同訓「食也」，《方言》「吳越之間凡貪飲食者謂

〔註209〕〔清〕鄭珍：《汗簡箋正》，卷2，頁31。

〔註210〕黃錫全：《汗簡注釋》，頁207。

〔註211〕張富海：《漢人所謂古文之研究》，頁273。

〔註212〕〔漢〕許慎撰，〔宋〕徐鉉等校定：《說文解字》十五卷，第2篇上，頁1。

之茹」等例證，說明「餉」、「茹」諸字義近，《汗簡》此例乃假「餞」爲「餉」。
〔註213〕「餞」古音屬影紐元部，與「餉」字聲雖近然韻部稍遠，通假之音理
條件並不充分。且觀黃錫全所引諸證，皆爲說明「餞」與「餉」俱有「貪食」
義，其關係當屬近義字，「假餞爲餉」或許是其行文之誤。然若就字義關係考
量，「餉」字之意乃饋人以食，與訓爲「貪食」之「餞」字仍有區別。

　　筆者疑此類形體爲「餭」字，字形右半與戰國晉系「象」字作 （璽彙
1455）、（璽彙 1492「豫」字所從）、（璽彙 1839「豫」字所從）近
似，當爲「象」字訛形。「餭」字《說文》訓爲「晝食也」，又有或體作「餳」。
〔註214〕「餭」字古音屬書紐陽部，與「餉」字聲近可通。字書以「餭」爲「餉」
當係通假。〔註215〕

041 良

　　「良」字下錄篆體古文十九形，據其形體可概分爲四組，分別表列如下：

一	（536.3.1）、（536.6.1）、（536.7.4）、（536.4.4）、（536.5.4）、（536.7.2）
二	（536.3.2）、（536.4.3）、（532.5.3）
三	（536.3.3）、（536.4.1）、（536.6.2）、（536.5.1）、（536.7.1）
四	（536.3.4）、（536.4.2）、（536.5.2）、（536.7.3）、（536.8.1）

　　甲骨文「良」字作 （乙 5501＝《合》10198 反）、（乙 3334＝《合》
10302 正）、（師友 2.4）諸形，徐中舒以爲象古人半穴居之走廊，爲「廊」

〔註213〕黃錫全：《汗簡注釋》，頁 209。

〔註214〕〔漢〕許慎撰，〔宋〕徐鉉等校定：《說文解字》十五卷，第 5 篇下，頁 2。

〔註215〕此形假「餭」爲「餉」之說，亦見李春桃：《傳抄古文綜合研究》，頁 671。

之初文。〔註216〕《說文》釋爲「从畐省、亡聲」，不可從。〔註217〕金文作🔣（季良父盂《集成》09443）、🔣（齊侯匜《集成》10272），戰國文字變化較大，秦系作🔣（十九年大良造鞅殳鐏《新收》0737）、🔣（陶彙5.384），爲《說文》小篆「📁」所本，楚系作🔣（信M2.4）、🔣（包山218），晉系作🔣（中山王䉒壺《集成》09735）、🔣（璽彙1377）、🔣（璽彙2052），齊系作🔣（陶彙3.588）、🔣（陶彙3.1303），燕系作🔣（璽彙2712）、🔣（璽彙2713）。

第一類古文🔣（536.3.1）爲《說文》古文，《四聲韻》錄作🔣（536.6.1）、《韻海》錄作🔣（536.7.4），皆同《說文》。《汗簡》錄作🔣（536.4.4）、《四聲韻》錄作🔣（536.5.4），上部不密合，筆勢稍異，《韻海》作🔣（536.7.2）形，兩橫筆改作圓點，訛變益甚。此類形體季師旭昇、馮勝君皆以爲可與齊陶文🔣（陶彙3.1303）合證。〔註218〕李春桃則認爲「良」作此形怪異，且陶文是否爲「良」字不能坐實，認爲此古文是來源有據，或訛形省體尚難判斷，稍有存疑。〔註219〕🔣雖形體特殊，然並非不可理解，筆者疑其乃由如🔣（乙3334＝《合》10302正）、🔣（師友2.4）、🔣（陶彙3.588）等形訛寫，筆畫黏合後，外部寫訛爲一橢圓形，其餘筆畫變爲橫筆。其演變情形推測如下🔣（陶彙3.588）－🔣（536.5.4）－🔣（536.3.1）。準此，傳抄古文中上部不密合的🔣形，或較近實。

第二類古文🔣（536.3.2）亦爲《說文》古文，《汗簡》引《義雲章》作🔣（536.4.3），《四聲韻》作🔣（532.5.3），皆與《說文》之形近似。此類形體出土文字無徵，季師旭昇認爲是「良」字省略下半。〔註220〕筆者疑其亦可能本

〔註216〕徐中舒：〈怎樣研究中國古代文字〉，陝西省考古研究所、中國古文字研究會、中華書局編輯部合編：《古文字研究》第十五輯（北京：中華書局，1986年6月），頁4。

〔註217〕〔漢〕許慎撰，〔宋〕徐鉉等校定：《說文解字》十五卷，第5篇下，頁6。

〔註218〕季師旭昇：《說文新證》上冊，頁459；馮勝君：《郭店簡與上博簡對比研究》，頁381。

〔註219〕李春桃：《傳抄古文綜合研究》，頁667。

〔註220〕季師旭昇：《說文新證》上冊，頁459。

作「尸」，與 ![字形]（乙 3334＝合 10302 正）、![字形]（璽彙 2713）近似，惟後世轉寫摹錄時部分筆畫黏、斷不同，逐漸錯訛至奇詭難辨。

第三類古文 ![字形]（536.3.3），亦為《說文》古文，《四聲韻》引作 ![字形]（536.6.2）。《汗簡》引《義雲章》作 ![字形]（536.4.1），皆同《說文》。此類形體與戰國楚簡文字作 ![字形]（信 M2.4）最為近同，來源有據。《四聲韻》引《義雲章》作 ![字形]（536.5.1），上部筆畫略訛，《韻海》作 ![字形]（536.7.1）訛變益甚。《四聲韻》錄崔希裕《纂古》隸定古文 ![字形]（536.6.3）、![字形]（536.6.4）兩形，當據此類形體隸定。

第四類古文 ![字形]（536.3.4）見碧落碑，《汗簡》引作 ![字形]（536.4.2）、《四聲韻》引作 ![字形]（536.5.2），大致同構惟上部寫法略異。江梅認為此形與古「良」字作 ![字形]（乙 3334＝《合》10302 正）等近似，碑文更近古。〔註221〕筆者檢漢印篆文中有與碧落碑文同形者，如 ![字形]、![字形]、![字形]，碧落碑文當是取自漢印篆形。此種篆形之來源有幾種可能性：或是《說文》小篆的逐步訛變，《說文》小篆作「良」，下部「亡」形筆畫若逐步平直，由「![字形]」而 ![字形] 而 ![字形] 而 ![字形]，下部形體再轉變方向即訛作如 ![字形] 形；秦漢文字「良」作 ![字形]（睡·日乙 74）、![字形]（馬·老甲 14），![字形] 亦可能是受隸體影響的篆形；「良」、「食」隸體下部寫法近似，![字形] 亦可能是據「食」字篆文「![字形]」下部改作。《韻海》所錄 ![字形]（536.7.3）上部短橫改作圓點，![字形]（536.8.1）之「日」形訛作「田」形。

《韻海》錄「高」字古文作 ![字形]（531.2.1）、![字形]（531.2.2），未見出處。《六書通》錄 ![字形] 題為籀文，![字形] 見《六書統》，與《韻海》所錄近似。〔註222〕此類形體顯然是「良」字，前人誤釋、誤錄為「高」。

042 榮

「榮」字條下共收篆體古文八形。據其形體可概分為三組，分別表列如下：

〔註221〕江梅：《碧落碑研究》，頁 10。

〔註222〕〔明〕閔齊伋輯，〔清〕畢弘述篆訂：《訂正六書通》，頁 101。

一	（560.8.1）、（560.8.2）、（560.8.3）、（561.1.1）、（561.1.2）
二	（561.1.4）
三	（560.8.4）、（561.1.3）

《說文》「榮」字：「桐木也。从木、熒省聲」。〔註223〕第一類古文與《說文》「榮」字篆形「」相比，乃省去上部一個「火」形。鄭珍認為此乃「更篆」，黃錫全謂「《說文》正篆變作榮，此省一火」。〔註224〕二者均認為此形乃據《說文》小篆省作。按《說文》中所見上部从「炏」作之字如「營」、「榮」、「縈」、「榮」等皆解為「从熒省」，上皆作二火形，傳抄古文省从一火者，於出土古文字中亦有例可循。如戰國齊系文字「營」字作（璽彙3687）、三晉陶文「榮」字作（陶彙6.108），上部皆省作一火，可見此類古文形體當來源有據。見於《四聲韻》之（560.8.2）形與見於《韻海》之（561.1.2），與（560.8.3）形相較，可見「木」形上方缺一橫筆，可能是傳抄之時寫脫，亦可理解為「火」旁與「一」形共用中間之「人」形筆畫。

第二類古文（561.1.4）出自《韻海》，此形當是「營」字。「營」字古音屬喻紐耕部，「榮」字屬匣紐耕部，《韻海》假「營」為「榮」。

第三類古文（560.8.4）見《四聲韻》所引《義雲章》，《韻海》錄作（561.1.3）。此形與「隸」字傳抄古文作（295.2.1）、（295.2.3）顯然為同一形體，當亦為「隸」字無疑。李春桃認為此屬「誤植」，可從。〔註225〕

043 本

「本」字條下共收篆體古文十二形，據其形體可概分為二組，分別表列如

〔註223〕〔漢〕許慎撰，〔宋〕徐鉉等校定《說文解字》十五卷，第6篇上，頁3。

〔註224〕黃錫全：《汗簡注釋》，頁225。

〔註225〕李春桃：《傳抄古文綜合研究》，頁74、75。

下：

一	木 （562.8.1）、 （562.8.2）、 （562.8.4）、 （563.1.1）、 （563.1.2）、 （563.2.1）、 （563.2.2）、 （563.2.3）、 （563.3.3）
二	（562.8.3）、 （563.3.1）、 （563.3.2）

（562.8.1）形爲《說文》古文，上從「木」，下作三「口」形。關於此字構形約有如下三種說法：

一、下部示根多竅似口

段玉裁認爲「字從木象形，根多竅似口，故從三口」。〔註226〕商承祚亦云「大木之本多竅，故做以象之」。〔註227〕

二、下部象根形

舒連景引西周金文「本」字作（本鼎《集成》02081），認爲「其下象根形，殆由而訛」，楊樹達亦以爲「木爲本形，象根，爲特形」。〔註228〕

三、下部為「臼」形訛變

湯餘惠解《行氣玉銘》「本」字認爲「本即根，下從臼，疑表植物根部所在的坑坎，《說文》古文作，下從三口，或謂即臼形之訛變」。〔註229〕黃錫全、徐在國同其說。〔註230〕張富海則並存上列二、三兩說。〔註231〕

〔註226〕〔清〕段玉裁：《說文解字注》，頁248。
〔註227〕商承祚：《說文中之古文考》，頁57。
〔註228〕李圃主編：《古文字詁林》第五冊（上海：上海教育出版社，2002年12月），頁821。
〔註229〕湯餘惠：《戰國銘文選》，頁195。
〔註230〕黃錫全：《汗簡注釋》，頁223；徐在國：《隸定古文疏證》，頁128。
〔註231〕張富海：《漢人所謂古文之研究》，頁98。

綜觀上述諸說，將 🔣 形下部視爲「從三口」，此種構形於「本」字之義
有理可說，然於出土古文字中無例可徵；將 🔣 形視爲西周金文 🔣 或戰國文
字 🔣 之訛體，於形體上仍存在不小的差異，有待疏通（若視爲由 🔣 形訛變，
則可理解爲下部「實筆虛化」，字形之區隔較小）。諸說皆有理據，然亦皆缺
乏堅實之出土文字實證，筆者此處暫並存之。

　　《汗簡》引《古尙書》「本」字作 🔣 （562.8.2），同於《說文》古文，
然《四聲韻》引《古尙書》「本」字作 🔣 （563.1.2），上部作「本」，較《說
文》、《汗簡》所錄多著一橫，黃錫全認爲「疑今本《說文》脫一畫」。〔註232〕
在第一類形體中可見三口形上部或作「木」或作「本」，古文字中於長豎筆
中增添短橫之繁化現象十分普遍，雖「木」與「本」的一筆之差有指示位置
之表義作用，然而此類古文下方三個「口」形已爲極其明顯之特徵，故筆者
認爲上方作「木」或作「本」應已無關宏旨。本類古文「口」形作 Y，爲《說
文》古文、石經古文偏旁之慣見寫法，如《說文》古文 🔣 （108.6.1「君」
字），石經古文 🔣 （108.7.3「君」字）、🔣 （102.2.1「告」字），🔣 （563.1.1）、
🔣 （563.2.2）所從「口」形作如「厶」形，🔣 （563.3.3）則作如「○」
形，皆出於後世轉寫訛變所致。

　　第二類形體 🔣 （562.8.3）見於《四聲韻》所引《古老子》，當由 🔣 形
寫訛，其下部中間的「口」形筆畫分裂後又多所詰詘，其「口」形訛變情況
與《說文》古文「周」字作 🔣 （115.5.1），《四聲韻》引錄作 🔣 （115.8.2）
類似。《四聲韻》錄有 🔣 （563.1.4）、🔣 （563.2.4），即此類古文之隸古
定體。《韻海》所收之 🔣 （563.3.2）形可能亦是此類形體的進一步訛寫。

044 朱

　　「朱」字下錄篆體古文五形，依其形體差異可概分爲四組，分別表列如
下：

〔註232〕黃錫全：《汗簡注釋》，頁223。

一	（563.5.2）、（563.5.4）
二	（563.6.1）
三	（563.5.1）
四	（563.5.3）

　　第一類古文（563.5.2）見《汗簡》引王存乂《切韻》，同一形體《四聲韻》錄作（563.5.4）。此類古文與西周金文作（師酉簋《集成》04288），戰國楚系文字作（曾86），晉系文字作（貨系2463）、（金頭像飾）等同形，來源有據。

　　第二類古文（563.6.1）見《韻海》，與戰國秦系文字作（睡‧效7），晉系文字作（金圓形飾）等形近同，來源亦有據。

　　第三類古文（563.5.1）見碧落碑，李春桃指出此形為「絑」字，與戰國晉系文字作（璽彙1574）近似。〔註233〕碧落碑當假「絑」為「朱」。《汗簡》錄碧落碑「珠」字作（29.7.1），《四聲韻》錄雲臺碑「珠」字作（29.7.2），《韻海》作（29.7.3），此三形皆與為一字，應是假「絑」為「珠」。

　　第四類古文（563.5.3）見《汗簡》引王庶子碑。《四聲韻》錄王庶子碑「未」字（1483.4.3）與此同形。黃錫全謂《汗簡》將釋文「未」誤寫為「朱」，筆者從其說。〔註234〕

045 才

　　「才」字條下共收篆體古文十形。據其形體可概分為四組，分別表列如下：

〔註233〕李春桃：《傳抄古文綜合研究》，頁503。

〔註234〕黃錫全：《汗簡注釋》，頁495。

一	（599.6.1）、（599.6.2）、（599.6.3）、市（599.6.4）、木（599.7.2）
二	大（599.7.1）、木（599.7.3）
三	才（599.7.4）、才（599.8.1）
四	林（599.8.2）

「才」字甲骨文作ㄓ、ㄓ（甲 2908 反＝《合》19946 反）、ㄓ（菁 3.1＝《合》10405 正），金文作ㄓ（簌亞 🔲角《集成》09102）、ㄓ（盂鼎《集成》02837）、ㄓ（豐尊《集成》05996）等形，戰國文字作ㄓ（新郪虎符《集成》12108）、ㄓ（曾姬無卹壺《集成》09711）、ㄓ（曾侯乙鐘《集成》00287）、ㄓ（包山 8）、ㄓ（郭店·老甲 3）、ㄓ（郭店·成 22）、ㄓ（郭店·殘 1）、ㄓ（中山王𧒭壺《集成》09735）等形。《說文》釋此字爲「艸木之初也」，象種子由地下才生根發芽之形，季師旭昇認爲該字形、義未詳，何琳儀則以爲象銳器之形。〔註235〕陳劍指出甲骨文「弋」字作ㄓ（《合集》1763），西周金文「叔」字所從「弋」旁作ㄓ（叔鼎《集成》2052），字象橛杙之形，是「杙」的表意初文。「弋」與「才」字形近似，其區別僅在於「弋」字右上比「才」字多出一小筆。兩字讀音相近，應由一字分化，「才」字亦應爲像下端尖銳的橛杙之形。並引《甲骨文合集》19946 卜辭：「壬子卜ㄓ（才－在）六月，王ㄓ（才－在）𠂤」，前一「才」字與「弋」字完全同形，是二字本爲一字分化的有力證據。〔註236〕筆者從其說。

第一類形體，以石經古文ㄓ（599.6.1）爲代表，《汗簡》、《四聲韻》所錄之形與之相似。此類形體與甲骨文ㄓ（菁 3.1＝《合》10405 正）、金文ㄓ

〔註235〕季師旭昇：《說文新證》上冊，頁 495；何琳儀《戰國古文字典》，頁 99。

〔註236〕陳劍：《甲骨金文考釋論集》（北京：線裝書局，2007 年 5 月），頁 141，注 1。

（豐尊《集成》05996）、戰國文字 ✦ （包山 8）等近似，然中豎旁筆畫方向相反。《韻海》錄有「材」字作 ✦ （567.4.1），與此類古文同形，亦爲「才」字，同音通假爲「材」。

第二類形體 ✦ （599.7.1），見於《汗簡》、《四聲韻》，均注明出自華岳碑，此類形體可能亦源自石經古文。三體石經《君奭》有 ✦ （1360.7.3）、✦ （1360.7.4）等字，與 ✦ （599.7.1）形體相似，於經文中用作「在」，此形實應爲「才」字，因聲近通假爲「在」，「才」用爲「在」是古文字中極爲普遍的用法。✦ （1360.7.3）與戰國楚文字作 ✦ （郭店・殘 1）近似，惟中豎筆略顯詰詘，且豎筆旁之斜筆位置左右互異。

第三類形體 ✦ （599.7.4）見《四聲韻》所引《古孝經》，其形與戰國文字 ✦ （曾姬無卹壺《集成》09711）相似，惟豎筆旁之斜筆又貫穿豎筆，往左下方曳引。第四類形體 ✦ （599.8.2）見《韻海》，右半同於第三類，左半從「木」，實爲「材」字，於本條中同音通假爲「才」。

本條所錄前三類形體皆頗相似，大抵於「十」字形部件上，作一至兩道斜筆，而斜筆方向變化多端。✦ （599.6.1）、✦ （599.7.1）、✦ （599.7.4）等三種形體雖與上引出土古文字差距不大，然而卻無法在古文字中找到字形完全吻合之例證，傳抄古文之形顯然皆有不同程度的訛誤。

第一類形體《汗簡》錄作 ✦ （599.6.4），宋代碑刻三體陰符經作 ✦ （1361.2.4）、✦ （1361.3.1），其形體與《四聲韻》所錄《汗簡》「祇」字古文作 ✦ （10.8.1）同形，《韻海》錄作 ✦ （10.8.2）。黃錫全認爲 ✦ 可能爲「師」字通假；徐在國則認爲 ✦ 實乃「示」字，「示」、「祇」二字古通，並引《周禮》二字通用之例爲證，李春桃從其說。〔註237〕按 ✦ 形與戰國齊系「帀」字作 ✦ （璽彙 0149）、✦ （璽彙 0152）等形最爲相似，中豎筆下方有無贅加短橫

〔註237〕黃錫全：《汗簡注釋》，頁 511；徐在國：《隸定古文疏證》，頁 17；李春桃：《傳抄古文綜合研究》，頁 548。

畫，於古文字中經常互見，應不影響二者可能是同一字之判斷。而 形與「示」字隸體偏旁亦頗為相似，如《龍龕手鑑》作 ， 形可能受隸體影響而寫訛。黃、徐二人之說法皆頗有理據，考量傳抄古文與戰國文字關係較為密切之故，筆者從黃說，將 形視為「币」字，《四聲韻》錄為「祇」，當是收錄通假字。

綜上所述，可知「才」、「币」二字音、義毫無關係，其形體分別經過不同的轉寫訛變，而巧合地出現「同形」的現象。

046 扈

「扈」字下錄篆體古文五形，依形可概分為兩類：

一	（628.5.1）、（628.5.3）、（628.5.4）、（62836.1）
二	（628.5.2）

（628.5.1）為《說文》古文，《汗簡》引作 （628.5.3），《四聲韻》引作 （628.5.4），《韻海》作 （62836.1），字皆從「山」、從「卩」；石經古文 （628.5.2）則從「山」、從「巳」。

「扈」字無論從「卩」或「巳」均不合理，段玉裁已指出「當從戶而轉寫失之」。〔註238〕王國維謂乃從石經古文「所」字 （1421.7.1）之「戶」旁寫訛。〔註239〕李春桃贊同此說，援引隸定古文「靈」字作 （30.6.3）、（30.6.4），證明傳抄古文體系中「戶」、「巳」有互訛之例，並謂從「山」應是「邑」旁的義符替換。〔註240〕

就篆體古文而言，《韻海》「門」字作 （1179.1.4），其兩「戶」形之寫法即與石經「巳」字古文 （1480.7.2）相似，陽華岩銘「闢」字作

〔註238〕〔清〕段玉裁：《說文解字注》，頁286。

〔註239〕王國維：〈魏石經殘石考〉，《王國維遺書》第九冊，頁62。

〔註240〕李春桃：《傳抄古文綜合研究》，頁150。

（1180.8.1）、《韻海》「開」字作 （1181.4.3），所从「門」旁兩「戶」形之寫法亦與「巳」字近似；《韻海》「門」字作 （1179.2.2），左半「戶」形仍不誤，右半明顯訛爲「卩」形。可見傳抄古文中「戶」有訛爲「巳」、「卩」之例，段玉裁、王國維、李春桃之說可信。

047 日

「日」字條下共收篆體古文二十六形，據其形體可概分爲十組，分別表列如下：

一	◉（639.1.2）、◉（639.1.3）、⊙（639.2.2）、⊘（639.3.3）、⊖（639.3.4）、⊙（639.4.2）、⊙（639.5.3）
二	⊖（639.1.1）、◉（639.1.4）、⊖（639.2.1）、⊖（639.2.3）
三	（639.6.4）
四	（639.5.2）、（639.6.2）
五	（639.2.4）、（639.4.3）、（639.5.4）
六	（640.1.1）
七	（640.1.2）
八	（639.6.3）
九	（639.3.1）、（639.3.2）、（639.4.4）、（639.5.1）、（639.6.1）
十	（639.4.1）

第一類古文皆作「○」形，中著圓點或短橫筆，與甲骨文作 ⊙（佚 374

＝《合》33694），金文作 （史牆盤《集成》10175）、（祖日乙戈《集成》11403）、（克鼎《集成》02796），戰國文字作 （睡・秦律60）、（包山17）、（郭店・語三52）、（令狐君嗣子壺《集成》09720），《說文》小篆作「」等形近似。《說文》：「日，實也。大昜之精不虧。从○一，象形」。〔註241〕季師旭昇指出「日」字中間的點畫，段注以爲「象其中不虧」，其實只是爲避免日形與「口」形、「○」形相混，故於其中加點。〔註242〕此類古文形體均極相似，惟《韻海》所錄 （639.5.3），「○」形上方筆畫斷裂，稍有訛誤。

第二類古文 （639.1.1）爲《說文》古文，《說文》各版本所錄之形略有差異，靜嘉堂本《說文》作 ，中爲短橫筆，汲古閣本、小徐本、段注本皆作 ，中作如「乙」形。碧落碑作 （639.1.4）、《汗簡》作 （639.2.1）、（639.2.3），與汲古閣本、小徐本、段注本較似。中作「乙」形之「日」字隸定爲「圁」，徐在國指出「圁」乃武則天所造之字，見於唐《契苾明碑》。〔註243〕依徐在國之說，則 便爲依武周新字而「以隸作古」之形，胡小石亦有類似看法。〔註244〕目前所見《說文》版本年代最古者已爲宋版，其內容當已非漢時許書原貌，而唐時已有「圁」字，若謂《說文》古文受武周新字影響應不無可能。然《金石文字辨異》引〈北齊陽阿故縣村造像記〉已有「圁」字，〔註245〕未必晚至武周之時，則或許《說文》本即有古文作 ，北齊碑文與武周新字乃是據此古文隸定而成。〔註246〕此問題由於證據不足而無法確論，今暫存疑，以俟後考。李陽冰、徐鍇、段玉裁等人皆認爲「日」字中間乃「象

〔註241〕〔漢〕許慎撰，〔宋〕徐鉉等校定《說文解字》十五卷，第7篇上，頁1。

〔註242〕季師旭昇：《說文新證》上冊，頁532。

〔註243〕徐在國：《隸定古文疏證》，頁144。

〔註244〕胡小石：《胡小石論文集三編》（上海：上海古籍出版社，1995），頁459。

〔註245〕〔漢〕邢澍撰：《金石文字辨異》十二卷（據華東師範大學圖書館藏清嘉慶十五年刻本影印），頁817、818。

〔註246〕如段玉裁云此古文：「蓋象中有烏，武后乃竟作圁，誤矣」顯然是認爲圁乃據古文之形隸定。見〔清〕段玉裁：《說文解字注》，頁305。

中有鳥」之形，施安昌謂◉形「外邊圓圈是象形，裡面是鳥形」。〔註247〕筆者認爲，「日」字中之短橫筆，若以毛筆揮毫時略有曲度即頗似「乙」形，而檢小篆之中如「巢」字作「𤭯」，上部三道似「乙」形之曲筆，多被視爲寫意之鳥形，「西」字作「𡆀」，依《說文》釋形上部曲筆爲鳥形，其寫法亦近似「乙」字，或許緣於篆文系統中以「乙」形示鳥身，加以日中有金烏的神話傳說影響，導致古代書寫者將「日」字中間部分視爲鳥形，其最初可能僅是緣於「日」字中間短筆寫得略有曲度罷了。

　　第三類古文 𡆀（639.6.4）見於《韻海》，○中從「烏」，其「烏」旁寫法與《說文》古文 𦐇 近似，此字可隸定爲「𡆀」，應係依日中有鳥之傳說而造之異體字。

　　第四類古文 𡆀（639.5.2）見《四聲韻》所引崔希裕《纂古》，𡆀（639.6.2）則見《韻海》。檢《玉篇》有「囜」字，以爲「日」字古文。〔註248〕𡆀、𡆀 當據「囜」字轉寫而略有訛誤。「日」字從「丏」，構意不明，胡吉宣謂「囜」當由《說文》之「乙」字傳寫訛誤。〔註249〕然「乙」、「囜」二字形體差別甚大，如何轉寫致誤實難疏通。

　　第五類古文 𠁥（639.2.4）見《汗簡》引華岳碑文，《四聲韻》錄作 𠁥（639.4.3），《韻海》作 𠁥（639.5.4），形體皆同。清人阮元《積古齋鐘鼎彝器款識》錄「日父乙爵」銘文，其「日」字作 𠁥，即與此類古文同形。〔註250〕然 𠁥 是後人摹錄之形，實際出土古文字中未見，鄭珍謂其乃「臆增四出，象日光」，其說可參。〔註251〕

　　第六類古文 𝕝（640.1.1）見《韻海》，形似「月」字。雖然「日」、「月」二旁在古文字偏旁中可見通用之例，然做爲獨體字時仍應有明確的區別。筆

〔註247〕〔南唐〕徐鍇：《說文解字繫傳》（北京：中華書局，1987 年 10 月），頁 320；〔清〕段玉裁：《說文解字注》，頁 305；施安昌：〈關於武則天造字的誤識與結構〉，《故宮博物院院刊》1984 年第 4 期，頁 88。

〔註248〕〔梁〕顧野王：《大廣益會玉篇》，頁 131。

〔註249〕胡吉宣：《玉篇校釋》（上海：上海古籍出版社，1989 年），頁 3947。

〔註250〕〔清〕阮元：《積古齋鐘鼎彝器款識》（北京：中華書局，1985 年），頁 88。

〔註251〕〔清〕鄭珍：《汗簡箋正》，卷 3，頁 17。

者此處依舊將 視爲「日」之訛形。漢印「日」字或作 、，《韻海》當是轉錄此類形體又稍加詰詘，遂與「月」字無異。

第七類古文 （640.1.2）爲鳥蟲書，見《韻海》。此形與出土越王者旨於賜鐘「日」字作 形近，來源有據。《六書通》錄有「日」字古文 、、 等形，注明取自商鐘銘文，與《韻海》所錄者爲同類形體。〔註252〕

第八類古文 （639.6.3）見《韻海》，字形可析爲从「晶」、从「日」，此形出土古文字與後世字書均未見。「晶」字《說文》訓作「精光也」，此字或爲強調太陽之光華熾盛，故而从「晶」、从「日」會意，屬後世俗造之字，非古時既有之形。其造字概念或與 字相近。

第九類古文見《汗簡》，字从兩「至」，或上下重疊作 （639.3.1）、或左右並排作 （639.3.2），兩形均引自諸家碑。黃錫全謂此爲「銍」字， 與金文 （師湯父鼎《集成》02780）類同，「銍」、「日」古音同屬泥紐質部，此假「銍」爲「日」。〔註253〕戰國文字中有「銍」字作 （郭店·緇26）、（璽彙5370）等形，與 近似，可見其來源有據。《四聲韻》亦錄 （639.4.4）、（639.5.1）兩形，惟引自《字略》，來源不同。（639.6.1）見《韻海》。

第十類古文 （639.4.1）見《四聲韻》，字下注明引自《汗簡》，然今所見《汗簡》「日」字條下並無此形。 依形當爲「晶」字，列於「日」字下僅能以「重複同形」視之，然無論出土古文字或後世字書中所見「日」字均無此等重複之例， 或當改隸「晶」字下爲宜。王丹、李春桃則認爲「晶」與「日」在一定義近範圍內，將之視爲義近換用。〔註254〕

048 昏

「昏」字條下共收篆體古文九形，據其形體可概分爲三組，分別表列如

〔註252〕〔明〕閔齊伋輯，〔清〕畢弘述篆訂：《訂正六書通》，頁333。
〔註253〕黃錫全：《汗簡注釋》，頁404。
〔註254〕李春桃：《傳抄古文綜合研究》，頁751。

下：

一	⊙ （644.7.1）、⊙ （645.1.1）			
二	（644.7.4）、 （644.8.1）、 （644.8.2）、 （644.8.4）			
三	（644.7.2）、 （644.7.3）、 （644.8.3）			

　　《汗簡》所錄 ⊙ （644.7.1）源自《古尚書》，《韻海》沿錄其形。關於此形，鄭珍認爲「二，古文下，日下爲昏，俗別造會意字」；黃錫全則以爲此形實爲「旦」字，「以旦爲昏，猶典籍以亂爲治，以故爲今，以曩爲曩，乃反訓字」。〔註255〕徐在國認爲黃錫全之說法「可備一說」〔註256〕。

　　⊙形與古文字中所見的「旦」字確實十分相似，然而筆者認爲除非於古籍文獻中能找到其反訓的實際用例，否則任意將兩個反義詞逕視爲「反訓」，是比較危險的推論，故不從黃說。鄭珍認爲此形乃會「日下爲昏」而成的俗造會意字，此形亦見於宋代《類篇》及《集韻》等書籍，隸定作旦，雖然《類篇》、《集韻》之時代晚於《汗簡》，且對於字形來源亦未有進一步說明（或許有可能取自《汗簡》），但此形於後代字書皆見保留，可見是一個頗爲通行的俗字，則鄭珍之說法或許值得參考。

　　《四聲韻》引《古老子》「昏」字古文作（644.7.4），與《說文》「婚」字籀文近似。此類古文當皆爲古「聞」字之訛體，置於「昏」字或「婚」字下實屬聲近通假。「聞」字甲骨文作（餘9.1＝《合》5004），金文作（孟鼎《集成》02837）、（利簋《集成》04131）、（王孫誥鐘《新收》0418）等形，當由此類字形訛寫而成。◑即「耳」形，本類古文所見「耳」形或訛爲「臣」形、「臣」形、「日」形等，其餘部份則訛變嚴重遂致難以辨識。

　　《汗簡》形引自碧落碑，《四聲韻》所錄，出處相同而字體小異，《韻海》沿錄其形又稍加變化作。此字於碧落碑中未見，鄭珍以爲「碑無此，

〔註255〕〔清〕鄭珍：《汗簡箋正》，卷3，頁14；黃錫全：《汗簡注釋》，頁246。
〔註256〕徐在國：《隸定古文疏證》，頁145。

有 [字] 字。鄭承規釋闇，郭蓋誤記，又誤寫也」。黃錫全則懷疑此字原當作 [字] ，其字從「門」、從「音」，應為「闇」字，「闇」字與「昏」字義近，並引《禮記・祭義》鄭注「闇，昏時也」為證。〔註257〕其意當是認為碧落碑以「闇」為「昏」屬於「義近換用」之現象，郭忠恕則於摹錄時轉寫失真。李春桃則謂 [字] 與「闇」字寫法亦不近，應是訛形，或另有所本。〔註258〕

　　黃錫全之說法由於今存碑文中並無此形可供參驗而難於印證。同時，若說 [字] 為「闇」字，其於字形說解上亦稍嫌勉強，此字中間部份或許與「音」形強似，但「門」形訛為左右兩曲筆之寫法，無論於出土文字或傳抄古文字中皆未見其例，故此說當可再行斟酌。檢碧落碑中除「闇」字外確無「昏」字，鄭珍以為此處是郭忠恕「誤記，又誤寫也」應有可能，然其並未確切指出郭忠恕何以致誤之原因。檢閱碧落碑全文後，筆者發現碑中有一從「日」、「辰」聲之「晨」字作 [字] （660.2.1），此形可能源於楚帛書「晨」字作 [字] （帛乙）一類的形體。 [字] 之形體與《汗簡》所錄 [字] 字肖似，《汗簡》所錄者實應為「晨」字。此形於今所見各版本《汗簡》中俱釋為「昏」字，筆者認為應是楷體釋文的筆誤。

若依形隸定當作「晨」，此形為「晨」字異體，見於《集韻》、《四聲篇海》等字書。由於「晨」、「昏」二字之楷體形近，導致郭忠恕或《汗簡》之傳抄者將之誤書為「昏」。

　　透過與碑文的比對，可見郭忠恕於摹錄字形時多有訛誤。「晨」字所從「辰」旁字體中間的 [字] 形筆畫訛寫為 [字] ，其餘兩筆則為求左右對稱而略為調整其筆勢。「晨」、「昏」字義恰巧相反，《汗簡》於「昏」字條下錄 [字] 形，當屬「誤植」現象。《四聲韻》將此形錄為 [字] ，然字體與《汗簡》所錄者稍異，郭、夏二書所錄形體俱與碑文有所差距，古文字形體於傳抄過程中因書寫者的個人主觀因素而造成形體失真之情況於此可見一斑。《韻海》作 [字] ，較之郭、夏二書訛變益甚。

〔註257〕〔清〕鄭珍：《汗簡箋正》，卷3，頁16；黃錫全：《汗簡注釋》，頁249。

〔註258〕李春桃：《傳抄古文綜合研究》，頁734。

049 昌

「昌」字條下共收篆體古文十形，據其形體可概分為三類，分別表列如下：

一	（646.2.1）、（646.3.1）、（646.3.2）			
二	（646.2.2）、（646.2.3）、（646.2.4）、（646.4.2）、 （646.4.1）			
三	（646.3.4）、（646.3.3）			

（646.2.1）為《說文》「昌」字籀文，（646.3.1）見《四聲韻》所引《說文》，（642.3.2）見三體陰符經。裘錫圭指出「昌」為「唱」字初文，並說明「唱」最初可能指日方出時呼喚大家起身幹事的叫聲，這種叫聲大概多數有一定的調子，是歌唱的源頭。甲骨文「昌」字作（甲 185＝《合》19924），六國文字和漢代金石篆文「昌」字下部作、、等形，可見「昌」字本來確是從「口」，《說文》篆文從「日」是後起訛形。[註259] 此類傳抄古文上從「日」、下從「口」，結構同於自甲骨以來的古文字。《說文》籀文「口」旁多作，如「商」（212.7.3）、「駕」（967.3.1）、「辭」（1470.4.1）等字所從。亦為《說文》古文、石經古文「口」旁之慣見寫法，如《說文》古文（108.6.1「君」字）、（120.7.1「吝」字），石經古文（108.7.3「君」字）、（102.2.1「告」字）、（109.8.1「命」字）等字所從。此種「口」形可能是傳抄古文特有寫法，實際出土文字則較為少見。

第二類古文亦作上日、下口之形，然與第一類古文筆勢迥異。（646.2.3）見《汗簡》、（646.2.4）見《四聲韻》，兩形皆注明引自《說文》，今所見各版大徐本《說文》「昌」字籀文皆作，小徐本《說文解字繫傳》作，郭、夏之書當係採錄小徐本籀文，（646.2.4）「口」旁筆畫上黏「日」旁，

〔註259〕裘錫圭：《古文字論集》（北京：中華書局，1982 年 8 月），頁 650。

與小徐本籀文差別較大，當據改。（646.2.2）見唐代碧落碑，（646.4.2）見《韻海》，字形結構皆同。（646.4.1）見《韻海》，下作「甘」形，古文字偏旁「口」、「甘」每通作無別。出土戰國文字中，秦系作（十鐘）、（陶彙5.185），晉系作（璽彙1214），燕系作（陶彙4.79）、（燕下都218.6）等形，皆與此類古文近似。

（646.3.4）、（646.3.3）皆見《韻海》，出處不明，此二形應屬鳥蟲書。（642.3.3）與《六書通》所引《同文集》古文「昌」字輪廓近似。〔註260〕或是的變體，於字形上飾以鳥蟲之形並加注「易」聲。

（646.3.4）則可能是據戰國齊陶文（陶彙3.27）或楚簡（郭店·緇30）等調動偏旁位置的「昌」字變造為「鳥蟲書」。

050 昔

「昔」字條下共收篆體古文七形，據其形體可概分為三類，分別表列如下：

一	（647.7.2）	（647.7.4）	（647.8.2）
二	（647.8.4）		
三	（647.7.1）	（647.7.3）	（647.8.1）

（647.7.2）為三體石經「昔」字古文，見於《尚書·君奭》，其形體與西周金文作（盂尊《集成》06014）、（克鼎《集成》02836）、（卯簋蓋《集成》04327）等形相同，張富海認為此石經古文「保存了較古的字形」。〔註261〕戰國文字中如晉系作（姧蚉壺《集成》09734）、楚系作（天·策）等皆與之近似。（647.7.4）見《汗簡》所引《古尚書》，（647.8.2）

〔註260〕〔明〕閔齊伋輯，〔清〕畢弘述篆訂：《訂正六書通》，頁116。

〔註261〕張富海：《漢人所謂古文之研究》，頁106。

見《四聲韻》，該字下夏竦注其出處爲「古孝經亦古尙書」，依《傳抄古文字編》「凡例」對形體出處簡稱之說明，出處兩見者如出自古《孝經》與《說文》二書，應以「孝（說）」簡稱之。⿱形（647.8.2）字下應以「孝（尙）」簡注出處，然徐在國僅注「孝」字，當據「凡例」修改。⿱形（647.7.4）、⿱形（647.8.2）兩形與石經古文近似，且俱出傳抄之古文《尙書》，當同出一源。

⿱形（647.8.4）見於《韻海》，上部作兩「幺」形，出土古文字中「昔」字未見上部如此作者，傳抄古文中僅此一例，後世字書中亦無此種異體。⿱形應是⿱形之訛形，因形體訛變過甚乃至誤爲另一偏旁。推測此形概因上部四「八」形筆畫下方往中間靠近，而導致形體逐漸誤合。

⿱形（647.7.1）爲《說文》籀文，形體與春秋金文作⿱形（邻王糧鼎《集成》02675）、戰國齊陶文作⿱形（陶彙3.362）近似，來源有據。徐在國認爲此實乃「臘」字，通假爲「昔」，可從。〔註262〕⿱形（647.7.3）見唐代碧落碑，⿱形（647.8.1）見《四聲韻》所引《古老子》，字形結構均與《說文》籀文相同，《古老子》⿱形（647.8.1）形上部「昔」旁寫法，應屬「省略同形」現象，戰國楚系「昔」字用於偏旁時亦可見此種省略，如「䜌」字作⿱形（郭店‧成37）、⿱形（包山200），可見⿱形（647.8.1）形寫法有據。

051 暱

《韻海》錄「暱」字篆體古文⿰形（648.1.1）、⿰形（648.1.2）、⿰形（648.1.3）、⿰形（648.1.4）等四形。

「暱」字出土文字未見，《說文》：「暱，日近也。从日、匿聲。……暱或从尼」。〔註263〕《說文》正篆作「暱」，或體作「昵」，⿰形（648.1.1）、⿰形（648.1.2）、⿰形（648.1.3）三形當轉錄自《說文》篆形。⿰形（648.1.4）字，依形

〔註262〕徐在國：《隸定古文疏證》，頁146。

〔註263〕〔漢〕許愼撰，〔宋〕徐鉉等校定《說文解字》十五卷，第7篇上，頁2。

當隸定爲「膱」，《集韻》：「昵，粘也……或作膱」，以爲「昵」字或體，《韻海》當據此改隸作古。〔註264〕

052 暮

「暮」字條下共收篆體古文 （652.4.1）、（652.4.2）、（652.4.3）等三形，皆見《韻海》。

（652.4.1）即「莫」字，甲骨文作 （前 4.9.2＝《合》10729）或 （粹 682＝《合》29788），象日落於草莽或叢林之形，意指黃昏日落西方，爲「暮」之本字。後世繼承 形，西周金文作 （散氏盤《集成》10176），戰國作 （陶彙 3.47）、（璽彙 1390）、（郭店・成 28）、（睡・日甲 888 反）等形。「莫」字於典籍文獻中多假借爲否定詞使用，「黃昏」之本義逐漸隱晦不顯，故孳乳出「暮」字以明其本義，後世二字遂逐漸分流，歷來字書中對此二字之關係皆論之甚詳，治古文字者必深諳「莫」爲「暮」之本字，故《韻海》錄「莫」爲「暮」應是論列古體，非爲通假。

（652.4.2）形爲鳥蟲書，與《增廣鐘鼎篆韻》去聲暮韻下所錄 、（商鐘）、（蛟篆鐘）等形近似。〔註265〕《韻海》所錄形體當是採自宋代以來的傳抄青銅器銘文，此類形體與春秋於賜鐘銘「莫」字作 近似，來源有據。

（652.4.3）應爲「慔」字，《說文》：「慔，勉也。从心、莫聲」。〔註266〕《韻海》以「慔」爲「暮」，實屬通假。「慔」、「暮」古音俱屬明紐鐸部，聲近可通。

053 曜

「曜」字條下共收篆體古文五形，據其形體可概分爲三類，分別表列如下：

〔註264〕〔宋〕丁度等編：《集韻》，頁 217。

〔註265〕〔元〕楊銦撰，〔清〕阮元輯：《宛委別藏・增廣鐘鼎篆韻》，頁 331。

〔註266〕〔漢〕許慎撰，〔宋〕徐鉉等校定：《說文解字》十五卷，第 10 篇下，頁 6。

一	（652.6.1）
二	（652.6.2）、（652.6.3）、（652.6.4）
三	（652.7.1）

　　（652.6.1）即「曜」字，出自唐代碧落碑，觀其書體應屬小篆。然此字既不見於出土古文字，《說文》亦未收錄，歷代字書中首見於東漢劉熙之《釋名》，訓爲「光明照耀」之意，可能是漢時新興的後起字。檢漢隸中有「曜」字作（禮器碑陰）、（朝侯小子殘碑）等形，與所論字同構，當是「改隸作篆」而成。

　　（652.6.2）見於《汗簡》，該字下郭忠恕未注明出處。黃錫全指出侯馬盟書「狄」字作、三體石經「狄」字古文作（989.8.1）。從日、從狄，即「晀」字，「狄」、「翟」音近，典籍每通作，「晀」當爲「曜」之古文，後「曜」行而「晀」失傳。〔註267〕由於出土古文字中未見「晀」字，故無從證明古有「晀」字，而後「曜」行「晀」廢。關於石經古文「狄」字，王國維、林澐、張富海均認爲是「裼」字，象以手脫衣之形，「裼」、「狄」音近，石經古文假「裼」爲「狄」。〔註268〕侯馬盟書字何琳儀亦以爲「裼」字初文，並謂此類形體或在衣旁之下弧筆加短橫爲飾，遂似從卒。〔註269〕侯馬盟書字用作人名，詞例較難確論，戰國楚文字從爪、從卒之字，亦可能是贅加「爪」旁的「卒」字，如（包山201）、（郭店・緇7）等，從爪、從卒之字於出土文字中釋作「卒」或「裼」有時較難論斷。然就傳抄古文本身轉寫流佈的情形考慮，三體石經既已見「狄」字作（989.8.1），則曹魏以降的傳抄者，應皆已認定從爪、從卒之字爲「狄」，則或可將形理

〔註267〕黃錫全：《汗簡注釋》，頁250。

〔註268〕張富海：《漢人所謂古文之研究》，頁135、136。

〔註269〕何琳儀：《戰國古文字典》，頁756。

解爲是後世傳抄者採石經古文偏旁改作之形體，「睰」、「曜」二字爲改換聲符之異體字，黃錫全對此字構形之解釋仍可採信。 （652.6.3）見《四聲韻》所引王庶子碑， （652.6.4）見《韻海》，此二形中之「衣」旁皆有明顯寫訛。

（652.7.1）見《韻海》，此形從日、從《說文》古文光，出土文字未見，《集韻》、《類篇》錄「晃」字，以爲「曜」字古文，《韻海》此形當依之取古文偏旁改作而成。〔註270〕 疑非「曜」字古體，依形可釋爲「晃」字，意指明亮，與「曜」字義相近，《韻海》以「晃」爲「曜」可能是採錄近義字。

054 星

「星」字下錄篆體古文八形，依其形體差異可概分爲四組，分別表列如下：

一	（659.4.1）、（659.4.2）、（659.5.4）、（659.4.3）、（659.4.4）
二	（659.6.1）
三	（659.6.2）
四	（659.6.3）

第一類形體 （659.4.1），爲《說文》「曐」（星）字古文。季師旭昇指出甲骨文「星」字本作「晶」，如 （甲675＝《合》31182）、 （後2.9.1＝《合》11503正），象眾星熒熒之形，其後「晶」用爲形容詞，於是加「生」聲作 （乙6672＝《合》11498正）、 （前7.26.3＝《合》11501），遂與「晶」字分化。甲骨文星形數量不定，金文、小篆固定爲三星，戰國文字則開始簡化爲一星，如晉系文字作 （貨系2263），楚系作 （帛乙1.21），後世隸

〔註270〕〔宋〕丁度等編：《集韻》，頁165；〔宋〕司馬光等編：《類篇》，頁235。

楷承之。〔註271〕《說文》古文作 ![星古文], 近於金文 ![星金文]（麓伯星父簋）、戰國晉系文字 ![星戰國]（璽彙 2745）與《說文》小篆 ![星小篆]。由上揭古文字諸形可見，自甲骨文以來星形或作○，或作⊙，中間圓點之有無應無關宏旨。類似情況尚可見如「參」字上部形體之變化，西周金文「參」字或作 ![參]（召鼎《集成》02838），或作 ![參]（克鼎《集成》02836）；戰國晉系文字或作 ![參]（璽彙 673），或作 ![參]（璽彙 1106）；楚系文字或作 ![參]（帛甲 2.21），或作 ![參]（郭店・語三 67），皆爲明證。〔註 272〕唐代碧落碑作 ![星碧落碑]（659.4.2），《四聲韻》引王惟恭《黃庭經》作 ![星]（659.5.4），皆與今本所見《說文》古文相同。《汗簡》引《說文》古文作 ![星汗簡]（659.4.3），《四聲韻》引作 ![星]（659.4.4），上部星形作▽，與今本《說文》略異，黃錫全指出「參」字作 ![參]（璽彙 3773），其上部星形寫法即與《汗簡》所錄者類似，應是郭氏所見本即如此。《四聲韻》作 ![星]，寫脫一筆。〔註273〕

　　![星C形]（659.6.1）見《四聲韻》所引崔希裕《纂古》，《集韻》、《類篇》皆謂唐武后「星」字作「○」，與 ![C] 近似。〔註274〕此形或即採錄武周時所造新字，可視爲「星」之象形。

　　![星]（659.6.2）見《韻海》，來源不明，疑可將之釋爲象二星之形；![星] （659.6.3）亦見《韻海》，上象星形，下從三「口」，構形之意不明，存疑待考。

　　《四聲韻》錄隸定古文「曐」（659.5.1），引自《說文》，當即《說文》正篆 ![星] 之隸古定體；另錄《籀韻》隸定古文「垒」（659.5.2）、「垒」（659.5.3）

〔註271〕季師旭昇：《說文新證》上冊，頁 546。

〔註272〕「參」字上部並非從「星」，林師清源認爲上部象長髮卷曲或繫結髮飾之形，參林師清源：〈釋參〉，《古文字研究》第 24 輯（北京：中華書局，2002 年 7 月），頁288。然「參」字上部多作三○形或⊙形，與「星」字構形類似，故筆者以之類比「星」字之構形變化。

〔註273〕黃錫全：《汗簡注釋》，頁 235。

〔註274〕〔宋〕丁度等編：《集韻》，頁 71；〔宋〕司馬光等編：《類篇》，頁 237。

兩形，「坴」應據古文 隸定，坴下从「土」，徐在國以爲是「生」之訛變。

〔註275〕「坴」亦可能據《四聲韻》所引《說文》古文 （659.4.4）形隸定。

055 囧

「囧」字下錄篆體古文十形，依其形體差異可概分爲三組，分別表列如下：

一	（666.2.2）、（666.2.4）、（666.4.1）、（666.4.4）			
二	（666.2.1）、（666.2.3）、（666.2.4）、（666.5.1）			
三	（666.5.2）、（666.5.3）			

第一類古文 （666.2.2）見《汗簡》，《四聲韻》引錄作 （666.2.4），《集上》引錄作 （666.4.1），三者形體無別。「囧」字甲骨文作 （甲278＝《合》20041）、（甲903＝《合》34165），西周金文作 （戈囧瓚陶鼎《集成》02406），皆象窗牖之形，自周代以後「囧」字較少單獨見用。《說文》第七篇上「囧」部：「囧，窗牖麗廔闓明也。象形」〔註276〕，上揭傳抄古文三形與《說文》小篆完全同形，應取自篆文。《韻海》錄有 （666.4.4）形，當據 形寫訛。

第二類形體見《汗簡》作 （666.2.1），《四聲韻》作 （666.2.3），《集上》錄作 （666.2.4），三形皆引自《古尚書》。此類形體實爲「奰」字，《說文》第十篇下「夰」部：「奰，驚走也，一曰往來也」。許愼並引《周書》曰「伯奰」，又云「古文弻，古文囧字」。〔註277〕《汗簡》中所引《古尚書》之古文，皆採隸古定本「以隸復古」，鄭珍指出此形「薛本依采，郭依今書釋囧」，〔註278〕其意乃謂《汗簡》此形採自薛季宣《古文尚書訓》「伯奰」句，

〔註275〕徐在國：《隸定古文疏證》，頁149。

〔註276〕〔漢〕許愼撰〔宋〕徐鉉等校定：《說文解字》十五卷，第7篇上，頁4。

〔註277〕〔漢〕許愼撰〔宋〕徐鉉等校定：《說文解字》十五卷，第10篇下，頁4。

〔註278〕〔清〕鄭珍：《汗簡箋正》，卷4，頁37。

依形以隸復古作 （666.2.1），而「伯囧」於今本《尚書》作「伯囧」，故郭忠恕乃逕將 （666.2.1）釋爲「囧」字。段玉裁指出「古文𡆥，古文囧字」，〔註279〕當作「古文以爲囧字」，〔註279〕依段注體例「古文以爲」乃是說明典籍中文字通假之術語，則古文《尚書》以「𡆥」爲「囧」應屬聲近之通假。按「𡆥」、「囧」二字於義無涉，而其古音俱屬見紐陽部，段氏以之爲通假應可信從。準此，則郭忠恕《汗簡》錄「𡆥」於「囧」字下，當爲不明通假所造成之誤釋。

　　《四聲韻》另錄隸定古文 （666.3.1）、 （666.3.2）、𡆥（666.3.3）、𡇎（666.4.2）、 （666.4.3）五形。「𡆥」（666.3.3）即此類形體之隸古定體，其餘諸形則多有訛變。

　　三類古文 （666.5.2）、 （666.5.3）見於《韻海》，兩形結構相同。《韻海》所錄之形皆未注其出處，由《六書通》所錄可知此形出自「父乙鼎」，屬青銅器銘文。〔註280〕按此形實爲「光」字，見於《殷周金文集成》2001「西單光父乙鼎」之「光」字作 ，應即《韻海》、《六書通》所本之形體。〔註281〕「西單光父乙鼎」《歷代鐘鼎彝器款識法帖》中舊題爲「單囧父乙鼎」。〔註282〕 最早由劉體智《善齋吉金錄》釋爲「光」，張亞初、劉雨從之，並進一步析論其構形，謂此字上從火、下從對稱之二人形，是特殊的對稱裝飾，在族氏名的銘文中尤爲多見。〔註283〕《韻海》之所以錄「光」字於「囧」字條下，應是受限於當時古文字學之水準而誤釋文字所致。張亞初、劉雨指出 字舊釋「囧」（𡆥）、「景」、「北」等，皆不確。〔註284〕薛尚功《歷代鐘

〔註279〕〔清〕段玉裁：《說文解字注》，頁498。

〔註280〕〔明〕閔齊伋輯，〔清〕畢弘述篆訂：《訂正六書通》，頁226。

〔註281〕中國社會科學院考古研究所編：《殷周金文集成釋文》第二卷（香港：香港中文大學出版社，2001年10月），頁143。

〔註282〕〔宋〕薛尚功原寫，〔清〕孫星衍主持臨刻，嚴可均臨篆，蔣嗣曾寫釋文：《臨宋寫本歷代鐘鼎彝器款識法帖》，頁158。

〔註283〕張亞初、劉雨：〈商周族氏銘文考釋舉例〉，四川大學歷史系古文字研究室編：《古文字研究》第7輯（北京：中華書局，1982年6月），頁36。

〔註284〕張亞初、劉雨：〈商周族氏銘文考釋舉例〉，四川大學歷史系古文字研究室編：《古

鼎彝器款識法帖》即將此形釋爲「囧」字，《增廣鐘鼎篆韻》亦將一系列字置於三十八梗韻「囧」字條下。〔註285〕《韻海》「粟」字下錄 （1034.8.1），亦是將「光」字誤釋、誤錄爲「粟」字。

056 外

「外」字條下共收篆體古文九形，據其形體可概分爲六類，分別表列如下：

一	（668.2.1）、 （668.3.1）
二	（668.2.2）、 （668.2.4）
三	（668.2.3）、 （668.3.4）
四	（668.3.3）
五	（668.4.2）
六	（668.4.1）

（668.2.1）爲《說文》古文，字從「夕」、從「卜」，與戰國齊系文字作 （子禾子釜），燕系作 （子禾子釜《集成》10374），晉系作 （中山王𗊆壺《集成》09735），楚系作 （郭店・語一 23），秦系作 （睡・日乙 8）等形近似，來源有據。 （668.3.1）見《四聲韻》所引崔希裕《纂古》，與《說文》古文同形。

（668.2.2）爲《汗簡》所引《義雲章》古文，《四聲韻》錄作 （668.2.4），此二形結構同於《說文》古文，惟「夕」旁稍往上移，實際出土文字未見此種偏旁位置之組合。

（668.2.3）見《四聲韻》所引《古老子》，《韻海》所錄 （668.3.4）

文字研究》第 7 輯，頁 36。

〔註285〕〔元〕楊鉤撰，〔清〕阮元輯：《宛委別藏・增廣鐘鼎篆韻》，頁 281。

形同。此類古文從「月」、從「卜」，與西周金文作▨（靜簋《集成》04273）、
▨（毛公鼎《集成》02841）等同構。

　　▨（668.3.3）見《韻海》，其右半之▨形可能是「月」或「夕」的訛
體，也可能由「日」旁寫訛（如此則當視爲「日」、「月」的義近換用）。

　　▨（668.4.2）見《韻海》，從「夕」、從「刀」，與崔希裕《纂古》所錄
隸定古文▨（668.3.2）同構。此字構形目前有幾種理解方式：

　　一、視爲「外」字

　　徐在國指出曾姬無卹壺「閒」字作▨，其所從之「外」即與▨（668.3.2）
同。〔註286〕

　　二、視爲「刞」字

　　季師旭昇指出戰國楚系「閒」字或從「刞」聲，或從「外」聲。〔註287〕
從「刞」聲者如▨（天・卜）、▨（包山152），從「外」聲者如▨（璽
彙1083）、▨（璽彙5559）。

　　三、視爲「閒」字

　　郭店楚簡《老子》有▨（郭店・老甲23）字，與▨（668.4.2）同構，
簡文中用爲天地之間的「間」（閒）字，劉釗指出「閒」字本從「門」、從「月」，
後改從「外」聲作▨，聲符「外」又訛混爲「刞」作▨，▨再省去「門」
旁即成簡省訛變的「閒」字▨。〔註288〕李春桃亦就▨在楚簡中的用法，
認爲▨是「閒」字異體，隸定爲「列」，傳抄古文假「列」爲「外」。〔註289〕

　　上述三說皆有理據，「刞」、「外」古音均屬疑紐月部，「閒」屬見紐元部，
聲紐同屬牙音，韻部對轉。此三字例可通假，「刞」、「外」皆可爲「閒」字聲
符，而由楚系「閒」字▨、▨之偏旁觀之，「列」、「外」形近訛混之可
能性亦高，故筆者暫並存之。

〔註286〕徐在國：《隸定古文疏證》，頁152。

〔註287〕季師旭昇：《說文新證》下冊，頁176。

〔註288〕劉釗：《郭店楚簡校釋》，頁19。

〔註289〕李春桃：《傳抄古文綜合研究》，頁618。

　　（668.4.1）見《韻海》，字作如「卜」形。甲骨文「外」只作「卜」，如 （前 1.5.2＝《合》35570）。季師旭昇認爲「外」字本義係借卜兆以別內外，以豎形之兆幹爲中界，橫形的兆枝所向爲內，另一面爲外，因此甲骨文以「卜」爲「外」。〔註 290〕考慮到《韻海》作者應未見甲骨文，未必瞭解卜辭之用字習慣，此暫存疑。若 形非以「卜」爲「外」，則可能由 字訛省。

057 虜

　　「虜」字下收篆體古文七形，隸定古文一形，據其形體可概分爲三組，分別表列如下：

一	（670.6.2）、 （670.6.4）、 （670.7.4）
二	（670.6.1）、 （670.6.3）、 （670.7.3）
三	（670.7.1）、 （670.7.2）

　　《說文》：「獲也。从毌、从力，虍聲」，小篆作「」。〔註 291〕第一類古文 （670.6.2）即「虜」字，見《汗簡》引張揖《集古文》。鄭珍以爲此形乃「移篆又更篆，从本書虍」。〔註 292〕謂其調動偏旁位置，且所从「虍」旁改與其部首同形，黃錫全同其說。〔註 293〕《四聲韻》錄 （670.6.4）、《韻海》錄 （670.7.4），字皆相似。

　　第二類古文 （670.6.1）見《汗簡》所引《演說文》，鄭珍以爲此乃「貫」字，上部作重毌之形，兩毌形析破即訛與 字上部近似。〔註 294〕黃錫全認同此爲「貫」字，然認爲此形實由金文「貫」字 （中甗《集成》00949）

〔註 290〕季師旭昇：《說文新證》上冊，頁 556。

〔註 291〕〔漢〕許慎撰，〔宋〕徐鉉等校定：《說文解字》十五卷，第 7 篇上，頁 5。

〔註 292〕〔清〕鄭珍：《汗簡箋正》，卷 3，頁 21。

〔註 293〕黃錫全：《汗簡注釋》，頁 258。

〔註 294〕〔清〕鄭珍：《汗簡箋正》，卷 3，頁 11。

訛寫，上部爲貝字寫誤。並指出《說文》「貫」、「虜」二形相次，此「虜」乃「貫」字寫誤。〔註295〕李春桃亦主張此乃「貫」字誤置爲「虜」。〔註296〕《六書通》錄有「虜」字作 ▨ ，題爲「籒文」。〔註297〕 ▨ 字上部與 ▨ 字相比，除四個「又」形外，另中有一豎筆，其形體與春秋金文「毌」字作 ▨（晉姜鼎《集成》02826）近似， ▨ 形若筆畫裂解即與 ▨ 字上部寫法相同，故以 ▨ 爲「貫」字之說合理。然《六書通》較爲晚出，年代較早的《汗簡》、《四聲韻》、《韻海》等字書所錄類似形體，四個「又」形中皆未見豎筆，因此，不排除《六書通》之寫法爲後世訛體之可能性。再者，僅依《說文》「虜」、「貫」二字相鄰亦無法證明《汗簡》有誤錄之事實。關於此類古文，筆者提出另一種假設： ▨ 字上部與「舁」字傳抄古文作 ▨ （263.7.1）、 ▨ （263.7.2）、 ▨ （263.7.3）等近似，可能是「舁」字訛體， ▨ 可隸定爲「𧴪」，《汗簡》假「𧴪」爲「虜」。「𧴪」由「舁」得聲，「舁」字古音屬喻紐魚部、虜字古音屬來紐魚部，聲近可通。《四聲韻》錄 ▨（670.6.3）、《韻海》錄 ▨（670.7.3），字皆相似。

《四聲韻》另錄古文 ▨（670.7.1）、 ▨（670.7.2）兩形，皆引自《汗簡》。李春桃引述諸多例證並以圖示（見下圖）說明 ▨ 乃獨立字頭， ▨ 爲其古文（字頭上脫去圈記符號），此二形當是「鹵」字，而非「虜」字，其說可從。〔註298〕

〔註295〕黃錫全：《汗簡注釋》，頁 241。

〔註296〕李春桃：《傳抄古文綜合研究》，頁 77。

〔註297〕〔明〕閔齊伋輯，〔清〕畢弘述篆訂：《訂正六書通》，頁 182。

〔註298〕李春桃所引證據如下：《汗簡》所錄字形沒有「隸定古文」， ▨ 應非《汗簡》所有，《汗簡》僅有一篆體「虜」字，作爲部首出現；《訂正六書通》、《集篆古文韻海》「虜」字下均未收類似「鹵」的形體；《集篆古文韻海》收有 ▨ 形，釋爲「鹵」，且與「虜」字相鄰。可見《四聲韻》將字頭「鹵」及其古文 ▨ 混入「虜」字下。李春桃：《傳抄古文綜合研究》，頁 77。

058 粒

「粒」字下收篆體古文七形，隸定古文一形，據其形體可概分為三組，分別表列如下：

一	 （696.6.1）、 （696.6.2）、 （696.7.4）
二	 （696.7.1）、 （696.7.3）、 （696.7.2）
三	 （696.6.3）、 （696.6.4）

 （696.6.1）為《說文》「粒」字古文，《說文》：「也。从米、立聲。![]古文粒」〔註299〕。小篆作「![粒]」，與古文屬替換義符之異體，《四聲韻》錄![竡] （696.7.2），即此字之隸古定體。![] （696.6.2）見《汗簡》所引《古尚書》，![] （696.7.4）見《韻海》，形體皆同《說文》古文。

第二類形體![] （696.7.1）見《四聲韻》所引《古尚書》，亦為「粒」字，

〔註299〕〔漢〕許慎撰，〔宋〕徐鉉等校定：《說文解字》十五卷，第 7 篇上，頁 10。

與第一類同構而筆勢略異。![字](696.7.1)與《汗簡》所錄![字]形來源相同而形體稍異。《四聲韻》![字](696.7.1)字之「食」旁形體與戰國楚系文字作![字]（包山206「饋」字偏旁）、![字]（包山206「既」字偏旁）、![字]（璽彙0217「飤」字偏旁），晉系文字作![字]（璽彙2443「館」字偏旁）等形近似，當有所本，《韻海》所錄![字]（696.7.3）與![字]形近。比較《汗簡》、《四聲韻》所引《古尚書》「粒」字，《汗簡》字形之「食」旁應已被郭忠恕改作與其部首同形。

![字]（696.6.3）見《汗簡》，未注出處，右半構形不明。![字]（696.6.4）見《四聲韻》所引《義雲章》，字從「立」、從「俞」作。鄭珍指出![字]為「古竱之誤，夏作![字]尤誤」。〔註300〕「踰」字出土文字與後世字書皆未見，「俞」字古音屬喻紐侯部，亦無法與來紐緝部之「粒」字通假。筆者疑![字]、![字]應該還是「竱」字，只是「食」旁替換為「飤」旁。《四聲韻》錄《古孝經》「食」字作![字]（507.4.3）、《義雲章》「食」字作![字]（507.4.4），此類形體實為「飤」字，《說文》以為「糧也。從人食」。〔註301〕「食」、「飤」古音皆為船紐職部字，《四聲韻》假「飤」為「食」。![字]、![字]右半形體可能是以「飤」替換「食」，由![字]之類的「飤」旁寫訛。

059 宛

「宛」字下錄篆體古文四形。唐代碧落碑有「宛」字古文作![字]（711.3.1），此字《汗簡》引錄作![字]（711.3.2）、《四聲韻》引錄作![字]（711.3.3）、《集上》引錄作![字]（711.3.4），三書所引之形上部均較原拓多出一道橫筆，當據拓本改正。

關於此字構形，黃錫全指出金文「饔」字作![字]（士上卣《集成》05421）、![字]（士上盂《集成》09454）等形，![字]（711.3.1）乃據其上部「宛」字寫

〔註300〕〔清〕鄭珍：《汗簡箋正》，卷4，頁38。

〔註301〕〔漢〕許慎撰，〔宋〕徐鉉等校定：《說文解字》十五卷，第5篇上，頁2。

法訛誤。〔註302〕江梅引黃說後又謂「有待進一步研究」。〔註303〕季師旭昇則認為 [字] （711.3.3）可能由上博楚簡《孔子詩論》讀為「宛」之 [字] （簡21）、[字] （簡22）字訛變而來，[字]、[字] 可能是由「备」字訛省而來，「备」即「邊」字之省。〔註304〕

按上引諸說中，[字] 與楚簡 [字]、[字] 形體差別較大，難以疏通其字形演變之過程。筆者認為 [字] （711.3.1）形應還是「宛」字訛體，下部「夗」旁由黃錫全列舉 [字] 一類形體寫訛頗有可能。對此字來源，筆者認為尚有一種可能：[字] 形上部「宀」旁寫法與漢印「家」字作 [字]、[字]、[字] 等形極為近似。而「宛」字篆文作「[字]」，漢印中可見作 [字]、[字]、[字]、[字] 等形，下部「夗」旁若形體誤合再行訛變，即可能訛如 ∩∩ 形。類似訛變可參《四聲韻》所引《古老子》「閒」字 [字] （1181.7.4）。戰國楚系文字「閒」字或作 [字] （曾姬無卹壺《集成》09711）、[字] （天‧卜），《四聲韻》所引《古老子》作 [字] （1181.7.3），即據此類楚文字訛變。[字] 字下部 [字] 形筆畫黏合後再做規則化的詰詘即成 ∩∩ 形。綜上，碧落碑 [字] 亦可能源自於後世篆形的訛變。

值得注意的是，∩∩ 形在傳抄古文中多見，且來源不一。除前文所論來自於「刖」、「夗」之訛形外，《四聲韻》引《古老子》「去」字作 [字] （498.8.4），下部「凵」旁作連續之彎折成 ∩∩ 形；《說文》「役」字古文作 [字] （297.8.1），右半「殳」旁上部亦訛如 ∩∩ 形；《汗簡》引華岳碑「天」字作 [字] （3.2.1），疑由石經古文 [字] （2.4.1）寫誤，下部筆畫扭曲，亦訛如 ∩∩ 形；《說文》「岳」字古文作 [字] （910.6.1），上部亦作 ∩∩ 形。

〔註302〕黃錫全：《汗簡注釋》，頁510。

〔註303〕江梅：《碧落碑研究》，頁45。

〔註304〕季師旭昇：〈讀郭店、上博簡五題：舜、何滸、紳而易、牆有茨、宛丘〉，《中國文字》新廿七期（臺北：藝文印書館，2001年12月），頁120。

060 守

「守」字下錄篆體古文十五形，依其形體差異可概分爲六組，分別表列如下：

一	（718.6.4）		
二	（718.4.2）	（718.5.2）	（718.6.3）
三	（718.5.3）	（718.7.3）	
四	（718.4.1）	（718.5.1）	（718.6.2）
五	（718.4.3）	（718.6.1）	（718.7.2）
六	（718.4.4）	（718.5.4）	（718.7.1）

「守」字殷商金文作 （守婦簋《集成》03082）、（冊守父乙瓠），何琳儀認爲「守」字從「宀」、從「又」，會守護居室之意。〔註305〕第一類形體 （718.6.4）見《韻海》，與上引金文從宀、從又者同形，《韻海》中多採錄青銅器銘文，檢《增廣鐘鼎篆韻》四十四「有」韻，「守」字下錄有 （父丁彝）、（守父丁爵）兩形，與《韻海》此形近似，《韻海》所錄者或即採自此類青銅器銘文。〔註306〕

第二類古文見《汗簡》作 （718.4.2）、《四聲韻》作 （718.5.2）、《集上》作 （718.6.3），俱引自華岳碑。此形從「宀」、從「寸」，與《說文》小篆作「」同構。「守」字殷商金文作 （守婦簋《集成》03082），西周金文作 （守宮卣《集成》05359）、（守冊父己爵《集成》08935），「又」下加短筆，爲《說文》所承。李天虹指出此類形體應視爲從宀、肘聲，並謂

〔註305〕何琳儀：《戰國古文字典》，頁190。

〔註306〕〔元〕楊鉤撰，〔清〕阮元輯：《宛委別藏‧增廣鐘鼎篆韻》，頁290。

此聲符「肘」極易與「寸」字混淆。〔註307〕《說文》即誤以為「守」字从「寸」。戰國文字中，如秦系文字作 （十鐘），晉系文字作 （侯馬），齊系文字作 （璽彙5298）等，皆與所論字形體類同，其中與秦系文字之相似程度尤高。

第三類形體 （718.5.3）見《四聲韻》引華岳碑，《韻海》所錄 （718.7.3）形同。此類古文與戰國楚系文字作 （郭店・唐12）、晉系文字作 （璽彙0341）、、（侯馬）等形近似，來源有據。何琳儀指出此類形體下部應為「肘」之本字，當係聲符。〔註308〕李天虹亦認為其从「肘」聲，並指出「肘」字作 ，應是為與「寸」字區別，故在「寸」字上增一斜畫。〔註309〕

第四類形體見《汗簡》作 （718.4.1）、《四聲韻》作 （718.5.1）、《集上》作 （718.6.2），皆引自王存乂《切韻》。此形从「官」、从「寸」，出土文字未見。鄭珍云「因《說文》『守』訓『守官』，遂增成从官，謬」；〔註310〕黃錫全指出甲骨文有 （甲3730＝《合》9491），與此形同，疑即一字。〔註311〕檢《甲骨文編》收 （粹262＝《合》849）、（甲3730＝《合》9491）兩形，隸定為「宴」，並指出此字於卜辭中用為地名，《說文》所無。〔註312〕黃錫全指出 、 二字雖構形類同，然實有別， 字辭例為「寄 」，釋為「守囿」，讀為「狩囿」，義為「狩獵於囿」。〔註313〕許師學

〔註307〕李天虹：〈釋郭店楚簡《成之聞之》篇中的「肘」〉，安徽大學古文字研究室編：《古文字研究》第22輯（北京：中華書局，2000年7月），頁265。

〔註308〕何琳儀：《戰國古文字典》，頁190。

〔註309〕李天虹：〈釋郭店楚簡《成之聞之》篇中的「肘」〉，安徽大學古文字研究室編：《古文字研究》第22輯，頁262～265。

〔註310〕〔清〕鄭珍：《汗簡箋正》，頁31。

〔註311〕黃錫全：《汗簡注釋》，頁275。

〔註312〕中國社會科學院考古研究所：《甲骨文編》（北京：中華書局，1965年9月），頁366。

仁從其說。〔註314〕準此，本類傳抄古文應可視爲「守」字異體，然甲骨 ⬚ 字，殷商以後未見流傳，其與傳抄古文是否即爲一字仍缺乏足夠的實證；而鄭珍依《說文》釋形杜撰之說法亦難以證實，故筆者暫並存之。〔註315〕

李春桃指出鄭珍之說可能性很高，但另外提出 ⬚ 爲「守官」合文之假設，「守官」一詞見於《左傳》、《國語》、《大戴禮記》、《漢書》等典籍，《說文》以「守官」訓「守」，兩者義近，且「守」、「官」二字皆从「宀」，依古文字合文之慣例，甚有可能寫作 ⬚，若後人未注意合文符號，或根本沒有合文符號，很容易將本爲「守官」二字的合文視爲「守」字。〔註316〕李春桃之假設頗有理據，但字書缺乏上下文例以供推勘，難以論斷其是非，應可備一說，以俟後考。

第五類形體見《四聲韻》作 ⬚（718.4.3）、《集上》作 ⬚（718.6.1），出自《古老子》，《韻海》所錄 ⬚（718.7.2）形同。字从「宦」、从「寸」，出土文字未見。此類形體可能是第四類形體 ⬚ 之異體，⬚ 與 ⬚ 形體近似，不排除 ⬚ 可能由 ⬚ 寫訛。或可將字形上部理解爲「官」、「宦」的義近通用。

第六類形體見《四聲韻》作 ⬚（718.4.4）、《集上》作 ⬚（718.5.4），皆引自《古孝經》，字从「官」、从「又」作。此類形體所从「官」旁，又見唐陽華巖銘 ⬚（1440.7.1）、《汗簡》⬚（1440.7.2）、《四聲韻》⬚（1440.7.3）等，此種寫法與戰國晉系文字作 ⬚（卅二年平安君鼎《集成》02764）近似，來源有據。《韻海》錄 ⬚（718.7.1）形，上部「自」形因筆畫斷裂誤寫

〔註313〕黃錫全：〈甲骨文字釋叢〉，《古文字論叢》，（臺北：藝文印書館，1999 年 10 月），頁 35、36。

〔註314〕許師學仁：《古文四聲韻古文研究（古文合證篇）》，頁 113。

〔註315〕相較之下，黃說較有理據，筆者傾向從黃說。

〔註316〕李春桃：《傳抄古文綜合研究》，頁 134。

為「爪」形。徐在國指出戰國文字的「自」旁常省作「⿰」或「⿰」形，如楚簡「官」字 、晉璽「輨」字 。〔註317〕《韻海》![字形]（718.7.1）形或即源於此類戰國文字的寫法。

061 躬

「躬」字下錄篆體古文三形。![字形]（727.1.1）見《汗簡》引王存乂《切韻》，同一形體《四聲韻》錄作 ![字形]（727.1.2）。![字形]（727.1.3）則見《韻海》，來源不明。

《說文》正文作「![字形]」，或體作「![字形]」。《四聲韻》所錄之形 ![字形] 與《說文》篆形較為近似，亦近於戰國璽印文字作![字形]（璽彙5192）。鄭珍謂《汗簡》![字形] 形為「更篆，从本書『身』」，指其改从《汗簡》部首「身」之寫法 ![字形]（817.5.1）。〔註318〕《汗簡》書中之「身」皆作 ![字形]，郭忠恕所書三體陰符經「身」字作 ![字形]（817.6.3）亦同。此類寫法與戰國齊系文字作 ![字形]（公子土折壺《集成》09709）近似，璽印「躬」字 ![字形]（璽彙5195），所从「身」旁若中豎縮短亦與《汗簡》之形類同，郭忠恕所錄之形未必無據。

《韻海》![字形]（727.1.3），形體看似从「弓」、从「廾」。《汗簡》引《義雲章》「射」字作![字形]（526.7.4）、《四聲韻》引《籀韻》作 ![字形]（527.1.1）、《韻海》![字形]作（527.3.4）皆與《韻海》此「躬」字形近。黃錫全謂![字形]（526.7.4）可能由金文 ![字形]（射南簋《集成》04479）等形訛誤，左「←」誤作「又」。甲骨文有![字形]（菁11.25＝《合》3450），从「廾」、从「弓」，與![字形]形合，或許是「射」字異體。〔註319〕類似形體亦見花東甲骨作 ![字形]（花東002）、![字形]（花東005）。〔註320〕準此，《韻海》![字形]（727.1.3）形亦當是「射」字，「射」字上

〔註317〕徐在國：〈戰國官璽考釋三則〉，《考古與文物》1999年第3期，頁82。

〔註318〕〔清〕鄭珍：《汗簡箋正》，卷3，頁34。

〔註319〕黃錫全：《汗簡注釋》，頁440。

〔註320〕字形取自高明、涂白奎：《古文字類編增訂本》（上海：上海古籍出版社，2008年

古音屬船紐鐸部，「躬」字屬見紐冬部，二字聲韻畢異。《韻海》按韻繫字，錄「射」爲「躬」於音理不合。

　　《韻海》可能是將 （727.1.3）字誤析爲從「弓」得聲之字，「弓」爲「躬」字聲符，其音必近。雖然 有可能是另一個從「廾」、「弓」聲之字，與「射」字屬「異字同形」，然字書中未見此字，且對比相關字形在其他字書中皆列爲「射」，而《增廣鐘鼎篆韻》、《六書通》亦皆未錄相關字形於「躬」字下，《韻海》此形應以誤植之機率較高。

062 空

　　「空」字下錄篆體古文十形，依其形體差異可概分爲四組，分別表列如下：

一	（728.3.1）、（728.3.3）、（728.4.1）、（728.4.2）、（728.5.2）
二	（728.4.4）
三	（728.3.2）、（728.5.1）
四	（728.3.4）、（728.4.3）

　　第一類形體 （728.3.1）見於石經古文《尚書》，其餘《汗簡》、《四聲韻》所錄諸形皆引自王存乂《切韻》。此類形體即從穴、工聲之「空」字，其「工」旁作 ，同於《說文》與石經古文。出土所見之「空」字，如戰國秦系文字作 （官印 0021）、（睡・秦律 152），戰國晉系文字作 （十一年庫嗇夫鼎《集成》02608），皆未見於「工」旁加「彡」爲飾者，若干楚簡所見「工」字上有飾筆，如 （上三・周 17）、（上三・彭 5）、（上四・相 3「攻」字偏旁）等，然亦與《說文》古文 （468.3.1）不類。傳抄古文可能是依《說文》、石經古文之偏旁寫法改作而成。

---

8 月），頁 205。

第二類形體 𨟠 （728.4.4）見《四聲韻》所引雲臺碑，此形應由第一類形體寫訛，上部「穴」旁下兩筆改變方向由八改作丶ㄥ，加以筆畫黏合即成 𨟠（728.4.4）形。

第三類形體 （728.3.2）出自唐代碧落碑，因其原拓形體殘損，造成考釋者對字形筆畫之認定略有歧異。陳煒湛認為此字應作 𡧘，較篆文（𡧘）增𠕒，並引《汗簡》、《四聲韻》所錄 𡧗、𡧙、𨟠 諸形，認為如灬、彡、𠕒等皆屬羨筆。〔註321〕唐蘭認為此乃「窒」字，假借為「空」。〔註322〕江梅據碧落碑拓本認為此字應作𡧙，下誤「工」作「王」可能受《說文》與石經古文「工」作𡉵之影響。江梅另舉出見於《金石萃編》的碧落碑摹刻本此字作𡧘，依字形當是「窒」字，借為「空」。〔註323〕

若將圖版放大仔細觀察（見上圖），不難發現此形體「穴」旁下部第一橫筆與第二橫筆的起筆處之間有一明顯的圓點，此點清晰、完整，應屬筆畫無虞；且其下部若為「工」旁，應該不會有三道橫筆，而此形下部三道橫筆極為明顯，故不可能是「工」旁。此形還原後應與《韻海》所錄「空」字作𡧘（728.5.1）同形，江梅對拓本之形體認定有誤，當以《金石萃編》所摹刻者為是。陳煒湛增添羨筆之說主要本於「工」字古文增「彡」而作𡉵形，然「工」字古文所增之筆畫數量與位置皆相當固定，少見例外者，陳說證據不夠充分，故筆者不從。碧落碑此形應即「窒」字，其於碑文中用為「空」，唐蘭、江梅等皆以為是通假。然「空」字上古音屬溪紐東部，「窒」字屬見紐耕部，聲近而韻部較遠。〔註324〕

〔註321〕陳煒湛：〈碧落碑中之古文考〉，陳煒湛：《陳煒湛語言文字論集》，頁 114。陳煒湛於其說釋後，又云：「或謂此係窒字，借用為空」，保留了另一種說法。

〔註322〕唐蘭：〈懷鉛隨錄〉，北平燕京大學《考古學社社刊》，頁 154。

〔註323〕江梅：《碧落碑研究》，頁 47。

〔註324〕張儒、劉毓慶：《漢字通用聲素研究》，頁 327、560。

陳新雄認爲東部、耕部可以旁轉。〔註 325〕然出土文字與典籍中之通假例證較少，通假之說有待進一步確認。檢《說文》第七篇下「穴」部：「窫，空也。從穴、至聲。《詩》曰：『瓶之窫矣』」〔註 326〕，可見「窫」字與「空」字義近，傳抄古文用「窫」爲「空」，應可視爲近義字之換用，未必爲聲近之通假。

　　第四類形體 （728.3.4）見《汗簡》所引王存乂《切韻》，《四聲韻》錄作 （728.4.3），來源相同。黃錫全認爲古從穴與從宀每不別，故此形乃「窫」字寫訛，假爲「空」。〔註 327〕依黃說將上部「宀」旁視爲「穴」旁換用後，下部「至」形上端橫筆寫脫後即成 形，其釋形可從。然由前文論述可知「窫」與「空」應屬近義字之換用。

063 皦

　　《四聲韻》錄《古老子》「皦」字作 （765.6.1）、《集上》錄作 （765.6.2）、《韻海》作 （765.6.3）三形結構相同。此類古文於出土文字中未見，檢唐僧玄應《一切經音義》卷五十二謂：「古文皦、暤二形，今作皎」。〔註 328〕玄應所錄「暤」字爲「皎」字古文，《說文》云：「皦，玉石之白也，從白、敫聲」，《玉篇》云：「白也，又珠玉白貌，亦皎字」。〔註 329〕「皎」、「皦」二字聲、義俱近，歷來多被視爲異體字。依形體觀察， 應是「暤」字篆形無疑，此字既見於唐代字書，可見夏竦所錄有據。筆者認爲此字右半可能是「杲」字訛形，「杲」字戰國文字作 （秦陶 1365）、（包山 87），「杲」、「皎」（皦）皆爲見紐宵部字，且「杲」字義爲「明也」，與「皎」、「皦」字義亦頗切合， 字可能是替換聲符之異體。李春桃則認爲 是累增義符「日」的「杲」字，與「皦」爲通假關係。〔註 330〕

〔註 325〕陳新雄：《古音研究》，頁 470。

〔註 326〕〔漢〕許愼撰，〔宋〕徐鉉等校定《說文解字》十五卷，第 7 篇下，頁 4。

〔註 327〕黃錫全：《汗簡注釋》，頁 276。

〔註 328〕〔唐〕玄應：《一切經音義》（台北：大通書局，民國 59 年 4 月），頁 1116。

〔註 329〕〔漢〕許愼撰，〔宋〕徐鉉等校定：《說文解字》十五卷，第 7 篇下，頁 10；〔梁〕顧野王：《大廣益會玉篇》，頁 95。

〔註 330〕李春桃：《傳抄古文綜合研究》，頁 495。

064 儉

「儉」字下篆體古文九形，依其形體差異可概分為三組，分別表列如下：

一	（787.3.1）、（787.4.4）		
二	（787.3.2）、（787.4.1）、（787.4.3）		
三	（787.3.3）、（787.3.4）、（787.4.2）、（787.5.1）		

第一類古文 （787.3.1）見《汗簡》，應即「思」字，字形下僅有釋文作「儉」，未注出處。《四聲韻》錄有《古尚書》「憸」字古文作 （1053.5.1），與此形近似，應為同類形體，《四聲韻》此形取自古文《尚書》版本異文，乃假「思」為「憸」（參078）。由於 （787.3.1）字隸於「心」部之下，加以《尚書》版本異文之影響，使後世學者以為「思」、「憸」實為一字之異體。故鄭珍《汗簡箋正》乃將此字改釋為「憸」，黃錫全亦認為當依《四聲韻》釋「憸」為是。〔註331〕然由於此字下未注出處，故無法確認其是否亦取自《古尚書》，且郭忠恕於其卷首說明編寫方式時云：「於本字下直作字樣之釋，不為隸古，取其便識」，〔註332〕此句已清楚說明了該字書中有相當一部分的「古文」與其所歸之楷釋字頭並非一字，許多學者已指出當中存在大量假借字。故此形亦有可能是《汗簡》所據原出材料即假「思」（憸）為「儉」，未必為其誤釋。《韻海》所錄 （787.4.4）形體又略見寫訛。

第二類古文 （787.3.2）見《四聲韻》，（787.4.1）見《集上》，皆引自王庶子碑，《韻海》所錄 （787.4.3）形同。此類古文若較之第一類古文，當即「冊」字，然以「冊」為「儉」實無理可說。李春桃將此字隸定為「冊」，認為可能是後人以「冊」（由其音系所在位置，應是「删」省聲）通「儉」，或截取「思」字上部形體而來。〔註333〕

〔註331〕〔清〕鄭珍：《汗簡箋正》，卷4，頁40；黃錫全：《汗簡注釋》，頁377。

〔註332〕李零：〈《汗簡、古文四聲韻》出版后記〉，〔宋〕郭忠恕、夏竦輯，李零、劉新光整理：《汗簡古文四聲韻》（北京：中華書局，1983年12月），頁1。

〔註333〕李春桃：《傳抄古文綜合研究》，頁697。

　　李春桃假「冊」（刪）爲「僉」之說雖合於音理，然此種理解方式於文字構形分析上似乎難以合理疏通。筆者認同將「思」字構形析爲从「心」、「刪」省聲，然形聲字「省聲」之例，通常形符不變，僅將聲符之形體略作簡省，若連形符一併省去，僅餘已簡略形體的聲符，恐有違文字構形之慣例。疑此類古文可能是「僉」字之誤，或即李春桃所謂「思」字之截形。由於傳抄古文「僉」字 <!--img--> （966.5.1「驗」字偏旁）、<!--img--> （787.3.4），與 <!--img--> 形差距頗大，形體演變軌跡難以疏通，故筆者認爲後說成立的可能性較高。

　　因古文《尙書》以「思」爲「僉」，致使古文傳抄者誤以爲「思」字上部之 <!--img--> 形即爲「僉」旁，此類現象或可稱之爲「誤截偏旁」。準此，<!--img--> 應理解爲假「僉」爲「僉」，「僉」从「僉」聲，二字必可通假無疑。《四聲韻》另引王庶子碑「劍」字古文作 <!--img--> （435.5.3），《韻海》錄「瀲」字古文作 <!--img--> （1135.8.2），當與此處所論字之情形類同。目前在傳抄古文中此類形體僅五見，除 <!--img--> （787.4.3）、<!--img--> （1135.8.2）見於《韻海》外，其餘三例皆出自王庶子碑，由於《韻海》較爲晚出，其資料可能取材自《四聲韻》，故此種謬誤或許即肇始於王庶子碑之書寫者。

　　第三類古文 <!--img--> （787.3.3）見《四聲韻》，<!--img--> （787.3.4）見《集上》，皆引自《古老子》，《韻海》所錄 <!--img--> （787.4.2）、<!--img--> （787.5.1）形近。此類形體實爲「僉」字省形，字書假「僉」爲「僉」。「僉」字傳抄古文本作 <!--img--> （966.5.1「驗」字偏旁），作 <!--img--> 屬「省略同形」現象。徐在國指出戰國晉系「劍」字或作 <!--img--> （富鄭劍《集成》11589）、或作 <!--img--> （耳鑄公劍《新收》1981），已可見此種字形簡化現象，傳抄古文形體有據。〔註334〕

065 伏

　　「伏」字下錄篆體古文二十形，依其形體差異可概分爲七組，分別表列如下：

〔註334〕徐在國：《隸定古文疏證》，頁172。

一	〔字形〕（794.4.4）、〔字形〕（794.7.1）、〔字形〕（794.6.2）
二	〔字形〕（794.3.1）
三	〔字形〕（794.3.2）、〔字形〕（794.3.4）、〔字形〕（794.4.1）、〔字形〕（794.4.3）、〔字形〕（794.5.4）、〔字形〕（794.7.2）
四	〔字形〕（794.3.3）、〔字形〕（794.5.3）、〔字形〕（797.8.1）、〔字形〕（797.8.2）
五	〔字形〕（794.5.2）、〔字形〕（794.7.3）、〔字形〕（794.7.4）
六	〔字形〕（794.4.2）、〔字形〕（794.6.4）
七	〔字形〕（794.6.3）

「伏」字《說文》小篆作「〔字形〕」，釋爲「司也。从人、从犬」。〔註335〕第一類古文所見三形，字形結構皆同《說文》，惟其寫法各異。《韻海》所錄〔字形〕（794.7.1），形體頗具隸意；《四聲韻》所引雲臺碑古文〔字形〕（794.4.4），其右半「人」旁作如「ㄐ」形，訛變較甚；〔字形〕（794.6.2）見三體陰符經，其「人」旁與「犬」旁左右對措，偏旁位置安排與習見「伏」字不同。

第二類古文〔字形〕（794.3.1）見唐代碧落碑，陳煒湛舉出《汗簡》錄「播」字作〔字形〕（1216.3.4），《四聲韻》所錄碧落碑「播」字作〔字形〕（1216.4.4）爲證，認爲此形實乃「播」字，爲《說文》古文〔字形〕（1216.3.1）之省，碑文假「播」爲「伏」。然陳文亦已指出此通假之疑慮，「播」、「伏」二字聲紐同屬唇音而有清濁之分，韻部亦異，就音理而言不具通假條件，然碑文竟假而用之，不知是否爲唐人之習慣使然。〔註336〕除音理方面的疑慮外，筆者以爲陳說尙有

〔註335〕〔漢〕許慎撰，〔宋〕徐鉉等校定：《說文解字》十五卷，第8篇上，頁4。

〔註336〕陳煒湛：〈碧落碑研究〉，陳煒湛：《陳煒湛語言文字論集》，頁101。

幾點可商：一、字形方面，字與陳煒湛舉出《汗簡》、《四聲韻》「播」

字作、仍略有差異，不可驟定為同字；二、就字書材料收錄情況而言，

《汗簡》於其卷首說明編寫方式時已云：「於本字下直作字樣之釋，不爲隸古，

取其便識」。〔註337〕其書中所錄古文往往與其所歸之楷釋字頭並非一字，有時

是照抄原材料之假借字，以本條爲例，雖與碧落碑文近似，但

字碑文釋作「伏」，《汗簡》若採之，應是錄爲「伏」字而非「播」字，且《汗

簡》「攴」部錄「播」字（1216.3.4）後，另錄（1216.4.1）字，其下注

曰「播，別本作此」，此二形並未注明出自碧落碑，故筆者懷疑《汗簡》並

非是採錄碧落碑文；而《四聲韻》「播」字下則是先錄（1216.4.3）

字，注曰「碧落文」，其後錄（1216.4.4）、（1216.5.1）二字，注曰「竝

同上」。按今存碑文有「播」字作（1216.3.2），故《四聲韻》錄（1216.4.3

字可信，、二字則今存碑文無徵，值得注意的是，、二字之形

體及其收字順序，與《汗簡》「攴」部下所見相同，二書所採或同出一源，《汗

簡》不言此二形出自碧落碑，疑《四聲韻》材料來源著錄有誤。

綜上所述，筆者對陳說存疑，而關於字構形之理解，林師清源認爲

其右半从「攴」應無疑義，左半當爲「平」旁，與《韻海》「平」字作（483.6.4）

同形，可析爲从「平」、从「攴」，爲「平」之繁體。「平」字古音屬並紐

耕部，第三類古文假「凭」爲「伏」，「凭」字屬並紐蒸部，而「伏」字屬並

紐職部，三者聲同韻近，例可通假。〔註338〕

第三類古文（794.3.2）見碧落碑，《汗簡》引錄作（794.3.4）、

（794.4.1），《四聲韻》引錄作（794.5.4），《韻海》錄作（794.7.2），

〔註337〕李零：〈《汗簡、古文四聲韻》出版后記〉，〔宋〕郭忠恕、夏竦輯，李零、劉新光
整理：《汗簡古文四聲韻》，頁1。

〔註338〕此爲林師清源於「源源家族」第31次讀書會（臺中：國立中興大學中文系，2012
年2月10日）提供給筆者的意見。

形體皆同，惟《四聲韻》所引《古老子》作 （794.4.3），右上部「壬」旁筆畫略有殘損。此類形體同於《說文》「凭」字小篆 ，《說文》謂「凭，依几也。从几、从任」。〔註339〕唐蘭、陳煒湛、黃錫全、江梅皆謂碧落碑文假「凭」為「伏」，陳文、黃文對此通假音理已有詳細論證，筆者從之。〔註340〕

第四類古文 （794.3.3）見《汗簡》， （794.5.3）見《四聲韻》所引華岳碑，《韻海》錄 （797.8.1）、 （797.8.2），形體皆近。黃錫全舉出此類形體與三體石經《多方》「辟」字古文作 （900.8.1）形近， 乃由「辟」字省去「口」旁，與驫羌鐘「辟」字 類同，以「辟」為「伏」乃音近假借。〔註341〕

第五類古文 （794.5.2）見《四聲韻》所引王存乂《切韻》，《韻海》所錄 （794.7.3）、 （794.7.4）皆形似。 （794.5.2）形下部從「皿」，上部近於《說文》「處」字（ ）。〔註342〕 字「皿」旁與「必」旁有共筆現象，按此字當可隸定為「盜」，析為從「皿」、「處」聲。「盜」字出土文字與後世字書皆未見，字從「處」得聲，「伏」古音屬並紐職部，「處」古音屬並紐質部，「處」、「伏」典籍古多通用，此類古文錄為「伏」字應屬通假。〔註343〕

第六類古文 （794.4.2）見《四聲韻》所引李商隱《集字》，《韻海》所錄 （794.6.4）形近。此類古文上作「虍」形、下作「皿」形，出土古文字與後世字書皆未見，若與第五類形體相比，應是省略中間的「必」旁，然「必」為此字聲符，形聲字一般較少見省略聲符之例。筆者疑此類古文乃據第五類

〔註339〕〔漢〕許慎撰，〔宋〕徐鉉等校定：《說文解字》十五卷，第14篇上，頁5。

〔註340〕唐蘭：〈懷鉛隨錄〉，北平燕京大學《考古學社社刊》，頁154；陳煒湛：〈碧落碑研究〉，陳煒湛：《陳煒湛語言文字論集》，頁101；黃錫全：《汗簡注釋》，頁295；江梅：《碧落碑研究》，頁22。

〔註341〕黃錫全：《汗簡注釋》，頁291。

〔註342〕《說文》：「處，虎皃。从虍、必聲」。〔漢〕許慎撰，〔宋〕徐鉉等校定：《說文解字》十五卷，第5篇上，頁8。

〔註343〕《史記・太史公自序》：「伏犧至純厚」，「伏」字《漢書・司馬遷傳》作「處」，其餘通假例證參張儒、劉毓慶：《漢字通用聲素研究》，頁55。

古文訛變，⬚（794.5.2）形或因共筆、省略而誤作 ⬚ （794.4.2）形，《韻海》沿之而益誤。

第七類古文 ⬚（794.6.3）見《韻海》，此形實爲「寣」字，《集韻》錄爲「伏」字異體，《韻海》應據《集韻》改隸作古。〔註344〕「伏」字古音屬並紐職部，「寣」字屬並紐覺部。古「伏」、「復」通用，《左傳・哀公十二年》：「火伏而後蟄者畢」，「伏」《中論・曆數》引作「復」。〔註345〕可見「伏」與從「复」聲之字聲近可通，字書以「寣」爲「伏」應屬通假。

除上揭字表之篆體古文外，《四聲韻》另錄隸定古文兩形。⬚（794.6.1）字引自《古尚書》，徐在國以爲即「處」字之訛形，「處」、「伏」二字古通。⬚（794.5.1）見崔希裕《纂古》，徐在國疑 ⬚ 乃「阜」字繁體，假「阜」爲「伏」。〔註346〕

066 重

「重」字下列錄篆體古文十六形，依其形體差異可概分爲六組，分別表列如下：

一	⬚（815.6.3）、⬚（815.6.4）、⬚（815.7.1）
二	⬚（815.6.2）、⬚（816.2.1）
三	⬚（816.1.3）
四	⬚（815.6.1）、⬚（815.7.2）、⬚（815.7.3）、⬚（815.8.1） ⬚（815.8.3）、⬚（815.8.4）、⬚（816.1.1）、⬚（816.1.2）
五	⬚（815.8.2）
六	⬚（816.1.4）

〔註344〕〔宋〕丁度等編：《集韻》，頁176。

〔註345〕張儒、劉毓慶：《漢字通用聲素研究》，頁55。

〔註346〕徐在國：《隸定古文疏證》，頁174。

第一類古文■（815.6.3）見碧落碑，■（815.6.4）、■（815.7.1）兩形皆見《汗簡》。此類古文與戰國晉系文字作■（璽彙4064），秦系文字作■（貨系4071）、■（商鞅量《集成》10372）等形近似，與《說文》小篆「重」字作「■」亦頗類同，來源有據。

第二類古文■（815.6.2）見《隸續》，■（816.2.1）見《韻海》，二形相似惟上部傾頭方向有異。此類形體應是較爲簡率的篆文寫法，其下部寫法與第一類古文相同，而上部寫法較爲簡略。第一類古文最上部分爲兩筆，此類則以中豎直接傾頭；第一類古文「田」形上部作向上之曲筆，此類則作橫筆。漢代篆書作■（菑川大子家盧），可與本類古文互證。

第三類古文■（816.1.3）見《韻海》，與《增廣鐘鼎篆韻》所錄「首山登」之「重」字■同形，應屬於青銅器銘文。〔註347〕漢代金文作■（奉山宮行鐙）亦與此形近似，此種寫法應是受隸變影響所致。

第四類古文■（815.6.1）見三體石經，黃錫全已指出此形實爲「童」字。〔註348〕「童」字古作■形，从辛从人、目形象人頭，全字象人頭上戴刑具「辛」，正象一男性罪犯。〔註349〕金文或加東聲如■（史牆盤《集成》10175）、■（番生簋蓋《集成》04326），或再繁增土旁如■（毛公鼎《集成》02841），戰國以後異體紛呈，楚系作■（包山276）、■（上一‧孔10）等形，齊系作■（陶彙3.452）、秦系作■（陶彙3.5384）等形。■之寫法尚無出土文字可徵，張富海認爲或由金文■（毛公鼎《集成》02841）訛變而來，下「東」旁之「田」形同化爲「目」形，即與石經之形近似。〔註350〕「童」、「重」上古音皆屬定紐東部，石經假「童」爲「重」。《汗簡》錄《義雲章》「重」字作■（815.7.2），與石經之形應屬同類，同一形體《四聲韻》

〔註347〕〔元〕楊鈞撰，〔清〕阮元輯：《宛委別藏‧增廣鐘鼎篆韻》，頁313。

〔註348〕黃錫全：《汗簡注釋》，頁459。

〔註349〕李師旭昇：《說文新證》上冊，頁153。

〔註350〕張富海：《漢人所謂古文之研究》，頁58。

錄作 （815.7.3），形體訛變甚劇。其餘諸形皆出《韻海》，大抵輪廓近似，應皆源出石經古文之類的形體，因轉寫訛變導致形體多樣。此類形體的共同特徵在於上部「辛」形與下部「土」旁寫法近同，字形中間部件則有不同程度的訛變。

第五類古文 （815.8.2）見《韻海》，當是第四類古文 之訛形，上部「辛」形受下部「目」形「自體類化」之影響而寫誤。

第六類古文 （816.1.4）亦見《韻海》，上部作如「必」形。《四聲韻》錄崔希裕《纂古》隸定古文 （815.7.3），即與 同構。徐在國指出此形應由漢代「重」字作 （馬·縱橫80）、（古地圖）等形訛變而來。〔註351〕

067 毛

「毛」字下錄篆體古文六形，依其形體差異可概分爲兩組，分別表列如下：

一	（838.5.1）、（838.5.2）、（838.5.3）、（838.6.1）
二	（838.5.4）、（838.6.2）

「毛」字西周金文作 （此簋《集成》04303）、（班簋《集成》04341），戰國燕系文字作 （璽彙 3942），楚系文字作 （包山 37）、（天·卜），秦系文字作 （睡·日甲 5 背）、《說文》小篆作「」，由西周以迄小篆形體皆自相似，《說文》以爲字象「眉髮之屬及獸毛也」，可從。〔註352〕上表第一類形體 （838.5.1）、（838.5.2）俱出《汗簡》，《四聲韻》引錄作 （838.5.3），其形體與西周金文、戰國秦系文字、《說文》小篆最爲近似。《韻海》所錄 （838.6.1）形寫法稍異，此形與《增廣鐘鼎篆韻》所錄「毛」字作 （師毛敦）同形，應是採錄自傳抄的青銅器銘文形體。〔註353〕

〔註351〕徐在國：《隸定古文疏證》，頁 177。

〔註352〕〔漢〕許愼撰，〔宋〕徐鉉等校定：《說文解字》十五卷，第 8 篇上，頁 10。

〔註353〕〔元〕楊鉤撰，〔清〕阮元輯：《宛委別藏·增廣鐘鼎篆韻》，頁 144。

第二類形體 𣭃（838.5.4）見《四聲韻》所引王存乂《切韻》，𣭃（838.6.2）見《韻海》。此二形當爲「氂」字，因聲近通假爲「毛」。《汗簡》引王存乂《切韻》「氂」字作 𣭃（101.8.1），與本條 𣭃（838.5.4）字形近，且同出一書，應據同一形體轉抄。𣭃（838.5.4）下部之「毛」形寫訛，中豎筆旁均斷寫爲四斜撇，形體已與「尾」字混同，「尾」字傳抄古文作 𡰱（844.6.2）、𡰱（844.7.4）等形，與此「氂」字下部同形。《韻海》之 𣭃（838.6.2）下部作如「水」形，與《韻海》所錄「尾」字作 𡰱（844.8.4）同形。可見傳抄古文中「毛」、「尾」、「水」等偏旁存在因形體訛變而造成的同形現象。

068 覓

《韻海》錄「覓」字古文作 𧠃（863.2.2）、𧠃（863.2.3），結構相同而偏旁位置有異。「覓」字《說文》未見，此類古文實即「覛」字。形體中近似「示」之偏旁，應是「𠂢」旁。「覛」字《說文》：「衺視也。从𠂢、从見」。〔註354〕篆文作「𧠃」，與 𧠃（863.2.2）近似。偏旁位置由左右式調動爲上下式後，上部形體因隸楷省變作「不」形或「爪」形，遂成「覓」字。《廣韻》、《集韻》、《類篇》皆列「覓」爲「覛」字異體，可證。《集韻》更指出「俗作覔，非是」。〔註355〕

《玉篇》將「覓」字釋爲「索求也。覔同上，俗」。〔註356〕此字應是表「尋找」義之「覓」字，《玉篇》未釋其構形，疑从「爪」、从「見」，會以手眼尋索之義。筆者懷疑由「覛」字隸省而成的「覓」字，與表「尋找」義之「覓」字應屬「異字同形」。而後世作爲「覛」字異體的「覓」字漸廢，僅存「尋找」義之「覓」字，二字遂混而爲一。

《四聲韻》另錄崔希裕《纂古》隸體古文「寬」（863.2.1），何琳儀指出陝西省岐山縣賀家村出土之伯寬父盨，器主名之字作 ▉（《集成》4438-1），《四

〔註354〕〔漢〕許愼撰，〔宋〕徐鉉等校定：《說文解字》十五卷，第11篇下，頁2。

〔註355〕〔宋〕丁度等編：《集韻》，頁215；〔宋〕司馬光等編：《類篇》，頁421。

〔註356〕〔梁〕顧野王：《大廣益會玉篇》，頁23。

聲韻》中「窺」字作█、「覓」字作寬，應與█爲一字。█從見從穴會意，
爲「窺」字早期形體。《四聲韻》中用「窺」爲「覓」屬於假借用法。〔註357〕
李春桃同意其字形認定，又進一步爲其構形補說，認爲█下部當爲「視」而
非「見」，█可隸定爲「窺」是「窺」的早期形體，「窺」字見《干祿字書》，
爲「窺」字異體。〔註358〕其說證據充分，筆者從之。

069 魄

《汗簡》錄「魄」字古文作█（905.7.1），注明出於《義雲章》，黃錫全認
爲此乃「芇」字。「芇」、「魄」、「霸」古韻同屬鐸部，假「芇」爲「魄」，並引
《尚書・顧命》「哉生魄」，薛本作「生芇」爲證。〔註359〕《四聲韻》錄有「芇」
字作█（211.7.2），亦出自《義雲章》，二者明顯爲同一字，黃說可信。

《四聲韻》錄「魄」字古文█（905.7.2），注明出於《古老子》，又見《韻
海》█（905.7.3）。█（905.7.2）形王丹認爲是「攺」字訛變，通假爲「魄」。
李春桃則指出其說不確，並謂█應仍是「芇」字，只是上部形體訛變故難以
辨識。〔註360〕

按█形下部寫法與出土及傳抄古文所見之「攴」旁皆不類，《四聲韻》錄
有「芇」字作█（211.7.2），若上部「╰╯」形筆畫黏合，確實可能訛如「白」
形，李春桃之說較有理。此外，筆者再對此字之構形提出另一種假設：檢《六
書通》中有「魄」字古文█，亦出自《古老子》，當與《四聲韻》█形爲一
字。〔註361〕由此形可見，其字上從「白」、下從「芇」，與本條所論字對比，《四
聲韻》、《韻海》之形於中橫畫上寫脫兩筆。據《六書通》之形，此類古文或可

〔註357〕何琳儀：〈釋寬〉，《考古與文物》編輯部：《古文字論集（二）》，《考古與文物叢刊
　　　　第二號》（西安：《考古與文物》編輯部，1983年11月），頁145。

〔註358〕李春桃：《傳抄古文綜合研究》，頁208～210。

〔註359〕黃錫全：《汗簡注釋》，頁502。

〔註360〕李春桃：《傳抄古文綜合研究》，頁596。

〔註361〕見〔明〕閔齊伋輯，〔清〕畢弘述篆訂：《訂正六書通》，頁363。

隸定爲「」，可能是揉合「魄」、「」兩形而成的一種異體。吳振武〈戰國
文字中一種值得注意的構形方式〉一文指出文字「揉合」的基本概念，是將讀
音相近的兩個文字的某一部分揉合在一起。〔註362〕「魄」、「」二字於典籍有
通用之例，符合文字「揉合」的條件，然因「」字出土文字與後世字書中皆
未見，故此假設難以確實論斷。

070 駟

《四聲韻》錄天台經幢「駟」字作（967.7.1），《韻海》所錄（967.7.2）
形近。就形體外觀而言，此字从「穴」、从「馬」，依形當隸定爲「竂」。「竂」
字見於宋代《集韻》、《類篇》等字書，其義爲「穴名，在燕野」，音「母下切」
（讀如馬），與《說文》釋爲「一乘也」，音「息利切」之「駟」字聲義畢異，
應非「竂」字。〔註363〕傳抄古文將「駟」字寫作「竂」，實屬形體訛變所
導致的「同形」現象。

字應析爲从「馬」、「四」聲之形聲字，與出土戰國秦系文字作（津
藝17）、（睡・秦律180），楚系作（曾169），燕系作（璽彙1504）
等形同構，惟偏旁相對位置不同。其上部「穴」形乃「四」字訛體，「四」字戰
國楚系文字作（先秦277）、（郭店・老甲9），燕系作（陶彙4.6）
等，爲《說文》古文所本（1456.2.1）。字上部與「穴」形近似之寫法，
即據此類「四」字形體寫訛。《四聲韻》引錄雲臺碑「四」字作（1456.4.3），
已訛同「穴」形，可資佐證。

071 馮

「馮」字下錄篆體古文（968.4.1）、（968.4.2）二形。

（968.4.2）出自《韻海》，形體近於《說文》「馮」字篆文「」；

〔註362〕吳振武：〈戰國文字中一種值得注意的構形方式〉，《姜亮夫、蔣禮鴻、郭在貽先生
　　　　紀念文集》（上海：上海教育出版社，2003年5月），頁92、93。

〔註363〕〔宋〕丁度等編：《集韻》，頁118；〔宋〕司馬光等編：《類篇》，頁259；〔漢〕許
　　　　慎撰，〔宋〕徐鉉等校定：《說文解字》十五卷，第10篇上，頁2。

（968.4.1）見《四聲韻》引王存乂《切韻》，此形應即「凭」字，見於《說文》「[字形]，依几也。从几、从任」。〔註364〕[字形]字將[字形]字「几」、「壬」之位置上下對措，《說文》謂凭字「讀若馮」，可見二者聲近。〔註365〕《四聲韻》列「凭」於「馮」字條下當屬通假。

072 馳

「馳」字條下共收篆體古文六形，其形體可概分爲兩類：

一	[字形]（969.1.1）、[字形]（969.1.3）、[字形]（969.1.4）、[字形]（969.2.1）、[字形]（969.2.2）
二	[字形]（969.1.2）

第一類形體即爲「馳」字，可析爲从「馬」、「也」聲。《汗簡》作[字形]（969.1.1）、《四聲韻》作[字形]（969.1.3），二形皆注明出於石經，結構亦類似，當同出一源。其「馬」旁寫法同於《說文》古文[字形]（963.1.1）、石經古文[字形]（963.1.4），爲傳抄古文中「馬」旁的普遍寫法。《汗簡》「也」旁作[字形]、《四聲韻》作[字形]，[字形]形與戰國秦系文字作[字形]（詛楚文）、[字形]（睡·日甲110反），楚系作[字形]（郭店·語三25），晉系作[字形]（卅二年平安君鼎《集成》02764）等相似，與《隸續》所錄石經古文[字形]（1262.6.1）亦同形，形體較爲正確。黃錫全已指出當以《四聲韻》之形爲是，《汗簡》形體寫訛。〔註366〕而「也」形下部曲筆斷裂之形體於傳抄古文中實不乏其例，如[字形]（1262.6.4）、[字形]（1262.8.1），屬於常見的訛變現象。[字形]（969.1.4）、[字形]（969.2.2）結構相似，茲不贅述。《韻海》所錄[字形]（969.2.1），「馬」旁訛變較爲嚴重，應是由

〔註364〕〔漢〕許慎撰，〔宋〕徐鉉等校定：《說文解字》十五卷，第14篇上，頁5。

〔註365〕〔漢〕許慎撰，〔宋〕徐鉉等校定：《說文解字》十五卷，第14篇上，頁5。

〔註366〕黃錫全：《汗簡注釋》，頁353。

（963.1.3）、（963.2.4）、（963.3.1）一類形體訛變而來，右邊象馬鬃之二、三道斜筆及頭部中間象眼睛之筆劃省略，頭部起筆處引長，即訛如形。

第二類形體（969.1.2）見於《四聲韻》，依形當隸定爲「訑」，從「言」、「也」聲，此形已見戰國晉璽文字作（璽彙4041），用作人名。「訑」、「馳」皆從「也」得聲，《四聲韻》假「訑」爲「馳」。

073 駐

「駐」字條下共收篆體古文（970.3.1）、（970.3.2）、（970.3.3）、（970.3.4）等四形。

《四聲韻》字引自《古老子》，形體看似從「馬」、從「又」，與「馭」字結構相同。然「駐」、「馭」二字音、義皆全然無涉，字書無由以「馭」爲「駐」。之構形應與戰國楚系文字作（曾163）近似，只是形體訛變較甚。對比其他出自《古老子》之「駐」字作（通2.263）、（分12.3）等形，可見其「主」旁上部橫筆可能與象「馬鬃」之筆畫共筆，導致下部僅呈現「十」形。〔註367〕字右下部之「又」形當爲「十」形之訛，「又」形、「十」形在戰國楚系文字中偶有訛混情形，如「敓」字作（郭店・老甲15）、（郭店・唐17），可資佐證。《韻海》「駐」字作，形體較《四聲韻》所錄相對正確。

見《四聲韻》所引牧子文，見《韻海》，此二形實爲「尌」字，與金文作（尌仲簋蓋《集成》04124）、戰國秦文字作（十鐘）等近似。《說文》：「尌，立也。從壴、從寸持之也。讀若駐」。〔註368〕傳抄古文假「尌」爲「駐」。

〔註367〕徐在國、黃德寬編著：《古老子文字編》，頁276。

〔註368〕〔漢〕許慎撰，〔宋〕徐鉉等校定：《說文解字》十五卷，第5篇上，頁7。

074 輝

「輝」字下錄篆體古文十一形，依其形體差異可概分爲六組，分別表列如下：

一	（1008.8.1）、（1009.1.1）、（1009.1.4）
二	（1008.8.2）〔註369〕
三	（1009.1.3）
四	（1008.8.4）
五	（1008.8.3）、（1009.1.2）、（1009.2.2）
六	（1009.2.1）、（1009.2.3）

第一類古文（1008.8.1）見碧落碑，《汗簡》錄作（1009.1.1），《四聲韻》錄作（1009.1.4），三者字形結構相同而筆勢稍異。此字從《說文》古文「光」（1009.8.1）、「軍」聲。鄭珍認爲「因煇俗作輝，以古光作之，亦杜撰也」。〔註370〕考先秦出土文字中似未見從「光」之「輝」字，《說文》有「煇」無「輝」，漢代銅器、碑碣亦多作「煇」字，從光之「輝」字僅於漢印之中偶然得見，此字出於漢人俗造之可能性相當高。碧落碑之撰作者依「輝」字結構，採古文偏旁而改寫出形，鄭珍之說法可從。

第二類古文（1008.8.2）亦出自碧落碑，該字所在之碑文作「圖輝貞質」之「輝」字用。《汗簡》「炎」部錄作（1008.8.4），形同《說文》「煇」字篆形「」，此字置於「炎」部中卻從「火」作，實有違郭書體例。《四聲韻》錄作（1009.1.3）字，鄭珍云「與部首合，蓋據郭氏元本」，觀其文意

〔註369〕此形乃假「潬」爲「輝」，依本論文體例，「通假」應列於「異體」之後。然因本圖表一至四類牽涉碧落碑古文於《汗簡》、《四聲韻》二書中轉寫摹錄的版本問題，須一併討論，故略微調整圖表順序，特此說明。

〔註370〕〔清〕鄭珍：《汗簡箋正》，卷6，頁41。

乃是認爲此字於《汗簡》中原應从「炎」作如 ![字形] 形，其說可信。〔註371〕然而，![字形]、![字形] 兩形於今存碑文中皆未見，鄭珍認爲「碧落無此二文，夏亦沿誤」，顯然認爲此二形不可信。〔註372〕黃錫全則認爲傳世碑文無此二文，而有 ![字形]，蓋碑文前後翻刻有誤。〔註373〕其意似乎認爲今存碑文之 ![字形] 字當是翻刻失誤。黃錫全此種觀點，大概是因今存原碑中並無 ![字形] 字，![字形] 字乃見於明拓本中，故而懷疑其眞實性。

然而，若細審碑文便可發現鄭、黃二人之說法有待商榷。上揭字表第一類古文，《汗簡》、《四聲韻》所錄與碑文 ![字形] 相合，此形當可信；其次，碑文中當釋爲「輝」者有二處，依序爲「圖輝貞質」之「輝」字作 ![字形]，「清輝懋範」之「輝」字作 ![字形]。《四聲韻》卷一錄碧落碑文「輝」字，亦先 ![字形] 後 ![字形]，與此二形在碑文中順序相合。兩相比照之下可知 ![字形] 形所對應者當爲 ![字形] 字。則《汗簡》之 ![字形] 字亦當對應 ![字形] 字。

碑文作 ![字形]，《汗簡》錄作 ![字形]，《四聲韻》錄作 ![字形]，皆與原形差異較大，當中錯謬情形難以理解，暫存疑之。![字形] 字結構，江梅認爲乃「渾」字，从「水」、「軍」聲，碑文假渾爲輝，並認爲右上从羽當爲增訛。〔註374〕筆者認爲此字之構形當別有所本，![字形] 字依形隸定當作「潌」，爲从「水」、「翬」聲之形聲字，此字已見於《玉篇》，其意爲「竭」。〔註375〕碧落碑當是「假潌爲輝」而非「假渾爲輝」。〔註376〕此外，即使依江梅之考釋，此字右上之羽形，亦不當視爲增訛。漢碑「輝」字作 ![字形]、![字形] 者多見，然其時亦已可見作 ![字形]

〔註371〕〔清〕鄭珍：《汗簡箋正》，卷4，頁32。

〔註372〕〔清〕鄭珍：《汗簡箋正》，卷4，頁32。

〔註373〕黃錫全：《汗簡注釋》，頁364。

〔註374〕江梅：《碧落碑研究》，頁35。

〔註375〕〔梁〕顧野王：《大廣益會玉篇》，頁91。

〔註376〕參拙作〈碧落碑文字考釋五則〉，《第二十一屆中國文字學國際學術研討會論文集》，頁356、357。

者（堯廟碑），此種現象當理解爲「替換聲符」而非增訛。

　　第五類古文 ![古文] （1008.8.3）見《汗簡》引李商隱《字略》，《四聲韻》錄作 ![古文]（1009.1.2），《韻海》作 ![古文]（1009.2.2）形皆相似。此類形體左半从火，右半形體應由《汗簡》引王庶子碑「軍」字 ![古文]（1432.2.2）寫訛，依傳抄古文本身之體系當析爲从火、軍聲。《汗簡》王庶子碑「軍」字另作 ![古文]（1432.2.2），李家浩謂偏將軍虎節 ![古文] 與之形同，並據此將 ![古文] 字釋爲「軍」。〔註377〕楚簡中亦見同類字形作 ![古文]（郭店・語三2），![古文] 字於簡文中用爲「三軍之旌」的「軍」字，劉釗析爲从兒、勻聲，爲「軍」字異體。〔註378〕傳抄古文「軍」字來源可靠，![古文]（1432.2.2）上部之「人」形當爲「勻」省聲，其後「人」形訛爲「宀」形作 ![古文]（1432.2.2），字形中間又訛省如本條所論字之偏旁 ![古文] 形，字形演變軌跡清楚可考。《韻海》偏旁作 ![古文]，較 ![古文] 訛省一筆，作與《四聲韻》引王庶子碑「劍」字古文 ![古文]（435.5.3）形同。綜上，本類古文應隸定爲「煇」，爲「輝」字異體。

　　第六類古文 ![古文]（1009.2.1）見《四聲韻》引雲臺碑，《韻海》所錄 ![古文]（1009.2.3）形近。李春桃指出此類古文可隸定爲「戉」，與「軍」字古文作 ![古文]（1432.2.2）構形相似。「戉」从「火」、「勻」省聲，「輝」亦以「勻」爲基本聲符，兩者音近，「戉」可能是「輝」字異體。〔註379〕筆者從其說，然李春桃謂「煇」、「輝」二字爲通假關係，筆者認爲「煇」、「輝」二字音、義俱同，「煇」字較古，而「輝」字晚出，後世「輝」字較爲通行，二字當屬異體關係而非通假。

075 思

　　「思」字條下共收篆體古文二十三形，隸定古文三形。「思」字本从「心」、

〔註377〕李家浩：〈貴將軍虎節與辟大夫虎節〉，《中國歷史博物館館刊》1993年第2期，頁50。

〔註378〕劉釗：《郭店楚簡校釋》，頁210。

〔註379〕李春桃：《傳抄古文綜合研究》，頁711。

「囪」聲，「囪」旁訛為「田」或「凶」形屬於較單純的筆勢變化，下表不予
區別。筆者據其形體下部之變化將二十三個篆體古文概分為五組，分別表列
如下：

一	（1039.5.4）、（1039.6.1）、（1040.2.2）、（1039.7.3）、（1039.7.1）（1039.6.4）、（1039.5.3）、（1040.3.2）
二	（1039.5.1）、（1039.5.2）、（1039.7.2）、（1040.2.1）、（1040.2.3）
三	（1039.6.2）、（1039.8.3）
四	（1039.6.3）、（1039.8.2）、（1039.8.4）、（1040.3.1）
五	（1039.6.4）、（1039.7.1）、（1040.1.1）、（1040.2.4）

第一類古文以《汗簡》（1039.5.4）為代表，大致與《說文》小篆「」
相似，應當是來源於篆文一類的形體。此類變化較為單純，「囪」旁或訛為「田」
形，如《四聲韻》所錄（1039.7.3）形，戰國燕系陶文作（古陶103），
上部「囪」旁即訛如「田」形；或訛為「凶」形，如陽華岩銘作（1039.5.3）、
《韻海》作（1040.3.2），此類寫法可能由「囪」旁上部筆畫分裂，或由《四
聲韻》（1039.6.4）寫訛，上部所從「囪」旁同於《說文》古文
（1039.2.1），若中間「十」字形轉變方向為「×」形，即訛如「凶」形。

第二類古文，上部或作「囪」、或作「田」、或作「凶」與第一類之變化
近似，此類古文之特徵在於「心」旁之訛變。（1039.5.1）見碧落碑，凡
兩見。下部「心」旁作如「廿」形，其餘諸形亦然。「心」旁作如「廿」形為
戰國古文字常見的寫法，如（璽彙0685「息」字偏旁）、（璽彙2012
「悶」字偏旁）、（包山68「愴」字偏旁）。《汗簡》引華岳碑文（1039.7.2），
形體與燕系陶文作（古陶103）幾乎完全相同。傳抄古文字「心」旁訛作
「廿」形之寫法，如實地反映戰國文字的形體特徵。

　　第三類古文見《汗簡》引碧落碑 （1039.6.2）、《四聲韻》錄作 （1039.8.3），兩形下部作如「丌」形，與原碑文 有所落差。黃錫全認爲 下部从「丌」應是「廿」形寫誤，其說可信。〔註380〕筆者認爲此種訛形可能導因於原材料摹拓不清所致，「廿」形最下部橫筆若寫脫即可能訛成如 下部寫法。同見於碧落碑的「播」字作 （1216.3.2），上部「釆」形中有四個小點，若摹拓不清即可能將之誤除，《四聲韻》錄作 ，即是誤除了四個小點，可爲此例旁證。

　　第四類古文以《汗簡》引牧子文 （1039.6.3）爲代表，同一形體《四聲韻》錄作 （1039.8.4），此類下部作如《說文》「礦」字古文 （937.1.1）。黃錫全認爲此字下部亦「心」旁之訛，可能由 （璽彙4516「志」字偏旁）一類形體寫誤。〔註381〕戰國晉系侯馬盟書「心」旁常作如 形、（侯馬「恤」字）、（侯馬「慇」字），若中間兩筆分開，即可能訛爲 一類的寫法。《韻海》 （1040.3.1）下部作如隸體「廾」形，可能由「廿」形下部筆畫分離，亦可能由 （1039.8.4）形下部左右兩短橫黏合所致。由形體之相似程度判斷， 與《四聲韻》 （1039.8.4）極爲近似，或即據之摹錄，故將 形附論於此類。

　　第五類古文下部作兩橫筆，《汗簡》 （1039.6.4）、（1039.7.1），《四聲韻》 （1040.1.1）皆取自碧落碑，《韻海》所錄 （1040.2.4）與《四聲韻》形近。今存碧落碑文中有 （1422.7.2），應即郭、夏二書所採之「思」字。 形唐人鄭承規釋爲「斯」，《汗簡》、《四聲韻》將之錄爲「思」字，唐蘭、陳煒湛亦將之釋爲「思」字。黃錫全認爲此乃由古璽「思」字 、 等形訛變，江梅同其說。〔註382〕王丹亦認爲此乃「思」字，由楚簡 （上五・姑5）、（郭店・窮8）一類形體省變，「＝」是省體符號，與「爲」字由 （四

〔註380〕黃錫全：《汗簡注釋》，頁373。

〔註381〕黃錫全：《汗簡注釋》，頁373。

〔註382〕黃錫全：《汗簡注釋》，頁453；陳煒湛：〈碧落碑研究〉，《陳煒湛語言文字論集》，頁95；江梅：《碧落碑研究》，頁43。

年昌國鼎《集成》02482）、（中山王𦤶鼎《集成》02840）等形省作（上四·
柬 17）、「馬」字由（小臣宅簋《集成》04201）、（侯馬）等形省作（璽
彙 0293）相類。〔註383〕

　　由上引諸說可知，多數學者皆以爲乃「思」字，只是對於字形結構之說
解稍有不同。《汗簡》錄「罳」字古文一作（1394.5.3）、一作（1394.5.4），
可見在傳抄古文系統中應是「思」字無疑。然而，「思」字在古文字中多見，
「心」旁皆未見訛成兩橫筆之寫法；且「心」爲一獨立偏旁，與王丹所列舉「馬」、
「象」等將身體部份以省體符號「＝」代替之情況亦非平行的構形演變，筆者
認爲此形之結構當別有所本。劉釗指出古文字中一些下部爲橫畫的字，常在橫
畫下加上一橫或兩小橫，兩小橫又逐漸豎立起來，便作如「丌」形，如「其」
字－－之變化。〔註384〕第三類古文見（1039.6.2）下部作如「丌」
形，若下兩豎轉爲橫書，再行黏合，即可作如「＝」。傳抄古文中如《韻海》「只」
字作（212.5.3），下部由兩小豎筆變爲兩橫筆，可爲旁證。

　　綜上，第五類古文亦應爲「思」字訛形，碧落碑（1422.7.2）釋爲「斯」，
李春桃已指出其爲通假。〔註385〕「斯」字古音屬心紐支部，「思」屬心紐之部，
二字聲近，典籍中亦見通用。〔註386〕

076 情

　　「情」字下錄篆體古文七形，依其形體差異可概分爲四組，分別表列如
下：

一	（1041.3.1）

〔註383〕王丹：〈《汗簡》、《古文四聲韻》傳抄古文試析〉，復旦大學「出土文獻與古文字研究
　　　　中心網站」，2009 年 4 月 28 日。http://www.gwz.fudan.edu.cn/SrcShow.asp?Src_ID=773。

〔註384〕劉釗：《古文字構形學》，頁 24、25。

〔註385〕李春桃：《傳抄古文綜合研究》，頁 721。

〔註386〕《論語·公冶長》：「再斯可矣」。阮元《校勘記》：「《唐石經》作『再思可矣』。」；
　　　　《孝經》：「言思可道，行思可樂」，「思」字劉炫本作「斯」。參張儒、劉毓慶：《漢
　　　　字通用聲素研究》，頁 514、515。

二	（1041.3.2）、 （1041.3.4）
三	（1041.3.3）、 （1041.4.1）、 （1041.4.2）
四	（1041.4.3）

第一類古文 （1041.3.1）見碧落碑，其形與《說文》小篆作「 」同形，當即採錄篆文。《說文》：「情，人之陰气有欲者。从心、青聲」。[註387]

第二類古文 （1041.3.2）見《汗簡》引裴光遠《集綴》，《四聲韻》錄作 （1041.3.4）。此類形體與戰國楚系文字作 （郭店・語一 31）、 （郭店・緇 3）、 （郭店・性 28）近似，僅偏旁位置有別。本類古文所从「青」旁與唐代碧落碑「清」字 （1101.2.2）所从者同形，出土文字所見以楚簡作 （郭店・太 10）、 （郭店・語一 88）最爲近似，僅下部「口」形寫法有別。出土文字中未見與 完全同形者， 應是據傳抄古文常見「口」旁 而改寫。

第三類古文 （1041.3.3）見《四聲韻》引《古孝經》， （1041.4.1）則引自三體陰符經，《韻海》作 （1041.4.2），三形皆自相似。此形頗爲特異，《四聲韻》引《古老子》「清」字作 （1041.2.4），所从「青」旁作 。筆者疑 乃 之變形。將 上部之 截下倒置，即似「不」形，餘下之 即與 之左半近似，然此種將字形截斷並變換位置之形體並無法在出土文字中得到印證。若此說可信，則本類古文應是假「青」爲「情」。

第四類古文 （1041.4.3）見《韻海》，此當爲「精」字，左半「米」旁與《四聲韻》引《汗簡》「米」字作 （695.5.1）近似；右半則同《汗簡》「青」字 （502.8.2），《韻海》假「精」爲「情」。

[註387]〔漢〕許慎撰，〔宋〕徐鉉等校定：《說文解字》十五卷，第 10 篇下，頁 5。

077 怕

「怕」字下共收篆體古文七形。據其字形結構可概分爲四組，分別表列如下：

一	𡘙（1052.7.1）、𡘙（1050.7.4）
二	𢡕（1050.7.2）、𢡕（1050.7.3）𢡕、（1050.8.1）
三	𢡕（1050.8.2）
四	𢡕（1050.8.3）

第一類古文𡘙（1052.7.1）見《四聲韻》引《古孝經》，𡘙（1050.7.4）見《韻海》，此類古文即從「心」、「白」聲之「怕」字。「白」字戰國古文本作𐄂（十鐘）、𐄂（曾46）、𐄂（包山219）、𐄂（貨系3819）等形，各系寫法差別不大，《說文》小篆作「白」。𡘙、𡘙所從「白」旁與上揭古文字皆不類，反近於《說文》以爲「省自」的「自」字異體「白」，篆文作𐄂。西漢初年的馬王堆帛書有「白」字作𐄂（馬‧遣一 11），與此類古文所從近似。作爲「自」字異體的「白」後世見廢，《四聲韻》所收「白」字作𐄂（764.8.4），已可見將近於「省自」的篆文「白」列於顏色詞「白」字下，顯然在傳抄古文系統中二字已混而爲一。值得注意的是，此類「白」字訛體與「目」字傳抄古文作𐄂、𐄂、𐄂、𐄂等極爲近似，兩形在偏旁中訛混之情況相當顯著。

𢡕（1050.7.2）、𢡕（1050.7.3）見《四聲韻》引《籀韻》，𢡕（1050.8.1）見《韻海》。三字所從之「白」旁，應爲《說文》「白」字古文𐄂（764.7.1）之訛體。其「勹」形下筆分開呈近似「宀」形，類似訛變可參照「旬」字𐄂－𐄂，「包」字𐄂－𐄂（「孢」字偏旁）之變化。此種訛變也可能是受到隸楷文字的影響，𢡕（1050.7.2）形之「心」旁明顯近似於隸楷文字。

𢡕（1050.8.2）與𢡕（1050.8.3）兩形皆出於《韻海》，兩形分別隸定

作「懬」、「忶」，《集韻》、《類篇》列爲「怕」字異體。〔註388〕「懬」、「忶」
二字應是杜從古據《集韻》、《類篇》改隸作古，與「怕」字爲「替換聲符」
之異構關係。「白」字上古音屬並紐鐸部，「霸」屬幫紐魚部，二字韻部對轉
而聲紐俱屬唇音，典籍中通假之例甚多。出土文字中亦不乏其例，1955 年壽
縣西門蔡侯墓出土春秋晚期的吳王光鑒，銘文：「唯王五月，既子白期，吉日
初庚」，郭沫若指出：「白」即「伯」，與「霸」通，「子」同「孶」，訓爲「生」，
「既子白期」就是「既生霸期」。〔註389〕「巴」字古音亦屬幫紐魚部，音理
可通，然典籍與出土文字通假實例較罕見。

078 㥁

「㥁」字下錄篆體古文四形，依其形體差異可概分爲二組，分別表列如
下：

| 一 | 𢝊 （1053.5.2） |
| 二 | 𢝊 （1053.5.1）、𢝊 （1053.5.4）、𢝊 （1053.5.3） |

𢝊 （1053.5.2）見《韻海》，即「思」字。《說文》謂：「思，疾利口也。
从心，从冊。《詩》曰『相時思民』」。〔註390〕《詩經》無「相時思民」句，此
句出自《尚書・盤庚》，今本作「相時㥁民」，前人如段玉裁、鄭珍等皆已指
出《詩》乃《書》之誤。〔註391〕今存各版本傳抄古文《尚書》，多可見「思」、
「㥁」互爲異文之情形，當即此類古文所本。〔註392〕

關於「思」、「㥁」兩字之關係，前人看法不一。鄭珍認爲此二字「音同而
義相似，而《說文》不合爲一字」，〔註393〕似認爲其當屬一字之異體；而段玉

〔註388〕〔宋〕丁度等編：《集韻》，頁 169；〔宋〕司馬光等編：《類篇》，頁 392。

〔註389〕郭沫若：〈由壽縣蔡器論到蔡墓的年代〉，《考古學報》1956 年第 1 期，頁 3。

〔註390〕〔漢〕許慎撰，〔宋〕徐鉉等校定：《說文解字》十五卷，第 10 篇下，頁 7。

〔註391〕〔清〕段玉裁：《說文解字注》，頁 512；〔清〕鄭珍：《汗簡箋正》，卷 4，頁 40。

〔註392〕古文《尚書》版本異文情形參見許舒絜：《傳抄古文《尚書》文字之研究》（臺北：
　　　　國立臺灣師範大學博士論文，2011 年 1 月），頁 1076。

〔註393〕〔清〕鄭珍：《汗簡箋正》，卷 4，頁 40。

裁則謂此二字「異字、異音、異義」且「無容同字而許異訓也」，認爲此二字
應是受《尚書》版本異文之影響，導致「不知者乃混而一之」，二者並非一字。
〔註 394〕雖段玉裁未明言「𧦣」、「憸」二字爲通假關係，但既「異字、異音、
異義」卻在典籍中例可通用，則或以聲近通假之可能性較大。

　　「𧦣」、「憸」二字大徐本《說文》俱爲「息廉切」。「𧦣」字訓爲「疾利
口也」，意謂巧捷便給之口才。「憸」字訓爲「憸詖也。憸利於上，佞人也」，
意指奸險不正、媚上謀利之徒。〔註 395〕兩字訓義頗有落差，不宜視爲一字之
異體，故筆者不從鄭珍之說。「𧦣」字從「心」，從「冊」會意不明，徐鍇《說
文解字繫傳》謂「從心，冊聲」，〔註 396〕然「冊」字古音屬清紐錫部，「𧦣」
字古音屬清紐談部，韻部相隔甚遠，「冊」字不當爲聲符。徐鍇其後又言「冊
所言眾也，會意」，〔註 397〕按「冊」本象簡冊之形，並無「眾」義，不知徐
鍇是否意謂簡冊載記繁眾，以「多言」之概念牽合「𧦣」字「疾利口也」之
意？其說亦無法確切說明此字會意之旨。段玉裁指出「𧦣」字讀「息廉切」
不確，當由「刪省聲」，讀如「刪」。〔註 398〕其構形說解較大、小徐「冊聲」、
「會意」之說合理，筆者從之。依段說「𧦣」字讀如「刪」，「刪」字古音屬
心紐元部，「憸」字古音屬心紐談部，聲近可通。《尚書》異文應由通假而來。
〔註 399〕

　　𧦣（1053.5.1）見《四聲韻》所引《古尚書》，亦爲「𧦣」字。此類形體
上部「冊」形有較爲明顯的訛變，左、右兩側斜筆益爲引長，包籠住中間的
其他部件。《韻海》所錄**𧦣**（1053.5.4）與**𧦣**形近，**𧦣**（1053.5.3）則上部
左右兩斜筆進一步黏合，訛寫如「宀」形。

〔註 394〕〔清〕段玉裁：《說文解字注》，頁 512。

〔註 395〕《說文》原文見〔漢〕許慎撰，〔宋〕徐鉉等校定：《說文解字》十五卷，第 10 篇
　　　　下，頁 7。

〔註 396〕〔南唐〕徐鍇：《說文解字繫傳》，頁 210。

〔註 397〕〔南唐〕徐鍇：《說文解字繫傳》，頁 210。

〔註 398〕〔清〕段玉裁：《說文解字注》，頁 512。

〔註 399〕李春桃亦採「𧦣」字從「刪」省聲之說，將「𧦣」字列於「刪」字聲系下，古音部
　　　　分採陳復華、何九盈《古韻通曉》，「𧦣」字爲心紐元部，「憸」字爲心紐談部，二
　　　　字音近可通。見李春桃：《傳抄古文綜合研究》，頁 697。

079 怒

「怒」字下錄篆體古文七形，隸定古文一形，依其結構可概分爲四組，分別表列如下：

一	（圖）（1060.6.1）、（圖）（1060.6.2）、（圖）（1060.7.1）
二	（圖）（1060.7.4）
三	（圖）（1060.6.4）、（圖）（1060.7.3）
四	（圖）（1060.6.3）、（圖）（1060.7.2）

第一類古文（圖）（1060.6.1）出自三體石經《無逸》。〔註400〕其形體與《說文》「恕」字古文作（圖）（1045.7.1）相同。（圖）（1060.7.1）出於《籀韻》一書，即爲此類形體之隸古定體，其結構當析爲从「心」，「女」聲。

从「心」，「女」聲之「忞」字通讀爲「怒」或「恕」於音理上應皆無可疑。而就出土文字材料而言，「忞」字戰國以前未見，目前見於戰國晉系𡚶𤔲壺與楚系郭店楚簡，皆讀爲「怒」，尚未見讀爲「恕」之用例（見下表）。就戰國文字的用字情況而言，似乎「忞」爲「怒」本字的可能性較高。然而，「忞」、「怒」、「恕」三字皆以「女」爲基本聲符，目前尚無確切證據排除「忞」是「恕」字通假爲「怒」，或「忞」爲另一从「女」聲之字，其用爲「怒」、「恕」皆屬通假等兩種可能性，故「忞」是否爲「怒」之本字恐尚難以論斷。

字 形	出　　　處	文　　　例
（圖）	𡚶𤔲壺	訢詻戰怒
（圖）	《郭店·語叢一》簡 46	凡有血氣者，皆有喜有怒，有慎有莊
（圖）	《郭店·語叢二》簡 25	惡生於性，怒生於惡
（圖）	《郭店·語叢二》簡 26	勝生於怒，忌生於勝

〔註400〕其文例爲「不敢含怒」，可知爲「怒」字無疑。

　　附帶一提，透過觀察古文字中「怒」字的使用情況，亦可發現各系文字的用字差異現象。不同於晉、楚系使用從「女」聲的「怒」字，秦系文字使用從「奴」聲的「怒」字，如（詛楚文）、（睡・爲吏 42），其結構與《說文》小篆「」相同。《說文》中「怒」、「恕」明分二字，或許能反映在秦系文字中「怒」、「恕」二字有較明顯差異的現象，只是目前尚未在出土秦系文字中發現從「心」、「如」聲的「恕」字。

　　第二類古文（1060.7.4）見於《韻海》，依形當隸定爲「悠」。「悠」字於出土古文字未見，見於宋代字書《集韻》與《類篇》，以爲「怒」字古體。〔註401〕《韻海》有部分字形源自於《類篇》、《集韻》，將二書中之隸古定體翻寫成古文，應亦屬之。

　　第三類古文（1060.6.4）出自《古老子》，就其字形結構而言，應爲「思（懼）字」。楚璽印中有（玉印 26）形，與《說文》古文（1050.1.1）形體相似，此形於傳抄古文中亦多見，作（1050.1.2）、（1050.1.3）、（1050.3.1）等形，其中唐代陽華岩銘作，「目」旁已經訛變，與字最爲相似。

　　李春桃指出「怒」爲泥紐魚部字，「懼」爲見紐魚部字，二字音近，傳抄古文假「懼」爲「怒」。〔註402〕「怒」、「懼」二字聲紐差距較遠，通假音理條件並不充分，然「怒」、「懼」二字形、義無涉，若不斷然將之視爲字書的誤植，仍當以通假之可能性較高。〔註403〕

　　第四類古文（1060.6.3）亦見《四聲韻》所引《古老子》，其形體上部近於「凶」形，下半部則似「匕」形，寫法怪異。《韻海》所錄（1060.7.2）與之形近。此類古文與戰國楚系「兇」字作（九 M56.28）、（九 M56.56）

〔註401〕〔宋〕丁度等編：《集韻》，頁 142；〔宋〕司馬光等編：《類篇》，頁 590。

〔註402〕李春桃：《傳抄古文綜合研究》，頁 518。

〔註403〕李銳曾就上博簡《民之父母》字（上二・民 8）之通讀，舉證說明見紐、泥紐可通。見李銳：〈上博館藏楚簡（二）初箚〉，山東大學「簡帛研究網」，2003 年 1 月 6 日。http://www.jianbo.org/Wssf/2003/lirui01.htm。

相似，應即「兇」字。「兇」、「怒」讀音不近，傳抄古文用「兇」爲「怒」，疑是採錄近義字。

080 潞

「潞」字下錄篆體古文 （1087.1.1）、 （1087.1.2）、 （1087.1.3）共三形。

 （1087.1.1）爲《隸續》所載石經古文，用爲《春秋經》宣公十五年「赤狄潞氏」之「潞」字。 （1087.1.2）見《四聲韻》，注明出自「石經并《古春秋》」， 、 兩形應同出一源。 上部之「宀」形筆畫分裂，形體稍有不同。《韻海》所錄 （1087.1.3）形與《四聲韻》引錄者較爲相似。

張富海認爲此字怪異，可能即「各」字或「洛」字寫訛。〔註404〕傳抄古文中所見「洛」字，皆从水、各聲作 （1086.2.1）、 （1086.3.1）等形，與所論字差別較大；「各」字傳抄古文作 （120.8.1）、 （120.8.2） （120.8.3）等形，雖與所論字之形體亦不盡相似，然下部「口」形類同，上部視爲筆畫之分裂、寫訛，似尚有理可說。此外，傳抄古文「客」字作 （721.5.1）、 （721.5.2）、 （721.5.4）等形，形體輪廓與所論字近似，若其「各」形筆畫寫脫，亦可能訛變爲與所論字相類的形體。上述諸說，「洛」字說應可排除，「各」、「客」兩說暫並存之，以俟後考。

若將 （1087.1.1）、 （1087.1.2）、 （1087.1.3）等視爲「各」或「客」字之訛形，用爲「潞」字應皆屬聲近之通假。

081 霜

「霜」字下錄篆體古文六形，依其形體差異可概分爲四組，分別表列如

〔註404〕張富海：《漢人所謂古文之研究》，頁145。

下：

一	（1151.5.1）、（1151.5.2）
二	（1151.6.2）
三	（1151.5.3）、（1151.6.1）
四	（1151.5.4）

第一類古文 （1151.5.1）爲石經古文「霜」字，施謝捷《魏石經古文彙編》摹作 （1151.5.2）。「霜」字本從「雨」、「相」聲，張富海認爲此石經古文所從可能即「相」之訛變，待考。〔註405〕趙立偉認爲石經古文所從的「」當爲「目」旁之訛，而下部所從的「」當是「木」旁裂變，改爲左右並列結構。〔註406〕此形所從目旁作「」，與戰國齊系文字偏旁作 （陶彙 3.917「親」字所從）、（璽彙 3251「親」字所從）極爲近似，來源有據；出土古文字與傳抄古文中雖皆未見「木」旁裂變如「」形之例，然趙立偉之析形仍屬合理推論，故筆者從之。

第二類古文 （1151.6.2）見《韻海》，《集韻》錄有「霜」字異體「霜」，字下注文之釋形云「或從仌」。〔註407〕「霜」之形態與「冰」近似，從「仌」當屬疊加義符。《韻海》此形應據《集韻》「霜」字改隸作古。

第三類古文 （1151.5.3）見《四聲韻》所引《義雲章》，此字形體稍有殘損，然其輪廓與《韻海》所錄 （1151.6.1）形近似，當係同一形體。按此形實爲「露」字，與《汗簡》所錄「露」字作 （1151.3.2）同構。「露」字古音屬來紐鐸部，「霜」字古音屬心紐陽部，聲韻皆異。陳新雄認爲鐸部、陽部可以對轉。〔註408〕「霜」、「露」二字或許有通假之可能，然其通假需要

〔註405〕張富海：《漢人所謂古文之研究》，頁 151。
〔註406〕趙立偉：《魏三體石經古文輯證》，頁 160。
〔註407〕〔宋〕丁度等編：《集韻》，頁 171。
〔註408〕陳新雄：《古音研究》，頁 444。

較迂迴的音理論證，未必全然無疑。檢「霜」字《玉篇》訓爲「露凝也」，二字訓義有明顯的關聯，字書以「露」爲「霜」，也可能是採錄近義字。〔註409〕

　　第四類古文 ![圖] （1151.5.4），見《四聲韻》所引《義雲章》，此形與《汗簡》「霄」字古文作 ![圖] （1150.1.1）同構，黃錫全指出《四聲韻》此處乃「誤霄爲霜」。〔註410〕若純就字形而論，黃說可信。但《六書通》錄有「霜」字古文作 ![圖] ，與 ![圖] 形似。〔註411〕 ![圖] 字所從「木」旁已見隸化，且與上部「雨」旁緊密黏合，若因傳抄致誤而進一步訛省，亦不排除能訛寫如 ![圖] 形之可能。

082 雲

　　「雲」字下錄篆體古文十八形，依其形體差異可概分爲七組，分別表列如下：

一	![圖] （1154.2.1）、![圖] （1154.3.2）、![圖] （1154.3.3）、![圖] （1154.4.3）、![圖] （1154.4.2）
二	![圖] （1154.5.3）、![圖] （1154.5.4）
三	![圖] （1154.4.4）、![圖] （1154.6.2）
四	![圖] （1154.2.2）、![圖] （1154.2.3）、![圖] （1154.3.4）、![圖] （1154.5.1）、![圖] （1154.5.2）
五	![圖] （1154.2.4）、![圖] （1154.3.1）
六	![圖] （1154.6.1）
七	![圖] （1154.4.1）

甲骨文 ![圖] （續 2.4.11＝《合》14227）字從「二」（上），下象雲氣之形。

〔註409〕〔梁〕顧野王：《大廣益會玉篇》（北京：中華書局，2004 年 1 月），頁 93。

〔註410〕黃錫全：《汗簡注釋》，頁 398。

〔註411〕〔明〕閔齊伋輯，〔清〕畢弘述篆訂：《訂正六書通》，頁 117。

當是「云」字，爲「雲」之象形初文，其後假借爲言語之「云」，乃加「雨」爲「雲」以存其本義。〔註412〕

第一類形體 ⼄（1154.2.1）爲《說文》古文，《汗簡》、《四聲韻》所錄諸形皆與之肖似，惟《四聲韻》引《古孝經》字作 ⼆（1154.4.2），下部斜筆與「二」旁橫筆分裂，差異較大。此類形體與甲骨作 ⼄（續2.4.11＝《合》14227），戰國秦系文字作 ⼄（璽彙4876）、⼄（璽彙4877）等形近似，來源有據。

⼳（1154.5.3）見《四聲韻》所引雲臺碑，⼳（1154.5.4）見《韻海》。此類形體與《四聲韻》「水」字作 ⼳（1082.2.3），《汗簡》「川」字作 ⼳（1139.5.1）完全同形，當係轉寫訛誤。筆者疑 ⼳ 乃由 ⼆（1154.4.2）筆畫分裂後，再轉變字形方向而成。

第三類形體 ⼈（1154.4.4）見《四聲韻》引《古孝經》，《韻海》⼈（1154.6.2）當據之寫訛。⼈或由《說文》古文 ⼄寫訛，出土文字中較少見此種寫法。

第四類形體 ⼄（1154.2.2）亦爲《說文》古文，碧落碑、《汗簡》、《四聲韻》所錄皆與之無別。此類形體馮勝君、張富海、李春桃等人多認爲與楚系 ⼄（帛丙）、⼄（郭店・緇35）等形體有關。〔註413〕

第五類形體 ⼄（1154.3.1）即後起从「雨」之「雲」字，出自碧落碑，凡二見。其形與戰國秦系文字 ⼄（陶彙5.249）、《說文》篆文「雲」同形，當源自秦系文字。《韻海》所錄 ⼄（1154.6.1）與 ⼄同構而形異，乃取古文偏旁拼寫而成。

第七類形體 ⼄（1154.4.1）見《汗簡》，下部从「員」，「員」、「云」古音均屬匣紐文部，聲近可通。⼄看似爲替換聲符之異體，然鄭珍已指出其應釋作「霣」，《汗簡》釋字有誤。〔註414〕李春桃更就其他字書如《說文》、《四聲韻》中的錄字情況相互參證，同類形體他書均釋作「霣」，判定《汗簡》此字

〔註412〕李師旭昇：《說文新證》下冊，頁161。

〔註413〕馮勝君：《郭店簡與上博簡對比研究》，頁423；張富海：《漢人所謂古文之研究》，頁151；李春桃：《傳抄古文綜合研究》，頁734。

〔註414〕〔清〕鄭珍：《汗簡箋正》，卷5，頁8。

為誤置。〔註415〕

083 閒

「閒」字下錄篆體古文八形，依其形體差異可概分為四組，分別表列如下：

一	（1181.7.2）、（1181.8.1）、（1181.8.3）
二	（1181.7.1）
三	（1181.7.3）、（1181.8.2）
四	（1181.7.4）、（1181.8.4）

第一類形體（1181.7.2）、（1181.8.1）皆出自《四聲韻》所引《古孝經》，《韻海》所錄（1181.8.3）形同。此類古文从「門」、从「月」，同於《說文》小篆「」，戰國各系文字中，「閒」字从「門」、从「月」者，主要見於秦系文字，如（睡・秦律126）、（陶彙5.361），此類古文可能即源自秦系文字。

第二類形體（1181.7.1）為《說文》古文，「門」旁下作「人」、「卜」，今所見各版本《說文》多同此形。段玉裁改其形為，从「門」、从「外」，並謂：「此篆體各本誤，《汗簡》等書皆誤，今考正。與古文恆同，中从古文月也」。〔註416〕段氏校改之形與戰國楚璽文字如（璽彙1083）、（璽彙5559）形同，當可信從。商承祚、張富海等皆從之。〔註417〕而檢上海涵芬樓借日本岩崎氏靜嘉堂藏北宋刊本《說文》，其古文「閒」字作，與段氏所改之形相同，此為今傳世全本《說文》中最古者，則此本之字形本即不誤，之後各本「夕」旁寫脫一筆而誤為「人」形，再屢據已誤之形體轉刻，以致各本皆誤。

〔註415〕李春桃：《傳抄古文綜合研究》，頁83、84。

〔註416〕〔清〕段玉裁：《說文解字注》，頁589。

〔註417〕商承祚：《說文中之古文考》，頁103；張富海：《漢人所謂古文之研究》，頁153。

《說文》古文「閒」字本應作 [字形]，此字構形學者或以爲从「外」聲，或以爲从「冎」聲。（參 056）

第三類形體 [字形]（1181.7.3）見《四聲韻》所引《古老子》，《韻海》所錄 [字形]（1181.8.2）形同。戰國楚系文字「閒」字或作 [字形]（曾姬無卹壺《集成》09711）、[字形]（天・卜）、[字形]（包山 152）等形，李綉玲認爲 [字形]（1181.7.3）應由此類寫法形訛而來。[註418] [字形]（1181.7.3）下部左半作 [字形] 形，可理解爲「月」形受右半「刀」形類化而訛寫爲與之對稱的形體，李綉玲之說可從。

第四類形體 [字形]（1181.7.4）亦見《四聲韻》所引《古老子》，其下部作 [字形] 形，應是第三類形體下部寫法的進一步訛變，[字形] 形筆畫黏合後再做規則化的詰詘即成 [字形] 形。

084 配

「配」字下錄篆體古文五形，據其形體可概分爲三組，分別表列如下：

一	[字形]（1193.2.1）、[字形]（1193.2.2）
二	[字形]（1193.2.4）
三	[字形]（1193.2.3）、[字形]（1193.3.1）

《說文》「配」字古文作 [字形]（1193.2.1），許慎謂其从「戶」作。[註419] 商承祚認爲「戶」是「臣」的寫訛，張富海從其說。[註420] 張富海並引石經「姬」字古文 [字形]（1238.4.1）、[字形]（1238.4.3）爲證，進一步指出 [字形] 所從「臣」旁即與「戶」旁近似，可能是筆畫寫脫或簡寫訛誤爲「戶」。[註421]《汗簡》引《古尚書》字作 [字形]（1193.2.2），其左半寫法與 [字形] 之「臣」旁更爲近似，亦同於《汗簡》獨體「戶」字 [字形]（1176.8.3）。相較之下，《說文》古文作 [字形]，

〔註418〕李綉玲：《古文四聲韻古文探賾》，頁 91。

〔註419〕〔漢〕許慎撰，〔宋〕徐鉉等校定：《說文解字》十五卷，第 12 篇上，頁 4。

〔註420〕商承祚：《說文中之古文考》，頁 103；張富海：《漢人所謂古文之研究》，頁 155。

〔註421〕張富海：《漢人所謂古文之研究》，頁 157。

右半顯然與小篆「戶」字作「戶」相同，當是受篆體影響而訛變更甚。

　　《古尚書》之形，《集上》錄作 （1193.2.4），對比《汗簡》所錄 形，可見左半「臣」旁下部曲筆更刻意扭曲；同一形體《四聲韻》錄作 （1193.2.3），當據 進一步訛變，「臣」旁部分筆畫裂解、錯位，訛爲近「正」形，《韻海》（1193.3.1）同誤。

085 掌

　　「掌」字下錄篆體古文十一形，依其形體差異可概分爲四組，分別表列如下：

一	（1193.7.1）、（1193.7.4）、（1193.8.3）、（1193.8.4）
二	（1193.7.3）、（1194.1.2）
三	（1193.8.1）、（1194.1.3）
四	（1193.7.2）、（1193.8.2）、（1194.1.1）

　　第一類古文 （1193.7.1）見《汗簡》卷六，引自王庶子碑，又《汗簡》卷一「爪」部有 （280.8.1）字，釋爲「勿」，未注出處。鄭珍認爲此兩形乃同字之重見，均採錄自王庶子碑，（280.8.1）釋「勿」不確，當係「爪」字，「爪」即古「掌」字；至於卷六的 （1193.7.1）則爲郭忠恕「複載碑文『掌』字」。〔註422〕《說文》：「爪，亦丮也，從反爪」，〔註423〕段玉裁謂：「仰手曰掌、覆手曰爪」，〔註424〕鄭珍對此字來源論之甚詳，認爲其出自漢代揚雄《河東賦》「河靈矍踢，爪華蹈衰」，顏師古《漢書注》謂「爪，古掌字」，酈道元《水經注·河水篇》、李善注《昭明文選·西京賦》皆引揚雄此賦文「爪」爲「掌」字。且依形言之，覆手曰爪，反之爲掌，指事甚協。爪系掌之最初

〔註422〕〔清〕鄭珍：《汗簡箋正》，卷1，頁43；卷6，頁38。
〔註423〕〔漢〕許愼撰，〔宋〕徐鉉等校定：《說文解字》十五卷，第3篇下，頁3。
〔註424〕〔清〕段玉裁：《說文解字注》，頁113。

字。〔註425〕綜觀上引諸家之說，可見「爪」字乃透過手形之**翻轉**以示意，將表示「覆手」之「爪」字形體反轉，即爲表手心向上之「掌」字。〔圖〕（1193.8.3）、〔圖〕（1193.8.4）二形取自《集上》，注明出自《說文》，然《說文》無此古文形體，應是收錄篆文。〔圖〕（1193.7.4）出自《四聲韻》所引《唐韻》，形體稍有寫訛。

第二類古文〔圖〕（1193.7.3）見《四聲韻》所引王庶子碑，《韻海》所錄〔圖〕（1194.1.2）形同。此形實即「爪」字，《四聲韻》「爪」字下錄有〔圖〕（279.4.4）與此形同，亦出自王庶子碑，二者本即一字。《四聲韻》「掌」字條下錄「爪」字，應屬誤錄，「掌」、「爪」構形相同而方向相反，概因形近而導致傳抄者混淆無別，《韻海》沿之，亦誤。

第三類古文〔圖〕（1193.8.1）出自《四聲韻》所引《唐韻》，《韻海》所錄〔圖〕（1194.1.3）形同。此類形體可依形隸定爲「仈」，「仈」字於後世字書、韻書中多見，《玉篇》、《龍龕手鑑》、《集韻》、《類篇》、《廣韻》等皆見引錄，用爲姓氏。鄭珍認爲「仈」乃由〔圖〕字隸變，段玉裁認爲「爪之變爲仈」。〔註426〕〔圖〕字筆畫分離爲〔圖〕形，即成从人、从几之「仈」字，鄭、段之說可信。

第四類古文〔圖〕（1193.7.2）出自《四聲韻》所引《古史記》，《集上》錄作〔圖〕（1193.8.2），亦出自《古史記》，二形來源相同，應據同一形體傳抄，然於轉寫過程中筆畫略有訛誤。王丹認爲此形當是「踢」字，《漢書·揚雄傳》：「河靈矍踢，爪華蹈衰」，顏師古注：「矍踢，驚動之貌。……踢音惕」，「踢」與「爪」（掌）音義俱異，殆因二字在《漢書》中相鄰，夏氏在收「爪」字時誤收了「踢」字。〔註427〕李春桃從其說。〔註428〕依王丹之說則此類古文置於

〔註425〕〔清〕鄭珍：《汗簡箋正》，卷6，頁38。

〔註426〕〔清〕鄭珍：《汗簡箋正》，卷6，頁38；〔清〕段玉裁：《說文解字注》，頁113。

〔註427〕王丹：〈《汗簡》、《古文四聲韻》傳抄古文試析〉，復旦大學「出土文獻與古文字研究中心網站」，http://www.gwz.fudan.edu.cn/SrcShow.asp?Src_ID=773。2009年4月28日。

「掌」字下實屬「誤植」，其說法就字形角度而言頗爲合理，確實與「踢」字無別，然其對《四聲韻》文字誤置原因的推測，筆者以爲尚有幾點可商：

一、材料來源問題

王丹認爲「踢」、「爪」二字在《漢書》中相鄰，故夏竦於收「爪」字的同時誤收了「踢」字。雖說據鄭珍考釋，「爪」字可能源自揚雄《河東賦》「河靈豐踢，爪華蹈裒」句。〔註429〕然此形之後廣泛流傳，諸多資料皆見引錄，夏竦收字時未必取自《漢書》。夏竦收錄「爪」字相關形體時，對其來源注之甚詳，謂取自《說文》、《唐韻》、王庶子碑等，皆非取自《漢書》。

二、《四聲韻》體例問題

此字注明出自《古史記》，而王丹卻以《漢書》之文句爲證，此思路可能建基於鄭珍謂《汗簡》「就編中所采字覈之，題《史記》者或亦見《漢書》」的說法。〔註430〕《汗簡》中取自史籍類的形體共計五十一字，題自《史記》者有九，題自「史書」者有四十二，鄭珍認爲此五十一字，應皆出自《史記》與《漢書》。然而「題《史記》者或亦見《漢書》」是在《汗簡》書中的情況，至《四聲韻》時應已有所釐清，由夏竦序中所載「古文所出書傳」之清單中，《古史記》與《古漢書》已分立爲兩種，未必存在如《汗簡》書中混淆的情形，則王丹是否可再依《漢書》之文句爲證，便須再行斟酌。

三、形體結構問題

由形體結構而言，釋（1193.7.2）爲「踢」字十分合理。然而「易」、「昜」二字僅一筆之差，於偏旁中亦見混用，許舒絜即舉出傳抄古文《尚書》中多見「易」、「昜」相混之例。〔註431〕若將此體右半之「昜」形視爲「易」之訛誤，如此則可釋爲从足、易聲之「踢」字，見《說文》「足」部，釋爲「跌踢也」〔註432〕。「踢」字上古音屬喻紐陽部，「掌」字屬禪紐陽部。《傳抄古文字編》「踢」字條下錄有（196.2.1）、（196.2.2）兩形，（196.

〔註428〕李春桃：《傳抄古文綜合研究》，頁84。

〔註429〕〔清〕鄭珍：《汗簡箋正》，卷6，頁38。

〔註430〕〔清〕鄭珍：《汗簡箋正》，汗簡書目箋正，頁6。

〔註431〕許舒絜：《傳抄古文《尚書》文字之研究·第三部份》，頁310。

〔註432〕〔漢〕許慎撰，〔宋〕徐鉉等校定：《說文解字》十五卷，第2篇下，頁6。

2.1）字從「當」得聲，而「當」又從「尙」聲，可見從「易」聲與從「尙」聲之字確可通假。

綜上所述，筆者認為 （1193.7.2）應是「踢」字，《四聲韻》列於「掌」字下實屬聲近之通假，並非誤植。

086 抗

「抗」字下錄篆體古文九形，依其形體差異可概分為二組，分別表列如下：

一	（1219.1.3）、（1219.2.4）、（1219.3.1）、（1219.2.3）
二	（1219.1.1）、（1219.1.2）、（1219.1.4）、（1219.2.2）、（1219.2.1）

（1219.1.3）見《汗簡》所引王庶子碑，釋「抗」，鄭珍指出此字左半乃以《說文》「折」字籀文 （64.6.1）之左半為「手」旁。〔註433〕 形與戰國晉系文字 （璽彙 4299）同形，來源有據。季師旭昇指出「折」字甲骨文作 （前 4.8.6＝《合》7923），從斤斷木，金文斷木之形類化為二屮形，如 （不其簋《集成》04328），戰國文字於兩屮形中加「＝」形，加強斷開意味，如上揭晉璽之形，《說文》或體 ，許慎以為「篆文折從手」，段注已指出其誤。〔註434〕《汗簡》「抗」字應受許書影響以 為「手」旁，鄭珍之說當是。 字左半下部「屮」形筆勢左傾訛如「又」形。《韻海》所錄 （1219.2.4）、（1219.3.1）之形，其左半形體較似在斷木形中加「＝」之形，就結構而言較《說文》與《汗簡》所錄相對正確，此種寫法與戰國楚文字作 （王孫誥鐘《新收》0423「折」字所從）近似，來源亦有據。王庶子碑「抗」字，《四聲韻》錄作 （1219.2.3），其左半形體之中豎上下貫

〔註433〕〔清〕鄭珍：《汗簡箋正》，卷4，頁36。
〔註434〕季師旭昇：《說文新證》上冊，頁62。

串，訛與《汗簡》所錄王存乂《切韻》「朱」字古文 （563.5.2）同形。

　　碧落碑錄古文 （1219.1.1）字，此形從「車」、「亢」聲，可隸定爲「軓」字。「軓」字見《玉篇》，爲軓軻之名。〔註435〕《汗簡》「亢」部引錄碧落碑文 （1219.1.2）釋爲「抗」，「車」部重見 （1219.1.4）字，釋爲「杭」；《四聲韻》引錄作 （1219.2.1）、（1219.2.2）二形，然均釋爲「杭」字。檢今存碑文此字僅一見，用爲「抗志澄原」之「抗」字，「軓」、「抗」皆從「亢」聲，具備通假條件，碑文假「軓」爲「抗」。碧落碑全文未見「杭」字，《汗簡》、《四聲韻》或有誤錄。《四聲韻》 字之「車」旁作如「卓」形，「車」、「卓」二字音義全然無涉，古文字中亦絕無通用之例，應是轉寫致誤，《汗簡》所錄二形可證其非。《韻海》錄「輟」字古文作 （1433.6.1），其「車」旁亦訛寫如「卓」，「車」、「卓」二旁形近訛混之例於出土文字中尚無例可徵。

087 賊

　　「賊」字下共收篆體古文五形，依其字形之差異可分爲三類：

一	（1264.8.1）
二	（1264.8.2）
三	（1264.8.3）、（1264.8.4）、（1264.8.5）

（1264.8.1）字見《四聲韻》引《古老子》，其結構當析爲從「戈」、「則」聲，合於《說文》釋形，亦可戰國秦系「賊」字作 （睡‧答問 86）、（睡‧答問 76）合證。「則」字金文作 （段簋《集成》04208），從二鼎、從刀，以上面一鼎爲典則，下面一鼎效法之。〔註436〕其後省略複體作「劊」，戰國文字所從「鼎」旁常訛爲「貝」形，如秦系文字作 （睡‧爲吏 36），晉系作 （行氣玉銘）等。楚系獨立的「則」字較少出現此類訛

〔註435〕〔梁〕顧野王：《大廣益會玉篇》，頁 86。

〔註436〕季師旭昇：《說文新證》上冊，頁 346。

變，惟作於偏旁中時偶然可見，如「廁」字作 （包山 158）。（1264.8.1）所從「則」旁之「鼎」訛變爲「貝」形，可與出土文字合證。

（1264.8.2）形亦見《四聲韻》引《古老子》，可分析爲從「戈」、「則」省聲，將聲符「則」的「刀」（勿）旁省去，僅餘下左半之「鼎」形。李春桃指出侯馬盟書「賊」字作 （156：25），所從「則」旁亦省「刀」作，傳抄古文來源有據。〔註437〕何琳儀《戰國古文字典》錄溫縣盟書「賊」字作 、 兩形，其文例皆爲「而敢與賊爲徒者」，可證其爲一字之別體。〔註438〕 形與《四聲韻》（1264.8.2）字極爲近似。

（1264.8.3）、（1264.8.4）見三體陰符經，（1264.8.5）見《韻海》。同類形體亦見於三體石經殘石 ，〔註439〕與《汗簡》引《古禮記》 （1344.6.1）、《四聲韻》引《古禮記》 （1344.6.2），以上三形皆錄爲「蠈」字。此類形體右下爲「虫」旁，可知其實爲「蠈」字無疑，三體陰符經與《韻海》應是假「蠈」爲「賊」。戰國天星觀楚簡有 字，與本類傳抄古文結構近似，然 字於簡文中如何通讀則不詳。何琳儀認爲此字「從它，則聲，爲蠈字異文」，並引《集韻》「蠈，或從則」，《廣韻》「蠈，食禾節蟲，亦作賊」爲證。〔註440〕

088 琴

「琴」字條下共收篆體古文十二形。據其形體可概分爲三組，分別表列如下：

〔註437〕 李春桃：《傳抄古文綜合研究》，頁 562。

〔註438〕 何琳儀：《戰國古文字典》，頁 95。

〔註439〕 字形取自商承祚：《石刻篆文編》，頁 600。

〔註440〕 何琳儀：《戰國古文字典》，頁 95。

一	鑾（1271.1.1）、鑾（1271.2.1）、鑾（1271.2.4）、鑾（1271.4.2）、鑾（1271.4.3）
二	鑾（1271.1.4）、鑫（1271.2.3）、鑾（1271.4.4）
三	𤷾（1271.1.2）、𤷾（1271.1.3）、𤷾（1271.2.2）、𤷾（1271.5.1）

　　上表所見第一類古文 鑾（1271.1.1）與第二類古文 鑾（1271.1.4）形體相似。《汗簡》與《四聲韻》均各錄兩形作 鑾（1271.2.1）、鑾（1271.1.4）與 鑾（1271.2.4）、鑫（1271.2.3），並皆注明出自《說文》。然檢《說文》第十二篇下：「禁也。神農所作……。鑾：古文珡，從金。」〔註441〕今本《說文》所見僅收錄上表中的第一類形體。黃錫全認為 鑾（1271.1.4）形「與今本不同，如不是出自異本，當是琴字又一古文，今本佚奪」。〔註442〕鑾（1271.1.4）形與《玉篇》所錄隸定古文作 鑾 類似，可能《說文》中本有此形，黃說可參。〔註443〕

　　鑾、鑾字形大體類似，僅上部形體筆畫略有差異，可能由同一形體傳抄寫異而分為二字。「珡」字商周古文字少見，戰國楚文字作 鑾（上一・孔24）、鑾（郭店・性24）、鑾（曾箱漆書）等形。字從「瑟」（作三「丌」或二「丌」一「丌」之形）、「金」聲。鑾、鑾兩形與 鑾、鑾接近，《說文》之形應承自楚文字而稍有訛變。鑾形上部左右皆從「王」作，有可能是受篆文作「珡」之影響所致。綜上，前二類古文應可視為同類，為從「瑟」、「金」聲之結構。各傳抄字書所錄形體差異不大，惟《韻海》所錄 鑾（1271.4.2）字訛變較為嚴重。

　　第三類古文 𤷾（1271.1.2）、𤷾（1271.1.3）俱出自《汗簡》，形同《說

〔註441〕〔漢〕許慎撰，〔宋〕徐鉉等校定《說文解字》十五卷，第12篇下，頁7。
〔註442〕黃錫全：《汗簡注釋》，頁433。
〔註443〕見〔梁〕顧野王：《大廣益會玉篇》，頁78。

文》篆文「𤪍」，當承自小篆無疑。《四聲韻》錄作 𤪍（1271.2.2），筆畫略有殘缺。《韻海》所錄 𤪍（1271.5.1）形體較簡，與崔希裕《纂古》所錄隸定古文 𤪍（1271.3.3）近似，徐在國認爲 𤪍（1271.3.3）形乃篆文「𤪍」之隸變體。〔註444〕

《四聲韻》另引錄崔希裕《纂古》所載隸定古文 㺯（1271.3.1）、𤫉（1271.3.2）、𡮏（1271.3.4）、鑫（1271.4.1）等四形。徐在國認爲 㺯（1271.3.1）爲篆文「𤪍」之隸變體，𡮏（1271.3.4）形則疊加聲符「金」，鑫（1271.4.1）爲《說文》古文之隸定體，𤫉（1271.3.2）字下部所从乃「金」之訛誤。

〔註445〕

089 瑟

「瑟」字條下共收篆體古文七形。據其形體可概分爲三組，分別表列如下：

一	𤽎（1271.6.1）、𤽎（1271.6.2）、𤽎（1271.6.4）、𤽎（1271.7.1）、𤽎（1271.7.3）
二	𤽎（1271.6.3）
三	𤽎（1271.7.4）

𤽎（1271.6.1）形爲《說文》古文，而《汗簡》錄《說文》古文作 𤽎（1271.6.2），《四聲韻》錄作 𤽎（1271.6.4）、𤽎（1271.7.1），寫法與《說文》稍異，類似差別亦見「琴」字，兩種寫法差別不大可視爲同類。徐寶貴〈殷商文字研究兩篇〉指出花園莊東地甲骨卜辭已有「瑟」字作 𤽎、𤽎 等形，與《說文》古文形近。〔註446〕趙平安、張富海同其說。〔註447〕此《說文》古文與戰國文字所

〔註444〕徐在國：《隸定古文疏證》，頁260。

〔註445〕徐在國：《隸定古文疏證》，頁260。

〔註446〕徐寶貴：〈殷商文字研究兩篇〉，復旦大學出土文獻與古文字研究中心編：《出土文

見「瑟」字作 （曾箱漆書）、（望 M2.49），或作二「刀」形 （郭店·六 30），或加「必」聲作 （包山 260）、（信 M2.3）等形皆不同，而與甲骨 、 形近，趙平安認爲「《說文》所收古文是戰國文字中一個比較近古的寫法，多數情況下，春秋戰國時期的瑟發生了劇烈的變化，原字不復象形，綴加聲符『必』，成爲形聲字」。〔註448〕

　　第二類古文 （1271.6.3）爲《汗簡》所引錄之《說文》古文，然今本《說文》未見此體，黃錫全認爲當據《汗簡》增補。〔註449〕筆者認爲此形可能爲戰國楚文字 （曾箱漆書）、（望 M2.49）等形之訛變。此外，若將戰國楚系的「琴」、「瑟」二字對比觀察後即發現，「瑟」似乎是較原始的象形字，「琴」字則反爲從「瑟」之形聲字。段玉裁謂「玩古文琴、瑟二字，似先造瑟而琴從之」當可信。〔註450〕據此，若將《說文》「琴」字古文 （1271.1.4）上部之「瑟」形截取下來，即成 （1271.6.3）形，則此體也可能是由「琴」字古文截取而成。

　　（1271.7.4）形見於《韻海》，從《說文》古文「瑟」，下加注「必」聲。形體與《玉篇》所見「瑟」字隸定古文「」相似。〔註451〕（1271.7.4）與戰國楚系文字作 （包山 260）同構，來源有據。

090 瓦

　　「瓦」字條下共收篆體古文九形。據其形體可概分爲三組，分別表列如下：

　　　　獻與古文字研究》第一輯（上海：復旦大學出版社，2006），頁 155～158。

〔註447〕趙平安：〈上博簡釋字四篇〉，武漢大學簡帛研究中心主辦：《簡帛》第一輯（上海：上海古籍出版社，2009 年 10 月），頁 206；張富海：《漢人所謂古文之研究》，頁 161。

〔註448〕趙平安：〈上博簡釋字四篇〉，武漢大學簡帛研究中心主辦：《簡帛》第一輯，頁 206。

〔註449〕黃錫全：《汗簡注釋》，頁 433。

〔註450〕〔清〕段玉裁：《說文解字注》，頁 640。

〔註451〕見〔梁〕顧野王：《大廣益會玉篇》，頁 78。

一	੧ （1278.7.1）、੧ （1278.7.2）、੧ （1278.7.4）、੧ （1278.8.2）、 ੧ （1278.8.4）
二	੧ （1278.7.3）、੧ （1278.8.1）、੧ （1278.8.3）
三	厬 （1279.1.1）

《說文》第十二篇下「瓦」字：「瓦，土器已燒之總名，象形」。〔註452〕字形象瓦片相疊之狀，篆文作「੧」。上表第一類古文形體與《說文》小篆相似，亦與戰國秦陶文作 （陶彙 5.305）、 （集證 213.190）等形類同，當源自秦系文字。《汗簡》作 ੧ （1278.7.1）、੧ （1278.7.2），字形中間由短筆變爲圓點，《四聲韻》引《汗簡》作 ੧ （1278.7.4）、੧ （1278.8.2）與秦陶文及《說文》篆文較爲接近，是比較正確的寫法。

第二類古文 ੧ （1278.7.3）、੧ （1278.8.1）見《四聲韻》所引雲臺碑，《韻海》所錄 ੧ （1278.8.3）形同。此形中間較篆文多著一筆，類似寫法可見戰國秦陶文 （陶彙 5.384），來源有據。值得注意的是，這類形體與傳抄古文字中所見「肉」旁寫法作 ੧ 極爲類似，於字形考釋時須留心區辨。

厬 （1279.1.1）形出自《韻海》，當爲「瓬」字。「瓬」字爲瓦器之意，出土古文字未見，首見於六朝字書《玉篇》。〔註453〕《集韻》列爲「瓦」字或體，謂「施瓦於屋也，或作瓬」，《韻海》所錄可能據之改隸作古。〔註454〕

091 甃

「甃」字下錄篆體古文四形，可略分爲二組：

一	甃 （1280.4.3）

〔註452〕〔漢〕許愼撰，〔宋〕徐鉉等校定《說文解字》十五卷，第 12 篇下，頁 8。
〔註453〕〔梁〕顧野王：《大廣益會玉篇》，頁 79。
〔註454〕〔宋〕丁度等編：《集韻》，頁 170。

二 ｜ 帲（1280.4.1）、帲（1280.4.2）、帅（1280.4.4）

《說文》：「甃，井壁也。从瓦、秋聲」。〔註455〕 甃（1280.4.3）見《四聲韻》引《銀床頌》，與《說文》「甃」字同構。小篆作「甃」，甃所從「瓦」旁與傳抄古文獨體「瓦」字作 㐅（1278.7.1）、㐅（1278.7.4）等形近似。

帲（1280.4.1）見《汗簡》引《銀床頌》，《韻海》所錄帅（1280.4.4）形近。同一形體《四聲韻》錄作帲（1280.4.2）。《汗簡》、《韻海》所從「瓦」旁同傳抄古文獨體「瓦」字，《四聲韻》之「瓦」旁上部多一橫筆，與《石經》「耳」字 㠯（1186.7.1）混同，石經之形爲傳抄古文「耳」之慣見寫法。此類古文看似从「巾」、从「瓦」，鄭珍疑爲 帅 之訛誤，字从「秋」省。

〔註456〕 聲符「秋」訛省爲「巾」，形訛過甚，鄭說頗爲可疑。《玉篇》錄「甃」字古文「帕」，與 帲 同構，此類古文可能源自《玉篇》。〔註457〕

「帕」字雖見《玉篇》，然从「巾」、从「瓦」之構形較爲費解，「巾」顯然不具成爲「甃」字聲符的條件，从「巾」、从「瓦」亦難以會合出「井壁」之義。筆者疑此字左半之「巾」可能是「九」的訛體，漢印篆文「九」或作 九、九 等形，形體稍微轉正再左右對稱即與「巾」字近似。「九」字古音屬見紐幽部，「甃」字屬精紐幽部。典籍中从「丩」聲之字有與「甃」字通假之例。〔註458〕 而若干从「丩」聲之字，如「糾」、「蚪」、「杽」等，皆與「九」字同屬見紐幽部，可見「九」、「甃」應亦具有通假條件。綜上，帲 可析爲从「瓦」、「九」聲，隸定爲「九瓦」，爲「甃」字替換聲符的異體。

〔註455〕 〔漢〕許愼撰，〔宋〕徐鉉等校定：《說文解字》十五卷，第 12 篇下，頁 9。

〔註456〕 〔清〕鄭珍：《汗簡箋正》，卷 5，頁 32。

〔註457〕 〔梁〕顧野王：《大廣益會玉篇》，頁 78。

〔註458〕 《易・井》：「井收勿幕」，《經典釋文》：「收，荀作甃」。參高亨：《古字通假會典》（濟南：齊魯書社，1989 年 7 月），頁 734。

092 緜

「緜」字下錄篆體古文六形，依其形體差異可概分爲三組，分別表列如下：

一	（1290.6.2）、（1290.7.1）
二	（1290.6.1）、（1290.6.4）
三	（1290.6.3）、（1290.7.2）

《說文》：「緜，聯微也。从系，从帛」。〔註459〕許書有「緜」無「綿」，《玉篇》：「綿，亡鞭切。與緜同」〔註460〕，「綿」、「緜」當爲一字之異體。第一類古文 （1290.6.2）即「綿」字，見《四聲韻》所引《古老子》，《韻海》所錄 （1290.7.1）構形相同。此類形體與戰國楚系文字作 （信 M2.8）、（包山 275）等形近似，惟其「白」形寫訛，與「目」字傳抄古文作 （325.4.1「睢」字偏旁）極爲肖似，兩形在傳抄古文偏旁中多見訛混。

第二類古文 （1290.6.1）見《汗簡》所引王存乂《切韻》，《四聲韻》錄作 （1290.6.4）。此類古文左半爲「帛」旁，右半與「系」字籀文作 （1289.7.1）同形，鄭珍謂此形乃「更篆，从籀文系」，可從。〔註461〕黃錫全指出左旁的「白」形與甲骨文 、《說文》古文 形同，當有所本。〔註462〕

第三形類古文 （1290.6.3）見《四聲韻》所引裴光遠《集綴》，《韻海》所錄 （1290.7.2）形同。此類形體與「綿」字形體差別較大，李綉玲認爲其形體訛變太甚，難以辨識，存疑待考。〔註463〕筆者認爲此類古文應爲「肭」字，李春桃亦指出《四聲韻》 字乃假「肭」爲「綿」。〔註464〕「肭」字《玉

〔註459〕〔漢〕許慎撰，〔宋〕徐鉉等校定：《說文解字》十五卷，第 12 篇下，頁 10。

〔註460〕〔梁〕顧野王：《大廣益會玉篇》，頁 126。

〔註461〕〔清〕鄭珍：《汗簡箋正》，卷 5，頁 34。

〔註462〕黃錫全：《汗簡注釋》，頁 441。

〔註463〕李綉玲：《古文四聲韻古文探賾》，頁 105。

〔註464〕參拙作：《〈古文四聲韻〉古文考釋七則〉，中國文字編輯委員會編：《中國文字》

篇》釋爲「半體也」，亦見《廣韻》、《集韻》、《類篇》、《龍龕手鑑》等書。
〔註465〕「肶」字從「片」得聲，古音屬滂紐元部，「縣」則屬明紐元部。二字韻部相同且聲紐俱屬唇音，聲近可通。

093 紀

「紀」字下共收篆體古文五形，據其形體可概分爲三組，分別表列如下：

一	（1295.6.1）
二	（1295.6.2）、（1295.6.3）、（1295.7.1）
三	（1295.6.4）

第一類形體 （1295.6.1）見碧落碑，與戰國秦系文字作 （上博 32）、（秦陶 1346）、《說文》小篆作「紀」形體肖似，當源於秦文字系統。

第二類形體 （1295.6.2）見《四聲韻》引《古老子》，《集上》錄作 （1295.6.3），《韻海》錄作 （1295.7.1）。此類形體右半與「己」旁差異頗甚，疑爲「巳」旁之訛，若干《說文》釋爲從「己」之字，古皆從「巳」作，如戰國齊系「記」字作 （陶彙 3.448），秦系「改」字作 （集粹），楚系作 （郭店・緇 17），晉系作 （侯馬）等。李春桃指出「巳」與「己」讀音接近，古文從「巳」屬於聲符替換。〔註466〕石經古文「巳」字作 （1480.7.1），上部筆畫分裂，下部曲筆穿突後可訛爲 （1480.8.3）形（詳參 102 條）， 即與 （1295.6.2）右半形體近似。《集上》作 （1295.6.3）當是「巳」旁上部圈形部件缺口的方向有別，《韻海》 （1295.7.1）右半再進一步訛作「虫」形，因轉寫訛變導致偏旁形體混同。

新三十八期（臺北：藝文印書館，2012 年 12 月），頁 140；李春桃：《傳抄古文綜合研究》，頁 690。

〔註465〕〔梁〕顧野王：《大廣益會玉篇》，頁 36。

〔註466〕李春桃：《傳抄古文綜合研究》，頁 465。

第三類形體 （1295.6.4）亦見《韻海》，「糸」旁寫訛，「己」旁誤增一筆，作與「阝」形無別。

094 塞

「塞」字下錄篆體古文十三形，依其形體差異可概分爲五組，分別表列如下：

一	（1364.8.1）、（1364.8.2）、（1365.1.1）、（1365.2.1）
二	（1364.8.3）、（1365.2.4）
三	（1364.8.4）、（1365.3.1）
四	（1365.1.2）、（1365.2.2）、（1365.2.3）、（1365.3.2）
五	（1365.3.3）

第一類古文 （1364.8.1）見《汗簡》所錄王存乂《切韻》，《四聲韻》錄作 （1365.2.1）；（1364.8.2）見《汗簡》所錄《古月令》，《四聲韻》錄作 （1365.1.1）。此類形體同於《說文》「窴」字篆文 ，許慎釋其形義爲「窒也。从廾、从其窒穴中——廾猶齊也」。〔註467〕甲骨文有 （粹945＝《合》29365），金文有 （窴公孫𠻸父匜《集成》10276），字从「廾」持「工」在「宀」中。何琳儀認爲「窴」爲「賽」之初文，字从「宀」、从「廾」、从「廾」，會雙手持雙玉報賽於宗廟神祇之意。〔註468〕季師旭昇認爲「窴」字本義爲一種報答神明的祭典，字所从「工」形從戰國文字逆推可能是「玉」省，也可能是和「巫」一樣的賽報祭祀工具。〔註469〕戰國楚文字疊加義符「貝」，而字形多變，「工」形寫成「玉」，有从一玉，有从二玉，有省廾者，作 （包山213）、

〔註467〕〔漢〕許慎撰，〔宋〕徐鉉等校定：《說文解字》十五卷，第5篇上，頁4。

〔註468〕何琳儀：《戰國古文字典》，頁115。

〔註469〕季師旭昇：《說文新證》上冊，頁378。

【圖】（包山214）、【圖】（包山208）、【圖】（郭店・老甲27）等形。由前引二家之
說可知，「寴」應爲「賽」之初文，《說文》訓爲「窒」，非是；「窒」義當作「塞」。
傳抄古文字書受《說文》訓釋影響，以爲「寴」即本指阻塞之義的「塞」之本
字，故以「寴」爲「塞」，鄭珍於【圖】（1364.8.2）下注曰：「此窒寴正字，塞係
邊塞字，經傳竝假塞爲寴」，正可體現此種觀念。〔註470〕然由古文字材料之考
索可知，「寴」、「塞」二字於義無涉，其古音皆屬心紐職部，蓋因同音而通假。
《四聲韻》引崔希裕《纂古》隸定古文【圖】（1365.1.3），即據此類古文隸定。

　　第二類古文【圖】（1364.8.3）見《四聲韻》所引《古老子》，《韻海》所錄
【圖】（1365.2.4）形近。此類古文之結構應與第一類古文相當，亦從「宀」、從
「玨」、從「廾」，惟「玉」旁與「廾」旁之寫法變化較大。其「玉」形寫法
與「丰」字作【圖】（璽彙5210），「丰」字作【圖】（91.7.4）相類，亦與甲骨
文「玉」字作【圖】（甲3642＝《合》33233正）、【圖】（京津1032＝《合》11364），
商金文作【圖】（亞雀乍且丁簋《集成》03940）等形頗爲近似。【圖】所從「玉」
旁保留較近古之寫法或許是別有所本，亦可能單純由筆畫訛變所致，戰國燕
璽「瓔」字作【圖】（璽彙5350），其「玉」旁豎筆即貫穿於下部橫筆，若由【圖】
形中豎貫穿上下橫筆，而橫筆改作斜筆，即成所論字之寫法；戰國文字中之
「廾」旁已可見隸變現象，其兩「又」形筆畫稍作平直且進一步黏合即成隸
體之「廾」，如「畀」字作【圖】（睡・爲吏1），「戒」字作【圖】（睡・答問125），
「类」字作【圖】（郭店・窮6），「共」字作【圖】（集粹），「與」字作【圖】（包
山126）等。【圖】字下部作「大」形，應是隸化的「廾」旁的進一步寫訛。

　　第三類古文【圖】（1364.8.4）見《四聲韻》所引《古老子》，《韻海》所錄【圖】
（1365.3.1）形同。此類古文乃由第二類古文再寫訛，【圖】字所從「玉」、「廾」
之寫法皆同於第二類古文，然其「宀」旁訛變較爲嚴重。傳抄古文中之「宀」
經常可見分離爲左右兩筆之寫法，如「寡」字或作【圖】（721.1.2），或作【圖】

〔註470〕〔清〕鄭珍：《汗簡箋正》，卷2，頁23。

（721.2.2），「富」字或作 ▢（714.7.2），或作 ▢（714.7.1），▢ 所從之「宀」旁分離後，再刻意隨著字形結構之輪廓詰詘筆畫，遂形成一種較爲特殊的寫法。

第四類古文 ▢（1365.1.2）、▢（1365.2.2）皆見《四聲韻》所引王存乂《切韻》，《韻海》所錄 ▢（1365.2.3）、▢（1365.3.2）形同。《汗簡》「宀」部「塞」字下錄有 ▢（1364.8.1）、▢ 二形，《傳抄古文字編》漏收 ▢ 形，當據補。此類古文乃由「窦」字省略「廾」旁，鄭珍認爲「不成字」。〔註471〕李春桃舉楚簡「塞」字作 ▢（上二・民 11），認爲此字從 ▢ 聲，▢ 可單獨成字。此類古文假 ▢ 爲「塞」。〔註472〕按出土所見「窦」字確實未見省「廾」旁者，戰國文字加「貝」旁成爲「賽」字後，才有省略「廾」旁之寫法；▢（上二・民 11）上部之聲符，應可視爲「窦」省聲，出土文字中未見獨立之「▢」字，李春桃之說可商。

第五類古文 ▢（1365.3.3）見《韻海》，此字上部從「窦」，下部之形與傳抄古文「虫」字作 ▢（1321.7.1）、▢（1321.7.3），「午」字作 ▢（1482.5.2）、▢（1482.5.3）等皆近似，然而無論將下部視爲「虫」或「午」皆不成字。筆者疑此字下部爲「土」旁之訛，傳抄古文所見「土」旁多作 ▢ 形，若中豎貫穿下橫即成 ▢ 字下部之形。據此，則 ▢ 當即「塞」字。

《四聲韻》另錄隸定古文 ▢（1365.1.4）字，注出《說文》。徐在國認爲此乃據《說文》「塞」字篆文 ▢ 隸定，可從。〔註473〕《說文》：「窦，實也。從心，塞省聲」。〔註474〕字書以「窦」爲「塞」應屬通假。

095 埿

「埿」字條下共收篆體古文 ▢（1366.5.1）、▢（1366.5.2）、▢（1366.5.3）、

〔註471〕〔清〕鄭珍：《汗簡箋正》，卷 3，頁 31。

〔註472〕李春桃：《傳抄古文綜合研究》，頁 564。

〔註473〕徐在國：《隸定古文疏證》，頁 220。

〔註474〕〔漢〕許慎撰，〔宋〕徐鉉等校定：《說文解字》十五卷，第 10 篇下，頁 6。

🐾（1366.5.4）四形。

《說文》「垔，塞也。……，从土、西聲」。〔註475〕古文作🐾（1366.5.1），《汗簡》錄作🐾（1366.5.2），與今存各本《說文》所錄古文不類。黃錫全比對戰國文字中「垔」字與「西」字之相關寫法，認爲「此形不誤，概據不同傳本」。〔註476〕🐾形與金文「禋」字🔲（哀成叔鼎《集成》02782）所從「垔」旁近似，其「垔」旁下部從「土」，上部「西」旁寫法與戰國文字作🔲（璽彙0079）、🔲（帛乙）、🔲（貨系058）等形相似。《汗簡》🐾之字形可與出土文字合證，黃錫全之說法有理。「垔」字古文在各版本《說文》中皆作🐾形，從無例外，《四聲韻》錄作🐾（1366.5.4），僅缺「西」旁上方短橫筆，字形差異較小。

《說文》「垔」字小篆作「🔲」，下部從「土」，古文🐾下部作「壬」，何琳儀已指出戰國文字中「土」、「壬」有形近互作之例。〔註477〕出土文字中「垔」字下部有作「壬」者，如齊系文字作🔲（垔戈《集成》10824），此類字形應即《說文》古文🐾之來源。其下部「壬」旁之變化，可類比「巠」字或作🔲、或作🔲，〔註478〕「呈」字或作🔲（上六・季桓17）等。

《四聲韻》另錄《古史記》🐾（1366.5.3）字，與上揭哀成叔鼎「禋」字所從「垔」旁同形，來源有據。

096 凭

「凭」字下錄篆體古文五形，依其形體結構可概分爲兩組，分別表列如下：

〔註475〕〔漢〕許慎撰，〔宋〕徐鉉等校定：《說文解字》十五卷，第13篇下，頁5。

〔註476〕黃錫全：《汗簡注釋》，頁456、457。

〔註477〕何琳儀：《戰國文字通論（訂補）》，頁237。

〔註478〕陳劍：〈《上博六・孔子見季桓子》重編新釋〉，復旦大學「出土文獻與古文字研究中心網站」，2008年03月22日。http://www.gwz.fudan.edu.cn/SrcShow.asp?Src_ID=383。

一	𢖷（1418.5.3）、佩（1418.5.1）、佴（1418.5.4）、𪼟（1418.5.2）
二	馮（1418.6.1）

𢖷（1418.5.3）見《韻海》，形體同於《說文》「凭」字小篆𢖷，《說文》謂「凭，依几也。从几、从任」。〔註479〕佩（1418.5.1）見《四聲韻》，其下僅注「古文」，來源不明。檢《六書通》錄有佩字，與佩（1418.5.1）同形，注出《掇古文》，〔註480〕《四聲韻》此形可能亦採錄自《掇古文》（《掇古文》一書於《四聲韻》中題作《雜古文》），只是於記錄材料來源時誤奪「雜」字。佩（1418.5.1）亦是「凭」字異體，僅是將「几」、「壬」之位置上下對措，此體亦見《龍龕手鑑》所錄「凭」字俗體「𢚩」。

《四聲韻》引《義雲章》「馮」字古文作佴（968.4.1），與佩（1418.5.1）形近。李綉玲疑佴（968.4.1）乃「倗」字，《四聲韻》假「倗」為「馮」（「馮、倗」古音同屬並紐蒸部），然因此字右旁之寫法與古「朋」字作𦥑（續3.47.1＝《合》13）、𦥑（中鼎《集成》02458）、𦥑（倗尊《集成》05955）、𦥑（郭‧語四14）等形不類，故仍存疑待考。〔註481〕按佴（968.4.1）字右半之寫法實與出土之「朋」字頗有差異，由形體上觀察，佴（968.4.1）、佩（1418.5.1）當係一體之轉寫，惟佴（968.4.1）之「几」形筆畫斷裂，稍有訛誤。「凭」、「馮」二字古音皆屬並紐蒸部，聲近可通。《四聲韻》乃假「凭」為「馮」，非假「倗」為「馮」。

佴（1418.5.4）、𪼟（1418.5.2）均出自《韻海》，此二形概據佩（1418.5.1）轉寫而稍有訛變，佴（1418.5.4）之「几」旁訛如「宀」形，𪼟（1418.5.2）左半「人」形上增「卜」形，訛變較為嚴重。

馮（1418.6.1）亦見《韻海》，依形當隸定為「憑」，「憑」字不見於出土

〔註479〕〔漢〕許慎撰，〔宋〕徐鉉等校定：《說文解字》十五卷，第14篇上，頁5。

〔註480〕〔明〕閔齊伋輯，〔清〕畢弘述篆訂：《訂正六書通》，頁129。

〔註481〕李綉玲：《古文四聲韻古文探賾》，頁34。

文字材料，見於宋代《集韻》、《類篇》等字書，題爲「凭」字或體。〔註482〕《韻海》此形應據《集韻》、《類篇》「憑」字改隸作古。

097 斗

「斗」字下錄篆體古文八形，依其形體可概分爲三組，分別表列如下：

一	屰 （1424.7.1）、屮 （1424.7.4）
二	弖 （1424.7.2）
三	鬃 （1424.6.1）、鬃 （1424.6.2）、鬃 （1424.6.3）、鬃 （1424.6.4）、卅 （1424.7.3）

《說文》第十四篇上：「十升也，象形，有柄」。〔註483〕「斗」字從甲骨文以來皆作挹取水酒之容器形，如弖 （乙117＝《合》21344），其狀如「勺」，上象斗勺，下象其柄。自甲骨以迄秦漢文字，除戰國時可見各別文字筆畫較爲屈繁如弖 （土軍鉀）、弖 （璽彙1069），或別加聲符者如弖 （上三·周51）以外，變異都不算太大。皆以上象斗勺，下象其柄，柄上著一短橫之字形爲主。

上揭第一類字形見於《韻海》，尙具象形初體，惟筆勢稍有變化。屰 （1424.7.1）字斗勺部分形體詰詘；屮 （1424.7.4）形與漢代銅器銘文作屮 （萬年縣官斗）、屮 （上林鼎二）等形體相似。

第二類字形弖 （1424.7.2），可能有兩種理解方式：「斗」之構形在斗柄與其上斗勺之間，原本只是承接之關係，然在其演進過程中下方斗柄上端上突而穿抵斗勺之上沿，失卻其象形初旨。如戰國秦陶文作弖 （秦陶1461），弖 （1424.7.2）形可能由此類形體寫訛，象斗柄之豎劃穿突過斗勺後，又裂變爲一橫筆；金文「升」字作弖 （睿簋《集成》04194），其構形从斗、於斗內另加點別之，以象中有水酒之形，戰國秦文字作弖 （秦公簋《集成》04315）、弖 （睡·效律4），均與弖 形近，則弖 亦可視爲「升」字，「升」、「斗」二字形、

〔註482〕〔宋〕丁度等編：《集韻》，頁174；〔宋〕司馬光等編：《類篇》，頁530。

〔註483〕〔漢〕許愼撰，〔宋〕徐鉉等校定：《說文解字》十五卷，第14篇上，頁5。

義皆關係密切，古文字中常見混用，可視爲近義字或形近訛混。

第三類字形 ![字形] （1424.6.1）出自《汗簡》，《四聲韻》沿錄其形作 ![字形]（1424.6.3），此形同於《說文》小篆「![篆]」。「斗」字秦漢文字作如 ![字形]（咸陽鼎）、![字形]（睡·日甲 804）、![字形]（龍淵宮鼎）等形，依目前出土文字材料，尚未有與《說文》完全同形者，可能出於後人轉寫訛變所致。

《四聲韻》、《韻海》錄「介」字古文作 ![字形]（91.7.2）、![字形]（91.7.4），按此類形體實爲「丰」字，因同音通假爲「介」。「丰」《說文》以爲「艸蔡也，象艸生之散亂也……讀若介」。〔註484〕季師旭昇指出古文字未見單獨的「丰」字，可能是戰國秦漢以後的學者由「契」字分離出來的一個偏旁，「契」字甲骨文作 ![字形]（甲 1170＝《合》31823），從刀、從丰，會以刀契刻之意。學者多由「契」字逆推「丰」象契刻之形。〔註485〕「丰」字與「斗」字音義全然無涉，而《韻海》![字形]（91.7.4）字與上揭字表「斗」字第三類形體幾乎同形。出土文字中「丰」字斜撇及豎筆，筆道相對較爲平直，如 ![字形]（包山 61）、![字形]（郭店·緇 39）等，而傳抄古文所摹錄者則多所屈曲；「斗」字作 ![字形]（1424.6.2）於古文字中尚無例可徵，《說文》篆文與傳抄古文所錄當出自後世轉寫致誤。「丰」、「斗」二字個別經過不同的形體訛變而造成同形現象。

098 車

「車」字下錄篆體古文十二形，依其形體差異可概分爲五組，分別表列如下：

一	![字形]（1427.1.1）、![字形]（1427.1.4）、![字形]（1427.2.4）
二	![字形]（1427.3.4）
三	![字形]（1427.4.1）

〔註484〕〔漢〕許慎撰，〔宋〕徐鉉等校定：《說文解字》十五卷，第 4 篇下，頁 8。

〔註485〕季師旭昇：《說文新證》上冊，頁 353。

四	〔字形〕（1427.1.2）、〔字形〕（1427.1.3）、　〔字形〕（1427.2.2）、〔字形〕（1427.3.1）、〔字形〕（1427.4.2）
五	〔字形〕（1427.2.1）、〔字形〕（1427.3.3）

第一類古文〔字形〕（1427.1.1）爲《說文》「車」字籀文，〔字形〕（1427.1.4）見《汗簡》所引王存乂《切韻》，《四聲韻》錄作〔字形〕（1427.2.4）。「車」字甲骨文作〔字形〕（珠290＝《合》11449）、〔字形〕（鐵114.1＝《合》11448）、〔字形〕（菁3.1＝《合》10405正）、〔字形〕（存743＝《合》11450），金文作〔字形〕（買車卣《集成》04874）、〔字形〕（車父己簋《集成》03194）、〔字形〕（小臣宅簋《集成》04201）等形。字象車衡、軛、轅、服、輪之形，或字形方向不定，或部分簡省，晚周師同鼎截取特徵作〔字形〕，爲後世所承。《說文》籀文〔字形〕（1427.1.1）形，季師旭昇以爲乃宅簋一類字形之訛形，黃錫全則謂其據〔字形〕（師兌簋《集成》04318）、〔字形〕（盂鼎《集成》02837）、〔字形〕（毛公鼎《集成》02841）等形訛變，非从二戈，說皆可從。〔註486〕《四聲韻》錄王存乂《切韻》隸定古文〔字形〕（1427.2.3），即據此類形體隸定。

第二類古文〔字形〕（1427.3.4）見《韻海》。《韻海》未注出處，《六書通》錄傳抄青銅器銘文「車」字作〔字形〕（單癸卣），與所論字同形，應即其來源。〔註487〕此形應爲金文〔字形〕一類寫法之訛省，左半形體寫法較簡，出土金文或作〔字形〕（伯車父盨《集成》04383），與〔字形〕形似而方向相反，傳抄古文來源有據。

第三類古文〔字形〕（1427.4.1）見《韻海》。《集韻》錄有「車」字隸定古文作〔字形〕，〔註488〕〔字形〕應是據之改作。徐在國認爲此形疑由金文〔字形〕形訛變。

〔註486〕季師旭昇：《說文新證》下冊，頁257；黃錫全：《汗簡注釋》，頁476。
〔註487〕〔明〕閔齊伋輯，〔清〕畢弘述篆訂：《訂正六書通》，頁112。
〔註488〕〔宋〕丁度等編：《集韻》，頁532。

〔註 489〕《六書通》引《六書統》「車」字古文作 ![車古文], 與本類古文亦近似。
〔註 490〕

　　第四類古文 ![車] (1427.1.2)、![車] (1427.1.3) 見《汗簡》,《四聲韻》引錄作 ![車] (1427.3.1),《四聲韻》另引錄王存乂《切韻》古文作 ![車] (1427.2.2),《韻海》錄 ![車] (1427.4.2),形體皆同。此類形體與金文作 ![車] (師同鼎《集成》02779)、《說文》小篆作「車」近似,惟將字體橫書,出土文字自周代省作 ![車] 形後,已較少見將此類形體橫書者。

　　第五類古文 ![車] (1427.2.1) 見《四聲韻》所引《道德經》,《韻海》所錄 ![車] (1427.3.3) 形同。此類形體於出土文字中無例可徵,應是將「車」形直書、橫書疊合而成之寫法。

　　《四聲韻》另引錄崔希裕《纂古》隸定古文 ![轟] (1427.3.2),唐代日僧空海所編《篆隸萬象名義》中有「車」字作 ![轟],字下注「藉車公子」,其義不明。〔註 491〕《六書通》引《希裕略古》古文作 ![轟],皆與《四聲韻》轉錄之形近似。〔註 492〕徐在國疑此形乃 ![轟] 形之訛變。〔註 493〕然 ![轟] 字形體較爲複雜,且與 ![轟] 形尙有許多字形演變環節難以疏通。清人阮元《積古齋鐘鼎彝器款識》所錄叙尊銘文中有「車」字作 ![車], 〔註 494〕與 ![轟] 形右半部形近,其右半可能即據 ![車] 形隸定, ![車] 形應是由金文「車」字作 ![車] (師兌簋《集成》04318)、![車] (盂鼎《集成》02837)、![車] (毛公鼎《集成》02841) 等形寫訛, ![轟] 或許是重複形體後的訛形;亦可能是據金文中如 ![車] (買車卣《集成》04874)、![車] (買車觚《集成》07048) 等較爲繁複之形體訛變而來。

〔註 489〕徐在國:《隸定古文疏證》,頁 291。

〔註 490〕〔明〕閔齊伋輯,〔清〕畢弘述篆訂:《訂正六書通》,頁 112。

〔註 491〕〔日〕釋空海編:《篆隸萬象名義》(北京:中華書局,1995 年 10 月),頁 181。

〔註 492〕〔明〕閔齊伋輯,〔清〕畢弘述篆訂:《訂正六書通》,頁 112。

〔註 493〕徐在國:《隸定古文疏證》,頁 291。

〔註 494〕〔清〕阮元:《積古齋鐘鼎彝器款識》,頁 252。

099 阿

「阿」字下錄篆體古文四形，依其形體差異可概分爲三組，分別表列如下：

一	𠂤 （1443.5.1）
二	𡏳 （1443.5.3）
三	𧟤 （1443.5.2）、𧟤 （1443.5.4）

第一類古文 𠂤 （1443.5.1）見《汗簡》所引《義雲章》。此形與金文作 𨸏 （阿武戈《集成》10923），戰國楚璽文字作 𨸏 （璽彙 0317），《說文》篆文作 𨸏 近似，來源有據。

第二類古文 𡏳 （1443.5.3）見《四聲韻》所引《義雲章》。此類形體疊加「土」旁，與戰國齊系文字作 𨸏 （平阿左戈《集成》11041）、𨸏 （璽彙 0313）等形近同，來源有據。

第三類古文 𧟤 （1443.5.2）見《四聲韻》所引《古老子》，《韻海》所錄 𧟤 （1443.5.4）形同。此類形體當爲「裧」字，从衣、可聲。「裧」字《說文》未見，《玉篇》訓爲「裧弱貌，亦作㪉」。〔註495〕「阿」字《說文》訓爲：「大陵也，一曰曲𨸏也。从𨸏、可聲」。〔註496〕兩字訓義全然無涉，字書以「裧」爲「阿」應屬通假，「裧」、「阿」二字皆由「可」得聲，自得通假無疑。

100 七

「七」字下錄篆體古文十三形，依其形體差異可概分爲三組，分別表列如下：

一	𠤎 （1459.1.1）、𠤎 （1459.1.2）、七 （1495.1.4）、七 （1495.2.1）、 七 （1495.2.2）

〔註495〕〔梁〕顧野王：《大廣益會玉篇》，頁 128。

〔註496〕〔漢〕許慎撰，〔宋〕徐鉉等校定：《說文解字》十五卷，第 14 篇下，頁 1。

| 二 | ᘯ（1495.1.3）、ᘯ（1495.3.1）、ᘯ（1495.3.3）、十（1495.2.3）、
十（1495.2.4）、ᘯ（1495.3.4） |
| 三 | 坐彡（1495.3.2）、彡彡（1495.4.1） |

「七」字甲骨文作十（前 5.28.4＝《合》10650），丁山〈數名古誼〉以為字象當中切斷形，為「切」之初文。甲骨文「七」、「甲」同形；戰國以後「七」、「十」形近，遂以橫長豎短者為「七」、豎長橫短者為「十」；或將「七」之豎畫屈折以別於「十」。〔註497〕戰國秦系文字「七」作十（睡・答問6），即作橫長豎短；燕系文字作七（貨系2901）、晉系作七（貨系1636）等，即將「七」之豎畫屈折。

上揭第一、二類古文，應皆源自戰國七（貨系2901）、七（貨系1636）等豎畫屈折的寫法，形體差異不大，皆為傳抄過程中些微的筆勢變化。第一類古文以石經七（1459.1.1）、七（1459.1.2）為代表，形體與戰國文字最為近似；第二類古文以《隸續》七（1495.1.3）為代表，豎畫屈折後又向下曳引，傳抄諸形筆勢詰詘程度略有不同。

第三類古文坐彡（1495.3.2）見《四聲韻》引《古老子》，《韻海》所錄彡彡（1495.4.1）形近。此類形體與《四聲韻》引《古尚書》隸定古文「漆」字作坐彡（1085.8.2）同構。鄭珍指出此類形體為「桼」字，由六朝俗體「桼」寫訛，下部「水」形改作「彡」，斜書於右，上部「來」則下方「人」形易為橫筆，上橫下移，左半遂作如「坐」。〔註498〕林志強則認為「坐彡」從「坐」得聲。〔註499〕李春桃舉出「坐」屬從紐歌部，「漆」屬清紐質部，二字韻部不近，「坐」字不可作「漆」字聲符。而鄭珍之析形則過於迂曲，對此形存疑待考。〔註500〕

李春桃對鄭、林說法之評論可信。筆者疑坐彡（1495.3.2）由戰國齊系「桼」

〔註497〕季師旭昇：《說文新證》下冊，頁266。

〔註498〕〔清〕鄭珍：《汗簡箋正》，卷4，頁8。

〔註499〕林志強：《古本尚書文字研究》（廣州：中山大學出版社，2009年4月），頁58。

〔註500〕李春桃：《傳抄古文綜合研究》，頁623。

字 （璽彙 0157）、（陶彙 3.625）一類形體寫訛。傳抄古文構形中的「斜撇」部件，時見分離後益爲引長之變化，如石經「馬」字作 （963.1.3），《說文》古文作 （963.1.1），頭部筆畫較圓，且象馬鬃之三斜筆與頭部分離。《汗簡》錄作 （963.2.1）、（963.2.2），馬鬃斜筆延伸至與身體部分等長。（璽彙 0157）、（陶彙 3.625）右側之斜筆分離後，剩餘部分再行訛變，中豎上有短橫筆，若橫筆下移即可能訛似「土」形。然此說於形體上仍存在若干難以疏通之環節，暫存疑以待考。

　　形雖不可解，然其在傳抄古文系統中確實被視爲「漆」字無疑，「漆」、「七」二字古音皆屬清紐質部，《四聲韻》假「漆」爲「七」。

101 己

　　「己」字條下共收篆體古文十六形，據其形體可概分爲三組，分別表列如下：

一	（1468.3.1）、（1468.3.2）、（1468.8.3）、（1468.3.4）、（1468.4.1）、（1468.4.2）、（1468.4.3）、（1468.4.4）、（1468.5.2）、（1468.6.4）、（1468.6.3）
二	（1468.5.1）、（1468.5.3）、（1468.5.4）、（1468.6.1）
三	（1468.6.2）

　　「己」字甲骨文作 （戩 4.15＝《合》1853 正）、（佚 210＝《合》32228）、（京都 798＝《合》16295），金文作 （作冊大鼎《集成》02760）、（宴簋《集成》04118）、（紀侯貉子簋蓋《集成》03977）等形，本義不詳，假借爲天干名。〔註 501〕戰國秦系文字作 （青川木牘）、（睡‧

〔註 501〕近人郭沫若謂其象繳；葉玉森以爲象綸索類以利約束；林義光謂象詰詘可紀識之
　　　　形；高鴻縉謂字爲「紀」之初文，像縱橫絲縷有紀之形，皆無確證。見季師旭昇：

日乙 67），楚系作 （包山 31）、（璽彙 3696），晉系作 （貨系 0111），齊系作 （璽彙 2191）、（禾簋《集成》03939），燕系作 （璽彙 1391）、（璽彙 3322）。從上引古文字形來看，「己」字之形自甲骨以來多作一筆之彎曲，筆末有時向下曳引如己，只是不同書寫習慣或爲求書法變化所致，無關宏旨，僅齊系文字 （璽彙 2191）寫法較爲特殊。

第一類形體 （1468.3.1）爲《說文》古文，石經古文作 （1468.3.1），形體近似，諸書轉錄多形，皆自相似。此類「己」形與戰國齊系文字作 （璽彙 2191）近似，來源有據。《韻海》所錄 （1468.6.3），末筆彎曲，略有訛變。

第二類形體 （1468.5.1）見《四聲韻》所引崔希裕《纂古》，《集上》作 （1468.5.3），《韻海》作 （1468.5.4）、（1468.6.1）。此類形體作一筆之彎曲，與上揭古文字諸形近似，亦近於《說文》小篆「弓」。

第三類形體 （1468.6.2）見《韻海》，此形與傳抄古文「巳」字作 （1480.7.4）、（1480.8.2），《說文》「巳」字小篆作「」幾近同形。或由第二類形體 （1468.5.1）益加彎曲而寫訛。亦可能即是「巳」字混同爲「己」，若干《說文》釋爲從「己」之字，古皆從「巳」作，如齊陶文「記」字作 （陶彙 3.448）；秦系「改」字作 （集粹），楚系作 （郭店・緇 17），晉系作 （侯馬）等。何琳儀認爲「牙音之己與舌音之巳頗易相混」，似是認爲「巳、己」二旁聲近可通。〔註502〕「巳、己」二字形體亦頗近似，楚簡「己」字有書寫簡率或筆畫黏合者亦與「巳」字近似，如 （包山 78）、（包山 39）、（包山 79）等形。

傳抄古文偏旁中亦有從「己」之字改作從「巳」之例，如《四聲韻》引《古老子》「改」字作 （307.5.1），字從攴、己，與《說文》小篆「改」同構，所從「己」旁同於《說文》、石經古文；《四聲韻》引雲臺碑字作

《說文新證》下冊，頁 277 引錄。

〔註502〕何琳儀：《戰國古文字典》，頁 64。

（307.5.2），《韻海》作 （307.6.4）則从「巳」作，戰國文字「改」多从「巳」作，此類形體當有所本；《四聲韻》引《古老子》「紀」字作 （1295.6.2），《集上》錄作 （1295.6.3），字亦从「巳」作（參 093）。

102 巳

「巳」字條下共收篆體古文十七形，據其形體可概分爲四組，分別表列如下：

一	（1480.7.1）、（1480.7.2）、（1480.7.3）、（1480.8.1）、（1481.2.1）
二	（1481.1.4）、（1481.2.3）
三	（1480.8.3）、（1481.1.3）、（1481.3.1）
四	（1480.7.4）、（1480.8.2）、（1480.8.4）、（1481.1.1）、（1481.1.2）、（1481.2.2）、（1481.2.4）

「巳」字甲骨文作 （鐵 263.4＝《合》17736）、（粹 115＝《合》35448），金文作 （盂鼎《集成》02837）、（毛公鼎《集成》02841），象虫蛇之形，假借爲地支名。〔註 503〕戰國秦系文字作 （睡・日乙 46），楚系作 （包山 4）、（郭店・老甲 7）、（郭店・語三 4），晉系作 （公廚左官鼎《集成》02701）等形，形體無甚差異，多源自書寫筆勢之變化。

石經古文作 （1480.7.1），凡三見，《四聲韻》引《古老子》作 （1480.8.1），《集上》引《汗簡》作 （1481.2.1），下部筆畫益顯詰詘。此類形體與上揭商、周文字近似，惟圈形中增一小圓點。張富海認爲可能與石經古文「公」字之變化類似。〔註 504〕馮勝君指出「巳」字齊系文字作 （邾

〔註 503〕季師旭昇：《說文新證》下冊，頁 289。

〔註 504〕張富海：《漢人所謂古文之研究》，頁 181。

公釛鐘《集成》00102「祀」字偏旁)、燕系文字作 ![圖] (璽彙 3320「起」字偏旁)，楚系文字作 ![圖] (上一・緇 11)。〔註505〕石經古文 ![圖] 與上揭戰國文字諸形寫法近似，來源有據。《汗簡》「巴」字古文作 ![圖] (1469.1.1)、![圖] (1469.1.2)，《韻海》作 ![圖] (1469.1.3)，與本類「巳」字古文形體極爲相似，《集上》引《汗簡》「巳」作 ![圖] (1481.2.1)，與「巴」字幾近同形。

第二類形體 ![圖] (1481.1.4) 見《集上》引《古老子》，![圖] (1481.2.3) 見《韻海》，此類古文當據石經古文 ![圖] 寫訛，圈形上部未密合，或訛爲近「厶」形。

第三類形體 ![圖] (1480.8.3) 見《四聲韻》引《古老子》，《集上》錄作 ![圖] (1481.1.3)，《韻海》錄作 ![圖] (1481.3.1)，形皆相似。此類古文當亦據石經古文 ![圖] 寫訛。![圖] 上部圈形不密合，作 ![圖] (1481.1.4)，下部曲筆再往上穿突，與中間圓點連筆，即訛如 ![圖] 形。此類古文形訛嚴重，於出土文字無徵。

第四類形體 ![圖] (1480.7.4) 見《汗簡》，《四聲韻》、《集上》、《韻海》轉錄多形，皆自相似。此類古文與《說文》小篆作 ![圖] 近似，可能源於上揭戰國各系文字寫法的訛變，與楚簡作 ![圖] (郭店・語三 4) 尤似。此類形體上部圈形未密合，諸書所錄筆畫詰詘程度略有不同。

〔註505〕馮勝君：《郭店簡與上博簡對比研究》，頁 293、294

參考書目

一、古　籍

1. 〔漢〕許慎撰，〔宋〕徐鉉等校定：《說文解字》十五卷，民國十八年上海商務印書館四部叢刊影印北宋本。

2. 〔梁〕顧野王：《大廣益會玉篇》，北京：中華書局，2004 年 1 月。

3. 〔唐〕玄應：《一切經音義》，臺北：大通書局，1970 年 4 月。

4. 〔遼〕釋行均：《龍龕手鑑》，臺北：臺灣商務印書館，1981 年《四庫叢刊廣編》景印江安傅氏雙鑑樓藏宋刻本。

5. 〔南唐〕徐鍇：《說文解字繫傳》，北京：中華書局，1998 年 12 月。

6. 〔宋〕郭忠恕、夏竦輯，李零、劉新光整理：《汗簡　古文四聲韻》，北京：中華書局，1983 年 12 月。

7. 〔宋〕司馬光等：《類篇》，北京：中華書局，1984 年 12 月。

8. 〔宋〕丁度等：《集韻》，北京：中華書局，1989 年 5 月。

9. 〔宋〕杜從古撰，〔清〕阮元輯：《宛委別藏・集篆古文韻海》，南京：江蘇古籍出版社，1988 年 2 月。

10. 〔宋〕洪适：《隸釋　隸續》，北京：中華書局，1986 年 11 月。

11. 〔宋〕薛尚功原寫，〔清〕孫星衍主持臨刻，嚴可均臨篆，蔣嗣曾寫釋文：《臨宋寫本歷代鐘鼎彝器款識法帖》，臺北：廣文書局有限公司，1972 年 4 月。

12. 〔元〕楊鉤撰，〔清〕阮元輯：《宛委別藏・增廣鐘鼎篆韻》，南京：江蘇古籍出版社，1988 年 2 月。

13. 〔元〕楊桓：《六書統》，臺北：臺灣商務印書館，1978 年，四庫全書珍本八集據

故宮博物院藏文淵閣本景印。

14. 〔明〕閔齊伋輯，〔清〕畢弘述篆訂：《訂正六書通》，上海：上海書店，1981 年 3 月。

15. 〔清〕段玉裁：《說文解字注》，臺北：洪葉文化事業有限公司，1999 年 11 月。

16. 〔清〕顧藹吉：《隸辨》，北京：中華書局，1986 年 4 月。

17. 〔清〕鄭珍：《汗簡箋正》，北京：中華書局，2011 年 6 月，清光緒十五年廣雅書局刻本。

18. 〔清〕鄭珍：《說文逸字》，《叢書集成初編》1102，北京：中華書局，1985 年 1 月，天壤閣叢書本。

19. 〔清〕邢澍：《金石文字辨異》十二卷，據華東師範大學圖書館藏清嘉慶十五年刻本影印。

20. 〔清〕吳大澂，丁佛言，強運開輯：《說文古籀補三種（附索引）》，北京：中華書局，2011 年 6 月。

21. 〔清〕阮元：《積古齋鐘鼎彝器款識》，北京：中華書局，1985 年。

22. 〔日〕釋空海：《篆隸萬象名義》，北京：中華書局，1995 年 10 月。

二、出土材料

1. 中國社會科學院考古研究所編：《殷周金文集成》，北京：中華書局，1984 年 8 月～1994 年 12 月。

2. 馬承源主編：《上海博物館藏戰國楚竹書（一）》，上海：上海古籍出版社，2001 年 11 月。

3. 馬承源主編：《上海博物館藏戰國楚竹書（二）》，上海：上海古籍出版社，2002 年 12 月。

4. 馬承源主編：《上海博物館藏戰國楚竹書（三）》，上海：上海古籍出版社，2003 年 12 月。

5. 馬承源主編：《上海博物館藏戰國楚竹書（四）》，上海：上海古籍出版社，2004 年 12 月。

6. 馬承源主編：《上海博物館藏戰國楚竹書（六）》，上海：上海古籍出版社，2007 年 7 月。

7. 荊門市博物館：《郭店楚墓竹簡》，北京：文物出版社，1998 年 5 月。

8. 湖北省荊沙鐵路考古隊：《包山楚簡》，北京：文物出版社，1991 年 10 月。

9. 湖北省文物考古研究所、北京大學中文系編：《望山楚簡》，北京：中華書局，1995 年 6 月。

10. 湖北省文物考古研究所、北京大學中文系編：《九店楚簡》，北京：中華書局，2000 年 5 月。

11. 睡虎地秦墓竹簡整理小組：《睡虎地秦墓竹簡》，北京：文物出版社，1990 年 9 月。

12. 鍾柏生等合編：《新收殷周青銅器銘文暨器影彙編》，臺北：藝文印書館，2006 年
4 月。

三、工具書

（一）字典、文字編

1. 中國社會科學院考古研究所：《甲骨文編》，北京：中華書局，1965 年 9 月。

2. 李守奎：《楚文字編》，上海：華東師範大學出版社，2003 年 12 月。

3. 李守奎，曲冰，孫偉龍：《上海博物館藏戰國楚竹書（一～五）文字編》，北京：
作家出版社，2007 年 12 月。

4. 何琳儀：《戰國古文字典》，北京：中華書局，1998 年 9 月。

5. 吳良寶：《先秦貨幣文字編》，福州：福建人民出版社，2006 年 3 月。

6. 怡齊：《歷代名家篆書字典》，杭州：浙江古籍出版社，2003 年 3 月。

7. 故宮博物院：《古璽文編》，北京：文物出版社，1981 年 10 月。

8. 故宮博物院：《古璽彙編》，北京：文物出版社，1981 年 12 月。

9. 施謝捷：《吳越文字彙編》，南京：江蘇教育出版社，1998 年 8 月。

10. 容庚編著，張振林、馬國權摹補：《金文編》，北京：中華書局，1985 年 7 月。

11. 容庚：《金文續編》，臺北：中央研究院歷史語言研究所，1992 年 10 月。

12. 徐中舒：《秦漢魏晉篆隸字形表》，成都：四川辭書出版社，1986 年 10 月。

13. 徐文鏡：《古籀彙編》，臺北：臺灣商務印書館，1966 年 6 月。

14. 徐正考：《漢代銅器銘文文字編》，長春：吉林大學出版社，2005 年 3 月。

15. 徐在國：《傳抄古文字編》，北京：線裝書局，2006 年 10 月。

16. 徐在國、黃德寬編著：《古老子文字編》，合肥：安徽大學出版社，2007 年 8 月。

17. 高明、涂白奎：《古文字類編增訂本》，上海：上海古籍出版社，2008 年 8 月。

18. 商承祚：《石刻篆文編》，北京：中華書局，1996 年 10 月。

19. 袁仲一、劉鈺：《秦文字類編》，西安：陝西人民教育出版社，1992 年 7 月。

20. 陳松長：《馬王堆簡帛文字編》，北京：文物出版社，2001 年 6 月。

21. 陳斯鵬、石小力、蘇清芳：《新見金文字編》，福州：福建人民出版社，2012 年 5
月。

22. 程燕：《望山楚簡文字編》，北京：中華書局，2007 年 11 月。

23. 湯餘惠：《戰國文字編》，福州：福建人民出版社，2001 年 12 月。

24. 張守中：《睡虎地秦簡文字編》，北京：文物出版社，1994 年 2 月。

25. 張守中、張小滄、郝建文：《郭店楚簡文字編》，北京：文物出版社，2000 年 5 月。

26. 張頷：《古幣文編》，北京：中華書局，1986 年 5 月。

27. 張新俊、張勝波：《新蔡葛陵楚簡文字編》，成都：巴蜀書社，2008 年 8 月。

28. 滕壬生：《楚系簡帛文字編（增訂本）》，武漢：湖北教育出版社，2008 年 10 月。

29. 劉復、李家瑞：《宋元以來俗字譜》，臺北：中央研究院歷史語言研究所，1992 年 12 月。

30. 駢宇騫：《銀雀山漢簡文字編》，北京：文物出版社，2001 年 7 月。

31. 佐野榮輝等編：《漢印文字匯編》，臺北：美術屋，1978 年。

32. 顧詰剛、顧廷龍：《尚書文字合編》，上海：上海古籍出版社，1996 年 1 月。

（二）聲　韻

1. 李珍華、周長楫：《漢字古今音表》，北京：中華書局 1999 年 1 月。

2. 高亨：《古字通假會典》，濟南：齊魯書社，1989 年 7 月。

3. 陳復華、何九盈：《古韻通曉》，北京：中國社會科學出版社，1987 年 10 月。

4. 張儒、劉毓慶：《漢字通用聲素研究》，太原：山西古籍出版社，2002 年 4 月。

四、近人論著專書

1. 于省吾：《甲骨文字釋林》，北京：中華書局，1999 年 11 月。

2. 于省吾主編：《甲骨文字詁林》，北京：中華書局，1999 年 12 月。

3. 王平：《說文重文研究》，上海：華東師範大學出版社，2008 年 12 月。

4. 王國維：《王國維遺書》，上海：上海古籍出版社，1983 年 3 月。

5. 王國維：《觀堂集林》，石家莊：河北教育出版社，2001 年 6 月。

6. 王貴元：《馬王堆帛書漢字構形系統研究》，南寧：廣西教育出版社，1999 年 7 月。

7. 王寧：《訓詁學原理》，北京：中國國際廣播出版社，1996 年 8 月。

8. 王寧主編：《漢字學概要》，北京：北京師範大學出版社，2001 年 6 月。

9. 王寧：《漢字構形學講座》，臺北：三民書局股份有限公司，2013 年 4 月。

10. 王輝：《秦銅器銘文編年集釋》，西安：三秦出版社，1990 年 7 月。

11. 王輝、程學華：《秦文字集證》，臺北：藝文印書館，1999 年 1 月。

12. 中國社會科學院考古研究所編：《殷周金文集成釋文》第二卷，香港：香港中文大學出版社，2001 年 10 月。

13. 中國社會科學院考古研究所編：《殷周金文集成釋文》第三卷，香港：香港中文大學出版社，2001 年 10 月。

14. 中國社會科學院考古研究所編：《殷周金文集成釋文》第四卷，香港：香港中文大學出版社，2001 年 10 月。

15. 朱葆華：《原本玉篇文字研究》，濟南：齊魯書社，2004 年 9 月。

16. 李孝定：《甲骨文字集釋》，臺北：中央研究院歷史語言研究所，1991 年 3 月。

17. 李孝定：《讀說文記》，臺北：中央研究院歷史語言研究所，1992 年 1 月。

18. 李零：《郭店楚簡校讀記（增訂本）》，北京：北京大學出版社，2002 年 3 月。

19. 李零：《簡帛古書與學術源流》，北京：新華書店，2008 年 1 月。

20. 何琳儀：《戰國文字通論（訂補）》，南京：江蘇教育出版社，2003 年 1 月。

21. 汪立銘：《鐘鼎字源》，臺北：漢聲出版社，1974 年 1 月。

22. 吳福熙：《敦煌殘卷古文尚書校注》，蘭州：甘肅人民出版社，1992 年 12 月。

23. 季師旭昇：《說文新證》上冊，臺北：藝文印書館，2002 年 10 月。

24. 季師旭昇：《說文新證》下冊，臺北：藝文印書館，2004 年 11 月。

25. 季師旭昇主編：《上海博物館藏戰國楚竹書（四）讀本》，臺北：萬卷樓圖書有限公司，2007 年 3 月。

26. 宗福邦、陳世鐃、蕭海波主編：《故訓匯纂》，北京：商務印書館，2003 年 7 月。

27. 林志強：《古本尚書文字研究》，廣州：中山大學出版社，2009 年 4 月。

28. 《金文今譯類檢》編寫組編：《金文今譯類檢（殷商西周卷)》，南寧：廣西教育出版社，2003 年 11 月。

29. 邱德修：《說文解字古文釋形考述》，臺北：臺灣學生書局，1974 年 6 月。

30. 邱德修：《魏石經古文釋形考述》，臺北：臺灣學生書局，1977 年 5 月。

31. 邱德修：《魏石經初撢》，臺北：學海出版社，1979 年 10 月。

32. 周祖謨：《問學集》，臺北：河洛圖書出版社，1979 年 9 月。

33. 胡小石：《胡小石論文集三編》，上海：上海古籍出版社，1995 年 10 月。

34. 胡吉宣：《玉篇校釋》，上海：上海古籍出版社，1989 年 9 月。

35. 胡厚宣主編：《甲骨文合集釋文》，北京：中國社會科學出版社，1999 年 8 月。

36. 胡厚宣主編：《甲骨文合集材料來源表》，北京：中國社會科學出版社，1999 年 8 月。

37. 祝敏申：《說文解字與中國古文字學》，上海：復旦大學出版社，1998 年 12 月。

38. 俞紹宏：《說文古籀補研究》，北京：中國社會科學出版社，2008 年 9 月。

39. 秦公、劉大新輯：《廣碑別字》，北京：國際文化出版公司，1995 年 8 月。

40. 徐在國：《隸定古文疏證》，合肥：安徽大學出版社，2002 年 3 月。

41. 徐剛：《古文源流考》，北京：北京大學出版社，2008 年 3 月。

42. 孫海波：《魏三字石經集錄》，臺北：藝文印書館，1975 年 9 月。

43. 郭沫若：《殷周青銅器銘文研究》，北京：北京人民出版社，1954 年 8 月。

44. 唐蘭：《唐蘭先生金文論集》，北京：紫禁城出版社，1995 年 10 月。

45. 章太炎：〈新出三體石經考〉，上海人民出版社編，《章太炎全集（七)》，上海：上海人民出版社，1999 年 5 月。

46. 許師學仁：《古文四聲韻古文研究（古文合證篇)》，待刊。

47. 陳新雄：《古音研究》，臺北：五南圖書公司，1999 年 4 月。

48. 陳昭容：《秦文字研究》，臺北：中央研究院歷史語言研究所專刊 103，2003 年 7 月。

49. 陳煒湛：《陳煒湛語言文字論集》，上海：上海古籍出版社，2005 年 10 月。

50. 陳劍：《甲骨金文考釋論集》，北京：線裝書局，2007 年 5 月。

51. 商承祚：《說文中之古文考》，上海：上海古籍出版社，1983 年 3 月。

52. 舒連景：《說文古文疏證》，上海：商務印書館，1937 年 1 月。

53. 張富海：《漢人所謂古文之研究》，北京：線裝書局，2007 年 5 月。

54. 張桂光：《古文字論集》，北京：中華書局，2004 年 10 月。

55. 張標：《20 世紀說文學流別考論》，北京：中華書局，2003 年 10 月。

56. 曹錦炎：《鳥蟲書通考》，上海：上海書畫出版社，1996 年 6 月。

57. 馮勝君：《郭店簡與上博簡對比研究》，北京：線裝書局，2007 年 5 月。

58. 董珊：《戰國題銘與工官制度研究》，北京：北京大學考古文博學院博士後研究工作報告，2004 年 5 月。

59. 董蓮池：《說文解字考證》，北京：作家出版社，2004 年 12 月。

60. 湯餘惠：《戰國銘文選》，長春：吉林大學出版社，1993 年 9 月。

61. 黃文杰：《秦至漢初簡帛文獻研究》，北京：商務印書館，2008 年 2 月。

62. 黃錫全：《汗簡注釋》，武漢：武漢大學出版社，1990 年 8 月。

63. 黃錫全：《古文字論叢》，臺北：藝文印書館，1999 年 10 月。

64. 黃德寬主編：《古文字譜系疏證》，北京：商務印書館，2007 年 2 月。

65. 裘錫圭：《古文字論集》，北京：中華書局，1982 年 8 月。

66. 裘錫圭：《古代文史研究新探》，南京：江蘇古籍出版社，1992 年 6 月。

67. 裘錫圭：《文字學概要》，臺北：萬卷樓圖書有限公司，1994 年 3 月。

68. 趙立偉：《魏三體石經古文輯證》，北京：社會科學文獻出版社，2007 年 9 月。

69. 趙平安：《隸變研究》，保定：河北大學出版社，1993 年 6 月。

70. 趙平安：《說文小篆研究》，南寧：廣西教育出版社，1999 年 8 月。

71. 趙平安：《新出簡帛與古文字古文獻研究》，北京：商務印書館，2009 年 12 月。

72. 趙學清：《戰國東方五國文字構形系統研究》，上海：上海教育出版社，2005 年 10 月。

73. 歐昌俊、李海霞著：《六朝唐五代石刻俗字研究》，成都：巴蜀書社，2004 年 7 月。

74. 劉志基：《漢字體態論》，南寧：廣西教育出版社，1999 年 7 月。

75. 劉釗：《郭店楚簡校釋》，福州：福建人民出版社，2003 年 12 月。

76. 劉釗：《古文字考釋叢稿》，長沙：岳麓書社，2005 年 7 月。

77. 劉釗：《古文字構形學》，福州：福建人民出版社，2006 年 1 月。

78. 蘇建洲：《《上博楚竹書》文字及相關問題研究》，臺北：萬卷樓圖書有限公司，2008 年 2 月。

79. 蘇建洲：《楚文字論集》，臺北：萬卷樓圖書有限公司，2011 年 12 月。

80. 黨懷興：《宋元明六書學研究》，北京：中國社會科學出版社，2003 年 12 月。

五、學位論文

（一）碩士論文

1. 王慧：《魏石經古文集釋》，合肥：安徽大學碩士論文，2004 年 5 月。

2. 江梅：《碧落碑研究》，長春：東北師範大學碩士論文，2004 年 5 月。

3. 林聖峯：《大徐本說文獨體與偏旁變形研究》，臺北：國立台灣師範大學國文研究所碩士論文，2006 年 6 月。

4. 徐筱婷：《秦系文字構形研究》，臺北：國立臺灣師範大學國文研究所碩士論文，2001 年 6 月。

5. 陳鎮卿：《說文解字古文形體試探》，中壢：國立中央大學中文研究所，1996 年 6 月。

6. 國一姝：《古文四聲韻異體字處理訛誤的考析》，北京：北京語言文化大學碩士論文，2002 年 6 月。

7. 張維信：《說文解字古文研究》，臺北：國立臺灣大學中文研究所碩士論文，1974 年 6 月。

8. 楊慧真：《汗簡異部重文的再校訂》，北京：北京語言文化大學碩士論文，2002 年 5 月。

9. 裴大泉：《傳抄古文用字研究》，廣州：中山大學碩士論文，1992 年 6 月。

（二）博士論文

1. 杜忠誥：《說文篆文訛形研究》，臺北：國立臺灣師範大學國文研究所博士論文，2001 年 6 月。

2. 李綉玲：《古文四聲韻古文探賾》，嘉義：國立中正大學中國文學研究所博士論文，2009 年 7 月。

3. 李春桃：《傳抄古文綜合研究》，長春：吉林大學古籍研究所博士論文，2012 年 6 月。

4. 林師清源：《楚國文字構形演變研究》，臺中：東海大學中國文學系博士論文，1997 年 12 月。

5. 周波：《戰國時代各系文字間的用字差異現象研究》，上海：復旦大學出土文獻與古文字研究中心博士論文，2008 年 4 月。

6. 許舒絜：《傳抄古文《尚書》文字之研究》，臺北：國立臺灣師範大學國文研究所博士論文，2011 年 1 月。

六、近人論著單篇論文（期刊、文集、研討會論文）

1. 王丹：〈《古文四聲韻》重文間的關係試析〉，中國文字學會、河北大學漢字研究中心編：《漢字研究（第一輯）》，北京：學苑出版社，2005 年 6 月。

2. 成祖明：〈河間古文、孔壁古文和中秘古文──漢代古文經籍流傳考〉，《古籍整

理研究學刊》2007 年第 4 期。

3. 李天虹：〈《說文》古文校補 29 則〉，《江漢考古》1992 年第 4 期。

4. 李天虹：〈《說文》古文新證〉，《江漢考古》1995 年第 2 期。

5. 李天虹：〈釋郭店楚簡《成之聞之》篇中的「肘」〉，安徽大學古文字研究室編：《古文字研究》第 22 輯，北京：中華書局，2000 年 7 月。

6. 李守奎：〈《說文》古文與楚文字互證三則〉，中國古文字研究會、中山大學古文字研究所編：《古文字研究》第 24 輯，北京：中華書局，2002 年 7 月。

7. 李春桃：〈傳抄古文釋讀（五則）〉，中國文字編輯委員會編：《中國文字》新三十六期，臺北：藝文印書館，2011 年 1 月。

8. 李家浩：〈戰國貨幣文字中的帀和比〉，《中國語文》1980 年第 5 期。

9. 李家浩：〈貴將軍虎節與辟大夫虎節〉，《中國歷史博物館館刊》1993 年第 2 期。

10. 李學勤、鄭紹宗〈論河北近年出土的戰國有銘青銅器〉，《古文字研究》第 7 輯，北京：中華書局，1982 年 6 月。

11. 李學勤：〈《古韻通曉》簡評〉，《中國社會科學》1991 年第 3 期。

12. 李學勤：〈戰國楚簡與儒家經籍〉，《中國哲學》第 20 輯，瀋陽：遼寧教育出版社，1999 年 1 月。

13. 李運富：〈戰國文字地域特點質疑〉，《中國社會科學》1997 年第 5 期。

14. 吳振武：〈戰國文字中一種值得注意的構形方式〉，《姜亮夫、蔣禮鴻、郭在貽先生紀念文集》，上海：上海教育出版社，2003 年 5 月。

15. 何山：〈漢魏六朝碑刻中的古文字〉，《四川職業技術學院學報》，第 18 卷第 2 期，2008 年 5 月。

16. 何立民：〈也談孔壁古文〉，《山東行政學院山東省經濟管理幹部學院學報》，2004 年第 1 期。

17. 何琳儀：〈釋寬〉，《考古與文物》編輯部：《古文字論集（二）》，《考古與文物叢刊第二號》，西安：《考古與文物》編輯部，1983 年 11 月。

18. 何琳儀：〈古璽雜識續〉，中國古文字研究會、中華書局編輯部編：《古文字研究》第 19 輯，北京：中華書局，1992 年 8 月。

19. 何琳儀：〈釋四〉，《文物春秋》1993 年第 4 期。

20. 何琳儀：〈郭店簡古文二考〉，《古籍整理研究學刊》2002 年第 5 期。

21. 何琳儀：〈釋塞〉，《中國錢幣》2002 年第 2 期。

22. 何琳儀、程燕：〈滬簡《周易》選釋〉，《江漢考古》總第 97 期，2005 年第 4 期。

23. 林志強：〈論傳抄古文的形態變化及相關問題〉，中國文字學會、河北大學漢字研究中心編：《漢字研究（第一輯）》，北京：學苑出版社，2005 年 6 月。

24. 林師清源：〈戰國燕王戈器銘特徵及其定名辨偽問題〉，《中央研究院歷史語言研究所集刊》第七十本，第一分，1999 年 3 月。

25. 林師清源：〈釋「萵」及其相關諸字〉，中國文字編輯委員會編：《中國文字》新

三十四期，臺北：藝文印書館，2010 年 2 月。

26. 林聖峯：〈碧落碑文字考釋五則〉，東吳大學中國文學系、中國文字總會主編：《第二十一屆中國文字學國際學術研討會論文集》，臺北：東吳大學中國文學系，2010年 5 月。

27. 林聖峯：〈《古文四聲韻》古文考釋七則〉，中國文字編輯委員會編：《中國文字》新三十八期，臺北：藝文印書館，2012 年 12 月。

28. 季師旭昇：〈讀郭店、上博簡五題：舜、何滸、紳而易、牆有茨、宛丘〉，《中國文字》新廿七期，臺北：藝文印書館，2001 年 12 月。

29. 施安昌：〈關於武則天造字的誤識與結構〉，《故宮博物院院刊》1984 年第 4 期。

30. 施謝捷：〈古文字零釋四則〉，安徽大學古文字研究室編：《古文字研究》第 22 輯，北京：中華書局，2000 年 7 月。

31. 唐蘭：〈懷鉛隨錄〉，北平燕京大學《考古學社社刊》，北京：北平燕京大學考古學社，1936 年 12 月。

32. 徐中舒：〈怎樣研究中國古代文字〉，陝西省考古研究所、中國古文字研究會、中華書局編輯部合編：《古文字研究》第 15 輯，北京：中華書局，1986 年 6 月。

33. 徐在國：〈《敦煌殘卷古文尚書校注》校記〉，《古籍整理研究學刊》1996 年第 6 期。

34. 徐在國：〈楚簡文字拾零〉，《江漢考古》，1997 年第 2 期。

35. 徐在國：〈談隸定古文中的義近誤置字〉，《古籍整理研究學刊》1998 年第 6 期。

36. 徐在國：〈戰國官璽考釋三則〉，《考古與文物》1999 年第 3 期。

37. 徐在國：〈釋楚簡「敔」兼及相關字〉，中國古文字研究會、浙江省文物考古研究所編：《古文字研究》第 25 輯，北京：中華書局，2004 年 10 月。

38. 徐在國：〈試說《說文》「籃」字古文〉，中國古文字研究會、華南師範大學文學院編：《古文字研究》第 26 輯，北京：中華書局，2006 年 11 月。

39. 徐在國：〈傳抄古文論著目〉，《中文文字學報》第 1 輯，2006 年 12 月。

40. 徐剛：〈碧落碑考釋〉，《文史》2004 年第 4 輯。

41. 徐寶貴：〈殷商文字研究兩篇〉，見復旦大學出土文獻與古文字研究中心編《出土文獻與古文字研究》第一輯，上海：復旦大學出版社，2006 年 12 月。

42. 郭子直：〈記元刻古文《老子》碑兼評《集篆古文韻海》〉，吉林大學古文字研究室編：《古文字研究》第 21 輯，北京：中華書局，2001 年 10 月。

43. 陳榮軍：〈汗簡研究綜述〉，《鹽城工學院學報》（社會科學版）2004 年第 4 期。

44. 曾憲通：〈三體石經與說文古文合證〉，四川大學歷史系古文字研究室編：《古文字研究》第 7 輯，北京：中華書局，1982 年 6 月。

45. 曾憲通：〈論《汗簡》古文之是非得失〉，曾憲通：《曾憲通學術文集》，汕頭：汕頭大學出版社，2002 年 7 月。

46. 黃德寬、徐在國：〈傳抄《老子》古文輯說〉，《中央研究院歷史語言研究所集刊》第 73 本，第 2 分，2002 年 6 月。

47. 黃德寬：〈談《隸定古文疏證》〉，《史學集刊》，2003 年第 2 期。

48. 黃錫全：〈利用《汗簡》考釋古文字〉，中國古文字研究會、中華書局編輯部、陝西省考古研究所編：《古文字研究》第 15 輯，北京：中華書局，1986 年 6 月。

49. 黃錫全：〈《汗簡》、《古文四聲韻》中之石經、《說文》古文的研究〉，中國古文字研究會、中華書局編輯部編：《古文字研究》第 19 輯，北京：中華書局，1992 年 8 月。

50. 黃錫全：〈《汗簡》、《古文四聲韻》中之《義雲章》古文的研究〉，吉林大學古文字研究室編，《古文字研究》第 20 輯，北京：中華書局，2000 年 3 月。

51. 張光裕：〈說文古文中所見言字及從心從言偏旁互用例札迻〉，《雪齋學術論文集》，臺北：藝文印書館，1989 年 9 月。

52. 張亞初、劉雨：〈商周族氏銘文考釋舉例〉，四川大學歷史系古文字研究室編：《古文字研究》第 7 輯，北京：中華書局，1982 年 6 月。

53. 張顯成、余濤：〈銀雀山漢簡中的俗字〉，《漢語史研究集刊》，四川：巴蜀書社，2001 年 9 月。

54. 楊澤生：〈孔壁竹書的文字國別〉，《中國典籍與文化》，2004 年第 1 期。

55. 趙平安：〈《說文》古文考辨（五篇）〉，河北大學學報（哲學社會科學版）第 23 卷第 1 期，1998 年 3 月。

56. 趙平安：〈上博簡釋字四篇〉，武漢大學簡帛研究中心主辦：《簡帛》第一輯，上海：上海古籍出版社，2006 年 10 月。

57. 蔡哲茂：〈釋殷卜辭「瓚」字構形〉，東吳大學中國文學系、中國文字總會主編：《第二十一屆中國文字學國際學術研討會論文集》，臺北：東吳大學中國文學系，2010 年 5 月。

58. 龍宇純：〈廣同形異字〉，《臺大文史哲學報》36 期，臺北：國立臺灣大學文學院，1988 年 12 月。

59. 劉樂賢：〈說《說文》古文慎字〉，《考古與文物》1993 年第 4 期。

60. 劉樂賢：〈《說文》法字古文補釋〉，中國古文字研究會、中山大學古文字研究所編：《古文字研究》第 24 輯，北京：中華書局，2002 年 7 月。

七、網路文章：

1. 王丹：〈《汗簡》、《古文四聲韻》研究綜述〉，復旦大學「出土文獻與古文字研究中心網站」，2009 年 4 月 25 日。
   http://www.gwz.fudan.edu.cn/SrcShow.asp?Src_ID=767。

2. 王丹：〈《汗簡》、《古文四聲韻》傳抄古文試析〉，復旦大學「出土文獻與古文字研究中心網站」，2009 年 4 月 28 日。
   http://www.gwz.fudan.edu.cn/SrcShow.asp?Src_ID=773。

3. 白於藍：〈《上海博物館藏戰國楚竹書》釋注商榷〉，清華大學「簡帛研究網站」，2002 年 1 月 8 日。

http://www.jianbo.org/showarticle.asp?articleid=1。

4. 李春桃：〈《汗簡》、《古文四聲韻》所收古文誤置現象校勘（選錄）〉，武漢大學「簡帛研究中心網站」，2011 年 4 月 13 日。
   http://www.bsm.org.cn/show_article.php?id=1449。

5. 李春桃：〈古文考釋八篇〉，武漢大學「簡帛研究中心網站」，2011 年 4 月 13 日。
   http://www.bsm.org.cn/show_article.php?id=1447。

6. 李銳：〈上博館藏楚簡（二）初箚〉，山東大學「簡帛研究網」，2003 年 1 月 6 日。
   http://www.jianbo.org/Wssf/2003/lirui01.htm。

7. 何有祖：〈讀《上博六》札記三則〉，武漢大學「簡帛研究中心網站」，2007 年 07 月 17 日。
   http://www.bsm.org.cn/show_article.php?id=633。

8. 陳劍：〈《上博六·孔子見季桓子》重編新釋〉，復旦大學「出土文獻與古文字研究中心網站」，2008 年 03 月 22 日。
   http://www.gwz.fudan.edu.cn/SrcShow.asp?Src_ID=383。

9. 楊澤生：〈《上博七》補說〉，復旦大學「出土文獻與古文字研究中心網站」，2009 年 1 月 14 日。
   http://www.gwz.fudan.edu.cn/SrcShow.asp?Src_ID=656 。

10. 趙平安：〈談「瑟」的一個變體〉，復旦大學「出土文獻與古文字研究中心網站」，2009 年 1 月 12 日。
    http://www.gwz.fudan.edu.cn/srcshow.asp?src_id=648。

11. 蘇建洲：〈楚文字「炅」字及從「炅」之字再議——兼論傳鈔古文一個值得注意的現象〉，武漢大學「簡帛研究中心網站」，2008 年 11 月 8 日。
    http://www.bsm.org.cn/show_article.php?id=894。

12. 蘇建洲：〈釋《語叢》、《天子建州》幾個从「乇」形的字——兼說《說文》古文「垂」〉，武漢大學「簡帛研究中心網站」，2008 年 11 月 18 日。
    http://www.bsm.org.cn/show_article.php?id=898。

下編字形考釋筆畫檢索表